僕が答える君の謎解き

你的谜题由我作答 2

［日］纸城境介 著

佳辰 译

上海文化出版社

图书在版编目（CIP）数据

你的谜题由我作答. 2 ／（日）纸城境介著 ； 佳辰译.
上海 ：上海文化出版社，2025. 8. -- ISBN 978-7-5535-3175-5

Ⅰ. I313.45

中国国家版本馆 CIP 数据核字第 20251P4Z77 号

《bokugakotaerukiminonazotoki 2》
© Kyosuke Kamishiro[2021]
All rights reserved.
Original Japanese edition published by SEIKAISHA Co., LTD.
Simplified Chinese publishing rights arranged with SEIKAISHA Co., LTD.
Through KODANSHA LTD., Tokyo and KODANSHA BEIJING CULTURE
CO., LTD.
Beijing, China.

图字：09‑2025‑0109 号

出 版 人：姜逸青
责任编辑：王皎娇　董申琪
装帧设计：一亩幻想

书　　名：你的谜题由我作答 2
作　　者：[日]纸城境介
译　　者：佳　辰
出　　版：上海世纪出版集团　上海文化出版社
地　　址：上海市闵行区号景路 159 弄 A 座 3 楼　201101
发　　行：上海文艺出版社发行中心
　　　　　上海市闵行区号景路 159 弄 A 座 2 楼　201101
印　　刷：上海盛通时代印刷有限公司
开　　本：889×1194　1/32
印　　张：10.125
版　　次：2025 年 8 月第一版　2025 年 8 月第一次印刷
书　　号：ISBN 978‑7‑5535‑3175‑5/I.1226
定　　价：59.00 元
告 读 者：如发现本书有质量问题请与印刷厂质量科联系　021‑37910000

人物关系表

伊吕波透矢

生性热心，好管闲事，被戏称为"阿妈"。梦想成为律师，将"无罪推定"奉为金科玉律。

明神凛音

拥有瞬间洞悉真相的能力。但由于她的推理是在潜意识中以极高的速度进行，故而就连本人也无法解释为何能得出结论。目前不去教室上课，长期躲在心理咨询室里。

明神芙蓉

学校的心理辅导老师，亦是凛音的亲姐。她以综合评价分数为交换条件，将让凛音重返教室的重任托付给透矢。

红之峰亚衣

凛音和透矢的同班同学，小个子辣妹。出于种种原因，对透矢表现出浓厚的兴趣。

目 录

第四话
地雷同学和门的另一侧

◆ 伊吕波透矢 ◆

心理咨询室里回荡着三种声音。

时钟规律的滴答声、窗边明神嵌入拼图的咔嚓声，以及抱头苦思的嘟囔声。

自动铅笔的笔尖停滞在了纸上，此人的表情宛如迷途的旅人，而此人并不是我——

是红峰亚衣。

她大胆地解开了衬衫纽扣，领口的丝带松松垮垮，俨然一副校园小辣妹的模样。

"啊，搞不懂啊！"

伴随着一声哀号，红峰抛掉了手中的笔。她毫不在意裙子底下露出的大腿，侧着身子猛然倒了下来，与沙发合二为一。

我目瞪口呆地看着她自暴自弃的模样。

"都说了，要是不懂，可以看教科书啊。"

"看了，可就是搞不懂啊。"

"那就思考一下，你到底是哪里不懂，这样总有一天会搞懂的。"

"这就是最搞不懂的地方啊！"

我在教她学习的方法，不过看起来必须先从根本上纠正她对学习的态度。

"真拿你没辙……哪里不懂？说来听听吧。这次我姑且给你好

3

好讲一讲。"

"啊？全都不懂。"

"也就是说得从头讲起，对吧？"

真是个麻烦的家伙，于是我拿起了红峰的教科书。

我一边哗哗地翻页，一边在脑子里想着该怎么教她。就在这时，躺在沙发上的红峰缓缓地把手伸向了裙子的下摆。

"哗啦！"

"……"

"闪闪亮亮……晃晃荡荡……"

"这样会让我分心的，停下！"

我低声训斥了一句，红峰闻言露出了不怀好意的笑容。

"怎么啦？我只是因为天气太热才想扇点风而已，怎么就让你分心了？该不会一本正经的透矢也会被我的腿扰乱心神吧？"

好，好气啊……！这是请教别人该有的态度吗？

"哦哦，那我可得小心喽。在我专心学习的时候，搞不好会被某人偷窥哦，一不留神把腿分开可就糟了。"

"你说谁——"

"吵死了。"

伴随着不悦的声音，明神从白色隔板的另一边探出了头。

一头秀发灵动地飘逸着，眼神却似宿醉未醒——明神凛音就这样低头盯着沙发上的红峰。

"想在这里学习就请安静点。这里不是你的游乐场。"

"啊，不好意思。吵到你了吗？好难得哦，平常不管我说什么你都没什么反应，难不成哪句话惹到你了？"

"哪句话？"

"谁知道呀，你觉得呢？"

"说清楚，烦死了！"

"别呀。"

红峰嘻嘻笑着，明神一脸不满，我则盯着教科书，无视这一切。

放学后由我和明神留守的心理咨询室，通常是不允许无关人员逗留的。现如今变成如此喧嚣的场所，一切都是因为前几天红峰向我提出的某个咨询。

就是那天——

我回想起了红峰亚衣初次前来咨询室的当日。

*

"你……你们在做什么？"

头顶传来了某人低沉的嗓音，我和明神一齐抬起了头。

红峰亚衣带着男生讲段子时的眼神，俯视着倒地不起的我和明神。

我眨了眨眼睛。

"怎么是你，你来干什么？"

"哈？你们这个样子算怎么回事？"

红峰看似轻浮，但也有想象不到的细腻之处。难道她是来上门咨询的吗？

话虽如此，她应该知道留守心理咨询室的人是我，明明不必特地跑一趟，直接对我说就行了。

"那个，伊吕波同学。"

正当我摸不着头脑的时候，身体底下的明神突然动了起来。

"你差不多该让开了吧……"

"啊？哦哦，对了，你没事吧？摔倒的时候好像撞到了头。"

"快起来！"

"咕！"

底下的明神踹了我的肚子，上面的红峰踢了我的背，我再也支撑不住，终于倒在了地上。

"咳咳……干什么啊，我只是担心你的身体好吧！"

"把女生推倒在地，还说得那么轻巧！"

"说得好像全是我的错一样，卑鄙！这是卑鄙的误导！"

推倒……？

回想起刚才的情景，明神那近在咫尺的端庄的容颜，微微泛红的脸颊，羞涩游移的目光，铺满地面的黑色长发，还有上下起伏的胸口，隐约传来的体温。

"啊，对不起！我没有意识到……"

"现在才意识到啊……"

明神以少女的姿势坐在地上，像是保护自己似的抓着右肘，把视线移向斜下方。虽说她只是外表清秀，但要是被男生压在身下，仍会表露出惊人的纤细敏感。看来是我反应慢了，必须反省。

值此尴尬万分之际，红峰投来了轻蔑的眼神。

"你们在交往吗？"

"什么？"

我条件反射地应了一声，红峰大步流星地走了过来，从正上方盯着坐倒在地的我，双马尾垂落下来，落在了我的肩上。

"我说你怎么不陪我了……你说你在给老师帮忙，结果却在这个地方和明神同学偷情是吧？所以才不跟我玩了？"

"偷情……？你在说什么啊！"

"就是你刚才做的事啊！"

我完全不记得有这种事情。我只是在帮明神按摩肩膀，她觉得腻烦试图逃跑，于是我们推搡了一阵，双双摔倒在地，仅此而已。

"一整个月都是这样，对吧？瞒着我搞这种事，对不对？"

"你到底在生什么气啊？虽说明神来学校的事，我确实没跟你说过。"

这是为了顾及明神的感受，她不去教室而是去咨询室上学的事不宜对外宣扬。

"我告诉过你我在这里帮忙吧？才没有瞒着你呢。"

"胡说。整天和明神同学窝在同一个房间里，没有哪个男人会不动心思！"

"不动心思的男人就在这里！"

红峰依旧不满地噘着嘴，继续瞪着我，真是的……没错，我陪她的时间是变少了，但凭什么要我向她解释这些？她到底想干什么？

"请问……"

正当我和红峰莫名地互瞪之际，明神站起身来，歪着脑袋问了一句：

"这位闹哄哄的同学是哪位？"

"……"

"……"

我和红峰愕然地看向了明神的脸。

她一脸茫然，看起来是真不记得了。

她似乎真的忘记了那个在她的课桌上涂鸦，让自己挥下了名为拳头的铁锤，并导致自己不去教室上课的同班同学——红峰亚衣。

红峰的肩膀开始微微发颤。

事情不妙。

我捂住了耳朵。

"嗦啥呐啊——"

好似火山喷发一般，她爆发出了无法解读的怪叫。

而另一边，明神依旧淡定如初，她不是那种害怕大吼大叫的人，这份冷静无疑等同于火上浇油。红峰把脸涨得通红，一副怒发冲冠的气势，大步逼近了明神。

"是我，我啊！"

"喂，冷静，冷静点啊红峰！"

我慌忙站起身来，从后边勾住了红峰的双腋。身子娇小的红峰双脚离地，就这样悬在了半空。

"自从挨了你一拳，我一直都——！"

"挨了我一拳？"

"涂鸦，课桌！"

讲到这里，明神终于"啊"了一声，有了一些淡薄的反应。

"就是当时的那个小个子辣妹吗？"

"你说谁小个子！"

此刻的红峰好似孩子般被举了起来，双手双脚不停地挣扎。

"而且你连我的名字都不记得了，好歹是同班同学吧，不要以身高区分人！"

"我倒是觉得挺贴切的。"

"放弃吧，红峰。明神记不得名字的人可不止你一个。"

"你是想说'我是被记住名字的例外'吧？你这个自大的阿宅！"

"痛！"

快别抓了，你是一只即将被按进浴缸的猫吗？

明神的眼睛微微眯了起来，似乎终于通过我的介入，将红峰的存在纳入了认知。

"呼……呼……"

似乎是因为一番挣扎之后疲惫不堪，红峰老实了不少。

被我放下来后，红峰顶着乱糟糟的头发，正面瞪着明神的脸。

"你根本没把我放在眼里，是吧？"

明神并未回应，只是用那双难以窥知感情的眼睛俯视着红峰。那是来自更高维度的目光，宛如神明在睥睨凡人——明神凛音那双过于美丽的眼眸让人产生了需要敬畏的错觉。

对于尚未像我一样习惯明神气场的红峰而言，一定难以承受吧。她的目光逃跑似的越滑越低，随后落在了明神身上的某个部位，吐出了失败者的台词。

"不过，胸还是我的大。"

然而，明神凛音正是对这种廉价的挑衅意外敏感的人。

"真是不成体统的想法。胸部没有胜负之分，人体之美应当以整体的平衡来衡量。"

"话怎么突然多起来了。"

红峰诧异地抬起了头，然后轻蔑似的扬起了嘴角。

她双手叉腰，刻意把胸一挺，就这样贴近明神，用近乎挑衅的姿态直视着她的脸。

"哦豁？我还以为像你这样的美少女，早就无所谓外表了呢……是吧？头发很漂亮，打理起来花了不少心思吧？"

"没什么，既然生而为人，这就是常识之内的……"

哎，场面已经无法阻止了。我只得举手投降，坐在了窗边的椅子上。

"居然敢提常识，就你？好吧，也不用害羞啦。毕竟你也是青春年少的女生，也会像普通人那样在意男生的目光吧？"

"什么男生的目光……！"

"咦，刚才你的眼睛动了？是不是看向了某个人哦？"

"没动，是你的错觉！"

"呵，果然是这样啊。"

"刚才……只是因为现场只有一个男生……"

"哦，好好好，就当是这样吧。"

我从书包里拿出教科书。是时候为期末考试做准备了。

"……！"

"咦？你的脸怎么这么红呢？应该更白一些才对吧？"

"那你呢？"

"什么？"

"你呢……你是来做什么的？"

"呃。"

"哦，这样啊，我明白了。这家伙像保护公主一样保护了你，所以你动心了吧。但因为性格的差距太大，不知道该怎么下手。"

"瞎说……！别随口乱编！我只是今天刚好闲得无聊……才不是这样！"

"我也不是这样。"

"啊——算了，知道了，我知道！平手！好好好，算打平了——！"

"我可不记得跟你比过什么。"

明神步履飞快地回到了窗边的椅子上，依旧是波澜不惊的表情。

结束了吗？我从教科书上抬起头来。

"喂，明神，你的头发乱了哦。"

"都是因为你把我推倒了吧？"

"明明我是为了护住你才这样的……带梳子了吗？"

明神默默无言地从书包里拿出梳子，理所应当地向我递了过来。

我习以为常地接了过去，从椅子上站起身来，绕到了明神身后。

然后，当我用梳子梳理她的长发时，红峰投来了难以置信的眼神。

"你们平时经常弄这个吗？"

"虽说情非得已，但事实就是这样。"

"你从来没对我做过这个啊。"

"一般来说，男生不会帮女生梳头吧。"

"哈？你是在等我吐槽吗？"

"因为这家伙的生活能力实在太差了。对了，红峰，你的头发也该收拾一下了。"

她自己能搞定，所以用不着我出手。这么一想，红峰确实不像明神这么需要人照顾。

我一边继续帮明神梳头，一边问道：

"对了，红峰，你来这里到底是干什么的？该不会忘记要说什么了吧？"

"呃，不是。透矢，我只是想知道你在干什么。"

"什么啊，是来看我笑话的是吧？那你可以回去了。"

"哈？太过分了吧！"

"咨询室是咨询者透露隐私的场所，不能随便留你这个外人在这里。"

"外人……"

红峰不满地噘起了嘴。

"而且马上就要期末考试了，你不用学习的吗？"

"哇，阿妈！"

"才不是！"

她期中考试的成绩一塌糊涂。我们是私立学校，偏差值①很高，但红峰是从初中部直升上去的，显然在学习上疏懒已久。

期中考试过后，这边的课程明显加快了进度，完全超过了教学大纲的进度。要是她继续这样懈怠下去，期末考试成绩多半会更加惨不忍睹。要是再不认真起来，搞不好会闹到留级的地步。要是红峰成了学妹，只怕会更加烦人，还是饶了我吧。

而明神凭借那个推理能力，就算不去上课，考试也不在话下。

"我知道你很在意明神，但现在应该管好你自己的事。"

"那好呗，我也来咨询。"

"啊？"

我回头一看，红峰正摆出一副任性撒泼的表情。

"这样就能留在这里了吧？"

"等一下，咨询是什么意思？你有什么问题吗？"

"有啊！透矢刚才不是说过了吗？"红峰挺起娇小的身体理直气壮地宣告道，"期末考试要完蛋了，透矢，教我功课吧！"

---

① 日本教育系统中用于衡量考生成绩相对水平的标准化数值，通常用于高中和大学入学考试。

"真是的，伊吕波同学，你还是少管闲事为好。"

离校时间将近，正在我准备回家时，明神用小姑子般的唠叨语气对我说道。

"我知道你把插手别人的事当成人生目标，但世上总有一些坏人会利用你的好意。要是什么委托都应承下来，早晚会吃亏的。"

"先声明一下，明神，我从没把插手别人的事当作人生目标，也没打算什么委托都答应。学习上的烦恼确实属于心理咨询室的业务范围，我只是在做明神老师交给我的工作罢了。而且，虽然外表看起来那样，红峰她其实并没有什么坏心思，别只看外表。"

"为什么强调这个？我看起来像有坏心思吗？"

虽然不能说有坏心思，但确实有些轻佻。而对明神这样的人来说，说她轻佻本身就是一种伤害吧。

明神叹了一口气，提起了书包。

"你自己也不见得有这么多闲工夫吧。"

"确实。我不像你，有超凡的能力。"

"要是你因为关心别人而让自己受伤，我可不知道该怎么办。"

这话从平时总是要我关照的人嘴里说出来，实在没什么说服力。

明神突然转过头，像是刻意避开目光一般，随后离开了咨询室。

我和红峰也跟着她踏上了走廊。学校里已经没有其他人了，唯有我们的脚步声在夕照晕染的校舍中回荡。

"喂，透矢。"

走在旁边的红峰悄悄地凑近我的脸。

"她有什么超凡的能力？明神同学有那么聪明吗？"

"嗯……也能这么说吧，起码她没必要担心考试。"

"又漂亮又聪明，太不公平了。"

红峰皱起了眉。用"聪明"来形容或许有些过于简单。不过对红峰来说，这样的解释便已足够。

"她的头发究竟是怎么回事？到底是吃了什么东西才能长得那么光亮顺滑？皮肤也这么漂亮，就像洋娃娃一样，身材虽然纤细，但该翘的都翘，简直太完美了。"

"你，喜欢明神吗？"

"怎么可能啊！我跟那种高冷的家伙根本合不来，只是稍微夸奖一下，别误会了！"

这已经是最高程度的赞美了，可不是什么稍微夸奖一下。

这点距离不可能听不见我们的对话，但明神仍不管不顾地走在前面。这种无视的态度只会愈加煽动红峰的情绪，也不知道她究竟知不知道。

果不其然，红峰不满地瞥了明神一眼，然后突然露出了饱含深意的微笑，抬头看向我的眼睛。

"喂，透矢，我还想继续学习。"

"态度很端正，请务必保持这样。"

"那就去我家继续吧？"

说着，红峰突然挽起了我的胳膊。

不，我并不是在心神荡漾，要是私人空间被如此大胆地侵犯，自然会让人提高警惕。

"喂，红峰……！"

"干什么，透矢？"

"是不是离得太近了。"

"啊？有吗？"

"你的制服能不能穿整齐一点，都要走光了！"

"那你不看不就行咯？"

"才没看到，别冤枉人！"

红峰一边嗤嗤笑着，一边两眼放光地窥探着明神的样子，就像对喜欢的女生恶作剧的小学生一样。真是的，都上高中了还这么幼稚。

明神全然不顾她的举动，只顾快步走着。不过她的步伐似乎比往常快了一些，红峰应该没有注意到吧。

红峰含着笑小声对我说道：

"瞧，貌似很有效哦，虽然装成没事的样子，但她那种人，绝对是嫉妒心很强的类型。"

"你不是不再欺负人了吗？明神只和我有交集，别孤立她。"

"被孤立的人到底是谁啊？"

"什么？"

"啊，你那什么都不知道的表情真让人火大！"

"好痛！"

红峰突然紧紧抓住我的胳膊，一副要将之捏碎的气势。我再也吃不住痛，不得不侧过了身体。就在那一刻，我的胳膊肘狠狠地戳到了红峰的胸部。

当我的思绪停滞在其上的瞬间——

"咿呀！"

刺耳的叫声在仅有我们的走廊上回响着。

我一时间分辨不出是谁在喊。

直到我看红峰涨红了脸转身离开，用手捂着自己的嘴，才明白那究竟是谁的声音。

"红……红峰，不好意思。"

"刚，刚才的事情就当没发生过！"红峰猛然伸出了手，"这，这种怪声怪调，简直和小女生没两样了！"

"不对，你就是女生吧？"

"不是这个意思，唔唔……只是胸口被撞了一下，就这个样子，搞得我好像完全没有经历过似的。"

红峰把双马尾的末端拉到嘴边摆弄着，不知为何显得闷闷不乐。

真是个莫名其妙的家伙。我不知所措地移开了视线，碰巧撞上了明神的目光。

"……"

淡薄的表情中混杂着愤怒的神色，大概只有我和明神老师才能看懂。

然而，她始终未吐一字，只是蓦然转过身去，加快了脚步。

哎呀……别因为在学校只和我有交集就气成这样啊。

红峰的存在并不影响我俩的关系——真是的，都上高中了还是这么幼稚。

◆ 红峰亚衣 ◆

刚出校门，明神同学就上了接她回家的车。我目瞪口呆地看着汽车驶远，然后和透矢一起踏上了回家的路。

"明神好像是某个大神社家里的千金小姐吧？要外貌有外貌，要头脑有头脑，家里还有钱。真是不公平到家了。"

"天晓得神社有没有钱。不管怎么说，你也算富裕的吧。毕竟你从初中起就在这所学校了。"

"嗯，或许吧。我没想这么多。"

透矢是从高中开始入学的，大概是所谓的特招生吧，是成绩特别好的人。虽然没有详细问过，但我觉得他为免除学费似乎付出了不少努力。

就教导方式而言，透矢极其优秀，他从来不会摆出"为什么连这都不懂"的架子，虽然嘴上也会说这种话，但仍会站在我的角度同我一起思考。

他一定是个非常努力的人吧，而不是天资聪颖的那种，所以他才能够和我这样的人相处。

期末考试什么的，原本我已经不抱什么希望了，当时只是在冲动之下随便提了一嘴而已。透矢能来辅导我真是太好了……应该是吧。

明神同学依旧对我采取彻底无视的态度。

"红峰。"

我们一言不发地走了一段路，透矢突然喊了我一声。

"差不多该道歉了吧?"

我的心脏一阵悸动。感觉自己的心思被他看破了，就连更深处的想法也是。

果然是这样啊。

他为什么愿意辅导我的功课，还有，为什么他愿意把我留在心理咨询室里。

是为了给我创造一个向明神道歉的机会。

"真是多管闲事啊，透矢。"

从明神不来教室的那天起，我就一直在思考。

17

我该如何为我的行为道歉，又该在何时道歉。

这是迟早必须完成的事。

这是绝对不能敷衍了事的事。

这我知道，但是……

"就算我想道歉，对方也是那副样子，好像连我的事都不记得了。怎么说呢，根本使不上劲啊，闹到最后也只是我的自我满足。总而言之，现在哪怕要我道歉，也没道歉的心情。"

"所以你才找她麻烦？真是太幼稚了。"

"吵死了，我跟她本来就八字不合！"

"既然这样，那你就证明一下吧。"

"……啊？"

听到这突兀的言语，我的脑子一时间没转过弯来。

"证明……什么？什么意思？"

"也就是说，你不喜欢被明神轻视的感觉，对吧？你希望她至少要记住你的名字，把你当作一个独立的人来看待吧？那就只能证明给她看了，你是一个值得被记住的人。"

"你觉得这有可能吗？"

让那个明神凛音——

那个仿佛集神明之爱于一身的明神凛音，承认这个脑子愚钝、运动无能，仿佛教科书里失败案例化身的我，承认我的价值。

"你真的觉得我能做到吗？"

"不知道。"透矢当即应道。

"你不是应该说'你能做到'吗？"

"连你自己都不相信能做到，我怎么可能替你下定论。除非你亲自尝试一下。"

说着，透矢露出了坚定的微笑。

"试一下就会知道结果，没有比这更简单的了。不是吗?"

试了才会知道。

不试就永远不知道。

终其一生，只能停留在原地。

"那么，首先在期末考试中拿个好成绩吧，这样明神或许会对你另眼相看。"

"真的吗? 感觉她不是那种在乎别人分数的人。"

"其实不是哦。她是个争强好胜的家伙——要是在考试中败在你的手下，那她绝对会非常懊恼的。"

"什么? ……你觉得我会赢?"

"不知道。我也不清楚，就是觉得有希望。你没有自己想象中那样愚钝，明神也没你想象中那么完美。"

说着，他把手搭在了我的肩膀上。

透矢并不是那种会说漂亮话的人。

虽然他是个摸不清底细的家伙，但至少这一点，我从过去的相处中已经很清楚了。

所以，当他一只手握住我的肩膀时，虽然只有短短一瞬，我确实萌生了一种可以依靠的感觉。

"嗯，我明白了!"我鼓足勇气宣言道，"这次的期末考试，我要战胜明神同学!"

"就是这个气势，我也会尽力帮助你的。"

我有些担心地抬头看向神情自若的透矢。

"没关系吗? 你自己的学习时间不会被耽误吗?"

"考试范围是一样的，教导别人也是一种高效的复习哦。"

"好吧……不过总觉得有些过意不去，至少得表达一下谢意才行……"

要不介绍一家口味不错的甜品店给他？可是这样的话，感觉和平时也没什么区别啊……

经过一番苦思，我把目光转向了自己的胸口。

"要摸摸看吗?"

"我可没闲工夫跟你开玩笑!"

"好痛!"

我一边按着被手刀轻轻劈过的额头，暗自抿起了嘴唇。

这并不全是玩笑……说真的，差不多有一半是认真的吧。

*

从那以后，我迎来了中考以来最为刻苦的一段学习时光。不仅放学后待在咨询室复习，就连晚上回家，透矢也会通过手机指导我。虽然躲着父亲、母亲和弟弟悄悄和透矢通话有些别扭，但多亏了这样，我慢慢弄懂了那些原本让我望而生畏的问题。

以前的我完全习惯不了临近期中考试之际教室的紧张氛围。如今的我也能融入其中，在课间休息的时候翻开教科书学习。

看到我的变化，有两个人带着好奇的表情靠了过来。

"亚衣，你最近怎么啦？超级认真耶!"

"你在看什么？化学吗？哇，太羡慕了，我选错了科目!"

亲昵地搭着我肩膀的是芽里垣智里。

轻声说道的是汤之岛泪沙。

智里染了一头金发，手指上戴着堪比武器的假指甲，泪沙涂着深色眼影，书包上挂满了叮当作响的吉祥物钥匙圈，她们就是那种典型的成绩很差的同班同学。

她们和我算是朋友吧……虽然关系算不上亲密，但毕竟是吊车尾的同伴，从初中时起偶尔会一起玩，自从升入高中，特别是开始跟透矢打交道以后，就几乎不跟她们说话了。

两人毫不犹豫地从边上的座位搬来椅子，把我围了起来。泪沙的座位明明就在附近，却偏偏拖来了别人的椅子——就在我这么想的时候，两人露出了戏谑的笑容。

"你变化好大啊，记得初中那会儿，哪怕临近考试也会跑去唱卡拉 OK 呢。"

"真是没想到啊，亚衣居然是那种会为了男人改变的类型呢。"

"对，而且对象还是那个死心眼学霸班长型的伊吕波。"

我的脸颊抽动了一下，暂时停下了在笔记本上写字的笔。

"喂！能不能别在当事人的面前说闲话？没看到我在学习吗？"

"哦哦，请便，请便。"

"我和泪沙也自便咯。"

"自便你个头啊!"

我忍不住叫了一声，两人哈哈大笑。

像这样一唱一和，在旁人眼里或许是关系亲密的象征，但事实并非如此。我就算有什么烦恼也绝不会找这两个人商量，她们也不会向我展露心声。

归根到底，就是那种绝不推心置腹，绝不刨根问底，只是在一起嘻嘻哈哈的关系。

这也没什么不好，如果是真正的密友，或许会需要在意一些事情，但对于这两个人，就完全没有必要担心了。

倒不如说，那些假装亲近、试图套近乎的人更像是不可信的骗子。从这层意义上说，这种两个毫不遮掩的泛泛之交反倒值得信赖。

"告诉你们，我小学的时候可是个天才，不然也进不了这种学校。最近也只是稍微找回了一点往日的骄傲而已，别再说我是被男人影响了！"

"我们也差不多啦。"

"没什么缘由不可能突然复活的哦。看你期中考试的时候还没什么干劲，绝对是受了伊吕波的影响。"

"是呀，你俩一起学习，腻腻歪歪的。"

"才没有腻腻歪歪！"

要说一起学习，倒也没错。

想要努力学习的契机，确实是因为透矢在背后推了我一把……从这点来说，确实可以算受到了他的影响。但这和那种一旦交了坏男朋友品位就跟着变差的女人是不一样的，绝对不一样！

"阿妈是什么样的男人？"

"啊，好想知道。"

"喂，告诉我们吧，就一点点好了，我们可是好朋友。"

"不，不知道，我真的不知道！"

"喂，你们两个，不要打扰红峰同学。"

沉稳而柔和的声音打断了两位狗仔。

不知什么时候，另一个同班同学和花暮已然站在了我的座位跟前。

"诹由，怎么能说是打扰呢？"

"就是啊，这可是关系到全班的重要大事。"

"刚才我听到了一点，你们在说关于'夜晚'的话题吧，有男生在的地方不要讲，忍忍，留着上厕所再讲吧。"

"好呗，宝宝走了。"

"宝宝走了。"

"好啦好啦，听话。"

和花暮温柔地笑着，安抚着心智退化的智里和泪沙。

和花暮戴着一副显得有些老土的眼镜，配上中等长度的波波头，给人一种温柔的印象。虽然外表十分朴素，但她那无法忽视的包容力总是被班上同学所依赖。事实上，我们班的班长就是她。虽然不太惹眼，说话声也不大，却承担了协调者的角色，是个不可思议的女生。

如果说透矢是一位严厉的母亲，那么和花暮同学就是理想中的母亲。她性格温柔，通达人情，身上还有好闻的气味，这就是被她责备（当然是开玩笑）的同学会退化为婴儿的原因。

驱散了狗仔队后，和花暮同学向我展露了阳光般的笑容。

"怎么样？学习还顺利吗？"

"还过得去。不过课程太多，确实有点辛苦。"

"现在在学什么呢？哦，是化学啊，确实挺难的。不过有人说比物理简单一些。"

她噗嗤一笑，用纤细的手指轻轻触碰了我的化学课本。

"喂，红峰同学，要我给你出几道题吗？我选修的也是化学，应该能稍稍帮到你哦。"

"真的吗？谢谢，快出题吧！"

和花暮同学和透矢一样成绩出色，而且态度温柔，简直是完美的榜样，真希望某位喜欢甜点的男生也能学习一下。

和花暮同学拿起了教科书，翻着书页。

"那个……物质从固态不经过液态直接变成气态的过程叫什么？"

"唔……是升华吧。"

"答对了，那就提升一点难度。阿伏伽德罗数是多少？"

"阿伏伽……哦。这个我记得，是 6.02 乘以 10 的 23 次方，对吧？"

"嗯，你记得很清楚呢！那么……石蕊试纸由蓝色变成红色是什么原因？"

"呃，等一下，这是哪个来着……"

真不可思议啊，我想。

不久之前还那么讨厌的功课，如今竟然变得有趣起来了。

◆ 伊吕波透矢 ◆

在咨询室的会客区，红峰正埋头学习。

我小心翼翼地站起身来，走到隔板的另一边。明神依旧在拼着拼图，偶尔朝红峰的方向瞥上一眼。

"你不用看书吗？"

我压低声音问了一句，同时坐在了明神的对面。

明神连看都没看我一眼，只是继续盯着拼图。

"用不着，教科书我已经全都看完了。"

"也是，如果是你，大概已经把考试题目推理得八九不离十了吧。"

"不把笔记本写得满满当当就记不住东西……脑子不好的人也挺不容易呢。"

这句话说得挺大声的，但红峰并没有反应，似乎是没听见。

我微微一笑。

"这家伙还挺有能耐的吧。别看她这样，专注力还是相当不错的，当时跟你起摩擦的时候，她不也是那样全力以赴的吗？"

明神的眼里闪过一丝不满。

"就算这样，我的分数还是比她高吧。"

哦？看来明神比红峰本人想象中还要更在意她啊。就算撇开涂鸦事件不谈，红峰那轻佻的外表确实是明神讨厌的类型……一想到那家伙正在追赶自己，难免会心神不定吧。

这招行得通。我暗自得意。

"你期末考试会在哪里考？"

"期中考试我是在这里考的。"

"唔……这样不算作弊吗？"

"为什么？"

"不管我还是红峰，都是在教室里参加的考试，沉浸在所有人都一言不发的紧张氛围里。只有你一个人在熟悉的环境里心无挂碍地参加考试。这样一来，你能发挥出应有的实力也是理所当然的了。"

明神皱起了眉头。

"才没有。就算在教室里考试，结果也是一样的。"

"那就去教室考试吧，"我立刻接了一句，"相比平时来教室的压力，这种门槛低得多吧？反正大家都在忙着考试，没人会特别关注你的事。"

"不知道为什么，总有一种被你诓进圈套的感觉。"

"决定权在你手上，我无所谓。要么跟红峰在相同的环境下考试，要么在有利于你的环境下考试。哪一种方式获胜后的满足感会大一些，你自己权衡一下吧。"

明神一脸不服地向我瞪了过来，最终还是轻轻地叹了一口气。

"我明白了。如果不答应你，就好像是我临阵脱逃一样。"

"那说好了哦。要是你不来，我就接你过去。"

"不用。"

太好了！我在心里摆出了剪刀手。

没想到竟能在这种地方完成和明神老师定下的契约，把明神带回教室，真得感谢红峰啊。之前她欠我的人情可以一笔勾销了。

*

之后，我把明神和红峰留在了咨询室，暂时离开了校舍。

压在肩上的重担仿佛轻了些许。暑假前让明神回归教室，这个目标姑且有了一点眉目。红峰那边也可以自学了。我获得了解放，得以专注于自己的学习。

今天心情不错，偶尔也请她们喝瓶饮料吧。我暗自计划着，抬头望了望夏日的晴空，来到了中庭一侧的自动售货机前。

就在这时，我看到先到的客人正弯下腰，把手探入取货口里。

"啊！"

待那人回过了头，我才发现是熟悉的面孔。

"和花暮同学?"

同班的和花暮诹由，她是唯一一个我在称呼时会加上"同学"以表敬意的人。

和花暮一边从自动售货机里拿出瓶装饮料，一边向我打招呼。

"我当是谁呢，原来是伊吕波。放学后见到你，真稀奇呢。"

"是啊，放学后我很少出来。"

我走到售货机前，投入三人份的硬币，首先选择了一瓶自己的饮料。

咖啡欧蕾可以吗？红峰好像经常喝柠檬茶。

"伊吕波，你参加社团了吗？哦，现在是考试期间，应该没有社团活动吧。"

和花暮一边说着，一边走进了售货机一侧的阴影，一声轻响拧开了饮料瓶盖。

"不是社团活动，只是为了备考才留下来。"

考试期间，学生们似乎都没有咨询烦恼的心情，咨询室也大体处于无人问津的状态。

"和花暮同学放学后为什么留在学校呢？"

"我有社团活动哦。是个氛围宽松的社团，即使考试期间也不停止活动。"

言毕，和花暮同学把嘴凑到了瓶口，汗津津的喉咙咕嘟响了几声，然后长吁了一口气，用手拍了拍衣领。

"今天也太热了，考试期间，社团活动室连空调都不让开，简直像桑拿房一样。"

"空调？我这里倒是没停。"

"啊？真好呢，让我去凉快一下吧。"

"不好意思。我们那边不能随便让外人进去。"

"可是红峰同学不是进去了吗？"

嗯？

"我提过红峰的事吗？"

"硬币。"

和花暮同学指向了自动售货机的硬币投入口。

"你投了三人份的硬币，最近你好像在辅导她学习，现在应该也在一起吧。"

"真是敏锐。"

"多谢夸奖。"

咕——和花暮同学打了一个可爱的嗝。我按下了按钮，任由三人份的饮料落入取货口。

"真让人吃惊呢，没想到你竟能唤醒红峰同学的学习兴趣。"

"那家伙太容易厌倦了，可费了我不少工夫。不过只要点上了火，烧起来倒是挺旺的。"

就在我弯下腰去取饮料的一瞬——

"真了不起哦。"

"哇啊！"

冰冷的触感骤然降临在我的脖颈，我讶异地抬起头看向和花暮同学。

"啊哈。"

和花暮同学拿着瓶身凝结着露珠的碳酸果汁，嘴角勾起一抹恶作剧般的笑容。

"要给努力干活的伊吕波阿妈一点奖励，想不想来点呢？"

"算了，我不太喜欢碳酸饮料。"

"这样啊。"

我捧起自己的咖啡欧蕾、红峰的柠檬茶和明神的瓶装茶。

和花暮同学弯起腰，将屁股抵在墙上，齐肩的短发垂落在脸颊旁，就这样盯着没直起身的我。

"喂，伊吕波，你为什么这么爱照顾人呢？"

"我并不觉得这是照顾人，我只是对自己看不惯的事情没法视而不见罢了。"

"这话说得真帅气啊，伊吕波在人际关系上似乎没有什么烦恼呢。"

"那倒没有，比方说，现在就为某个小个子辣妹困扰着。"

"啊哈哈。"

和花暮同学笑得双肩轻颤，接着缓缓把手伸向了我的头。

"好啦好啦，辛苦你了。"

她像往常那样开玩笑似的摸着我的头，而我的手因为捧着饮料，没法将她的手拂开。

我只好站起身来，和花暮同学这才把手从我头上拿了开来，支起了上半身。

"好啦，要是有需要帮助的孩子，请跟我说哦。我会以'妈妈联邦'成员的身份帮助你的。"

"这是什么奇怪的组织啊。"

"我们的孩子可难管教呢。要是不齐心协力，还真搞不定，是吧?"

"我可不记得养了三十多个小孩。"

我叹了一口气。

"就这样吧，你这边要是遇到什么困难也请告诉我，我会尽力帮助你的。"

"嗯，谢谢。"

和花暮同学再度拧开碳酸饮料的瓶盖，靠在墙上喝了起来。这时，我才突然意识到一件事。

"你……还挺高的。"

"什么?"

大概是因为身体靠在墙上的缘故，她的脊背挺得笔直，目光意外地贴近。平时给人一种小动物般可爱的印象，如今却显露出外国人那种漂亮的沙漏型身材。

和花暮把嘴从塑料瓶上拿开，呆呆地看着我说:

"难不成……你在夸我?"

"某种程度上说是的。"

听到这话，和花暮同学意味深长地笑了笑，微微歪过了头。

"要是你总是这样随口夸女生的话，红峰同学搞不好会生气哦。"

"为什么?"

"就是因为你的这种反应，"和花暮同学呵呵地笑着，指了指抱在我胸前的果汁，"要是不快点回去，饮料会被你捂温的哦。"

"也是哦，那我先回去了。"

"嗯，代我向红峰同学和明神同学问好。"

和花暮同学轻轻挥着手，我在她的目送下离开了中庭。

进入校舍之后，我突然觉得有些不对劲。

"我说过要回到明神那里吗?"

◆ 红峰亚衣 ◆

期末考试的日子终于到了。

我坐在考场的座位上，心情比期中考试的时候紧张得多。

今天的考试科目是国语、地理和化学三门课，其中地理和化学分别是对应生物和物理的选修科目。有些同学会在专门的教室里考试。好在今天没有我最不擅长的数学和英语，算是相对轻松的一天。

"复习了吗?"

"完全没有。"

"那个……阿伏伽……什么数是多少来着?"

即便如此，到了考试当天，大家的心情似乎都变得焦虑起来。有些同学仿佛与自己对话般跟朋友低声讨论，有些同学则带着走投无路的表情翻看教科书，教室里充斥着独特的紧张感。

顺带一提，我属于后者，直到最后一刻还在拼命翻看教科书。透矢则显得从容不迫，正一脸平静地翻看笔记。

不过这样的挣扎并未持续多久，负责监考的老师走进了教室。

"坐下。"

一个毫不留情的声音响了起来。发出指令的是学生指导老师大碇，私底下被学生叫作"黑子"。一身紧身西装套在瘦长的身体上，神经质的脸上戴着墨镜，像极了所谓"黑帮知识分子"，不知是谁将其简化为"黑子"给他起了绰号。

就像他的外表一样，这个老师严守规矩，毫不宽容。虽然他极少大声吼叫，但只要被他墨镜后面的锐利目光盯着，再淘气的男生也会缩成一团。

让这个黑子当监考老师，真是糟糕透顶。我的座位在最前排，离他近得让人不安，会不会被他盯上呢？

当教室里的大多数人都在想同样的事情时，教室门突然被推开了。

"……"

一瞬间，教室里的气氛骤然紧绷。

明神凛音。

自从黄金周前的事件发生后，就一直未曾涉足教室的校内头号美少女，此时正站在门口。

"明神，来了啊？快坐下。"

黑子以低沉的声音催促道，明神同学迈着泰然自若的步伐走向了窗边的座位。

恰在此刻——

在她经过我的座位的一瞬间，目光不由自主地落在了我的脸上。

这是我的想象吗？不，不是。

刚才，她的确看了我一眼。

她的眼中没有其他同学，甚至连板着面孔的黑子都没放在眼里，只看向了我。

不对，我在高兴什么啊？

没错，我是打算在这次考试中让她刮目相看，但这是为了让那家伙关注我，现在反而搞得好像我很在意她似的。

"现在发放试卷，请检查课桌内部。一旦发现作弊便取消全科成绩，都记好了。"

我将手伸进桌内又摸了一遍，确认里边什么都没有。

然后，我接过了黑子递来的试卷，留下自己的那份，把剩下的传到后面。

我跟这种人八字不合。

总是一脸冷漠，无视别人的感受，还能毫不犹豫地出手打人，这样的人绝不能成为朋友。

但是——对啊，总得有个了断才行。

我要在这次考试中获胜，然后再去向她道歉——让她见识一下什么是胜利者的从容！

*

第一场是国语。

我一直觉得国语不需要专门去学，但透矢教了我现代文考题的解题诀窍，又帮我练习了好几套题，正式考试应该没问题。这可能是我第一次在国语考试中如此得心应手。

"好咯！"

我从心底涌出一股自信，或许能行，或许真的可以赢！

聚精会神做题的我，不自觉地抬起紧踩地面的脚后跟，将腿缓缓向前伸展。顺势将胸部搁在桌面上，前倾的姿势稍稍缓解了肩膀和背部的疲劳。

接下来是选修的地理，我必须在休息时间转移到地理教室。

我拿着笔盒和复习到最后一页的教科书，从自己的座位上站了起来。当其他需要转移教室的同学涌向走廊时，我看到泪沙说了一声"我去一趟厕所"，随即消失在了人群中。

"……"

然后，明神同学稍晚一步站了起来，她一言不发地走出教室，往厕所方向走去。

考试期间姑且不论，但休息时间她显然不想待在教室里。作为事情的导火索，我果然还是觉得有些抱歉……

不过，仔细想想，在那件事发生之前，明神已经是这副样子了。这根本不是我的错，她甚至连我的名字和脸都记不住。

虽然和透矢在一起的时候她似乎更容易亲近，果然透矢对她而言是个例外。

正当我一边想着这些，一边准备离开教室的时候，突然有人从后边拍了拍我的肩膀。

"加油哦。"

还没等我回头，某个平静的声音传了过来，令我的心脏一阵悸动。

扭头一看，透矢正要回到自己的座位上去。

心跳并没有平复，如果只是被吓到，现在早该平复了吧。

为什么会这样呢——在思考之前，我对着透矢的背影喊了一声：

"不用你说我也会加油的，阿妈！"

透矢只是回头看了我一眼，突然微微一笑。

像是要逃离那笑容似的，我赶紧离开了教室。

回想起来，为了我这个不怎么聪明的朋友，他真的为我花费了很多时间和精力。要是换成我，绝不可能如此奉陪。他真的是个难以置信的老好人……

"……"

不不不，现在不是想这种事的时候，我得集中精力准备下一场考试！

*

好不容易把第二场地理考试熬了过去，在回教室之前，我先去了一趟厕所。

我们学校有一个可取之处，就是厕所一直都很干净，无论什么时候进去，都是被打扫得一尘不染的状态。而且最重要的是，便器全都是西式的，日式蹲厕真能把脚累坏。

"呼。"

好险啊，差点在考场上尿了裤子，早上的红茶好像喝太多了，我只是想提提神。

之后，我回到了教室，负责监考的黑子早已坐在了讲台上，以锐利的目光扫视教室。不过到了第三场，大家或许已经习惯了他的目光，教室里到处都有人窃窃私语。

尤其是泪沙和智里，她们当着黑子的面，大摇大摆地跟坐在前排的同学聊得火热。而且，或许是因为离得近吧，她们还擅自拿走了我的椅子。

"喂，你回来啦，亚衣。话说地理考得怎么样？"

"嗯，还过得去吧，你呢？"

"考砸了。生物真的不行，彻底完蛋。"

"我也是哦。啊，对不住了，稍微借了一下你的椅子。"

泪沙站起身来，把坐过的椅子还给了我。我说了句"嗯，没事"，她就径直走向教室的大门。

"那我去考物理咯，再见。"

"嗯，去吧。"

泪沙朝着智里以及另一个一同聊天的女生挥了挥手，然后走向走廊。选修物理的学生正赶往别的教室，据说物理很难，走出教室的同学纷纷发出了"完了完了"的哀号，真庆幸自己选了化学。

我把椅子放回自己的座位，然后坐了下来，从包里拿出了化学教科书。

下一场化学考试就是今天最后一门考试了。化学也是透矢选修的科目，所以我也下了不少工夫。这样看来，第一天应该能顺利收场。

我抬起身子调整了一下坐姿，打开了教科书。虽然只剩几分钟，但还是想看一下不是很确定的地方。

就在这时。

咣当一声，明神同学突然站了起来。

"……?"

好似背景板般静静待着的明神突然发出了这样的动静，吸引了包括我在内的全班同学的目光。但站起身来的明神同学并不介意这些，而是快步穿行于课桌和同学之间，走向了他。

他——伊吕波透矢。

"明神？你怎么了？"

透矢一脸不解地抬头看着明神同学的脸。

但那只是一瞬间的事。

透矢并未说一句话，只是抬头朝明神同学看了几秒，脸上的表情就骤然转为惊愕。

明神同学张开了纤薄的嘴唇。

"犯人——"

"等一下！"

"咕！"

电光石火之间，透矢慌忙伸手捂住了明神同学的嘴。

所有人都被这一举动惊呆了。毕竟是透矢用手掌堵住了明神凛音那神秘而端庄的嘴唇，对于大多数不知他俩在咨询室相处方式的同学来说，这无疑是鲁莽的举动。

透矢凑近到能感受到彼此呼吸的距离，悄悄对明神同学说了一些什么。

明神同学被捂着嘴，只是用力地点了点头。

"你过来一下。"

紧接着，透矢握住明神同学的手腕，把她硬拽出了教室。明神同学就这样任由他拉着，丝毫没有反抗的意思。

目送走他们后，教室里顿时炸了锅。

"他们是在交往吗？"

"咦？那红峰呢？"

我不知道，也不关我的事。

而且，这种程度的接触就被视作交往，未免太不正常了吧。照这个标准，我岂不是也算？毕竟我可是有过被他用胳膊搂着强行带走的经历啊。

每重复一次这个念头，心中的不爽情绪就更膨胀一分。

真是的，别在紧要关头做奇怪的事啊！

＊

沙沙，沙沙，沙沙。

秒针前进的声音与自动铅笔在纸面划过的声音混杂在一起。面对着自己的答题纸，我拼命地压榨着头脑深处的记忆。

没关系，我知道，我记得……我的脑袋并没有想象中那么愚笨。

每做完一道题，我就将微悬的脚后跟再抬高一点，任由小腿和小腿肚互相摩擦。头顶吹来的空调冷气掠过脚底，凉意一阵阵袭来。不过没关系，我刚才已经去过厕所了，还不至于没法集中注意力。

当题目做到一半的时候，咕噜一声，视野边缘滚下一块橡皮，似乎是邻座同学掉的。考试中自己是不能捡的，负责监考的黑子老师走上前来，弯腰拾起橡皮。黑子虽不是那种老师，可他的脸已经到了能够看到我桌子底下的位置。我下意识地并拢大腿，以免不慎走光。

"谢谢。"邻座的家伙低声说了一句，黑子走回讲台。我一边将他的背影挤出意识，一边阅读下一道题。

就这样，五十分钟的答题时间过去了。

"答题结束，把笔放下！"

黑子老师低沉的宣告声刚一响起，教室里顿时传出一片不知是叹息还是哀号的声音。

"开始收答题纸，从后边的人依次——"

我将自己的答题纸放入传过来的一摞纸里，递给了黑子老师，突然间，一股成就感涌上心头。

应该——不，一定完成得非常不错吧。没有开一个天窗，也几乎没有靠猜，这样的话，就算是明神同学——

"喂。红峰，别动。"

"啊？"

黑子老师突然用低沉且冰冷的声音呼唤着我的名字。

教室里登时一片沉寂，我呆若木鸡，茫然地歪头看向了黑子老师那张神经质的脸。什么情况？怎么了？

黑子老师眉头紧锁，在我的座位旁弯下了腰。

然后——他把手伸到了我的椅子底下。

我不知道。

我是真的不知道。

然而，事实就是——

他从椅子底下伸出的手里，拿着一片笔记本上撕下的纸片。

"红峰，这是什么？"

他用饱含怒意的冰冷语气质问着我，并将手中的纸片递到了我的面前。

上面写着这样的内容——

6.02×10^{23}

这正是刚刚完成的化学考试的答案之一。

"这是小抄吧？"

嗯？

到底发生了什么，我完全搞不懂状况。

完全无法理解眼前的状况……只觉得脸上的血色逐渐褪去。

"是藏在桌子或者衣服里，一不小心掉出来了吧？"

周围喧闹起来，所有人的目光刺遍了我的全身。

"我一开始就说过吧？一旦发现作弊，将取消所有科目的成绩。"

"我……不是我……！"

我强行挤出堵在喉咙里的声音。

"我，我没见过这张纸，这是什么？什么时候跑到这里的？我不知道！不是我！"

"就掉在你的脚边，不是你的又是谁的？"

不，不是……真不是我的……

这种问题的答案，明明都记在我的脑子里，根本不需要作弊！一切……一切都是凭借我自己的努力……

黑子老师威胁似的在室内环顾了一圈。

"其他人可以回去了，红峰，你跟我去学生指导室。"

"不，不是……！老师，真的，真的不是我！"

"还狡辩？你要为你的所作所为承担责任！"

"呜。"

极少大声吼叫的黑子老师饱含愠怒的声音震撼了我的全身。就在我身体僵硬之际，他强行拽住了我的手腕。

等，等一下，这不是真的，对吧……？我真的什么都没做……就凭这张从没见过的纸片……

这不是真的……一定不是真的……！不是我，我什么都没有做！这和明神同学那会儿不一样，是毫无根据的冤案……！我明明……明明知道自己是清白的！

"请等一下！"

黑子老师回过头来，眯起了戴着墨镜的眼睛。

在那蝮蛇般锐利的目光之下，这间教室里唯有一个人——

唯有伊吕波透矢。

他毫无惧色，那双即便是恭维也不能称为可靠的眼睛，正从镜片后笔直地回瞪着对方。

"请等一下，现在取消红峰的成绩还为时过早！"

"为时过早？为什么？这里有小抄作为确凿的证据，还有什么不明确的？"

"没有证据表明是红峰写下并使用了这张纸条。"

在冰冻般凝固的教室里，透矢独自一人迈着坚定的步伐穿过人群，挡在了黑子老师面前。

"那张小抄正好掉落在红峰的脚边，*仅此而已*。大碇老师，您并没有目睹那张纸从红峰的笔盒或者书桌里掉落的瞬间，刚才所说的一切都只是猜想。"

"确实，我没有亲眼看到那个瞬间。"

黑子老师似乎认可了透矢的话，但他抓着我手腕的力道丝毫没有松动的迹象。

"但这张纸条就是在她脚边发现的，仅凭这点就足够怀疑她了，对吧，伊吕波？"

"我承认她是嫌疑人，但仅仅是*嫌疑人*而已，并不是*犯人*！"

"伊吕波啊。"

黑子老师叹了口气，呼唤了透矢的名字。

"你这种爱打抱不平的个性真是让人敬佩，就连你在咨询室的活跃表现也在教职工中有口皆碑。我必须向你表达由衷的敬意……不过，正因为你如此优秀，想必应该明白一个道理吧？"

"明白什么？"

"*作弊这种事情，在被怀疑的时候，就已经是作弊了。*"

冷若寒冰。

40

黑子老师如同机械一般冷冰冰地如此宣告道。

"疑罪即罚，校规上明明白白地写着呢。每年都会冒出好几个考试作弊的蠢货，学校哪有时间一一细查。"

"这……这种事情怎么能被认可！"

"当然能被认可，至少在学校这种地方可以。"

黑子老师扶了扶墨镜，一脸严肃地俯视着透矢。

"出于对你优秀表现的敬意，我才愿意开诚布公地告诉你。虽然不知道你未来在法律界会有怎样的表现，但至少在作弊方面，嫌疑人便等同于犯人。这里没有调查也没有审判，一旦发现小抄，当即取消成绩。这就是规则。"

"荒谬，这简直是中世纪的规则！"

"如果你有这种想法，那将来就去文部科学省①工作吧。让开。"

黑子老师强硬地推开了透矢的肩膀，无论透矢有多强的意志力，他孱弱的力量都不足以跟成年人的力量相抗衡。

不过，我很高兴。

唯有透矢阻拦了他，在所有人的观望下，唯有透矢高声斥责黑子老师，挺身而出。他的行为令我感到非常高兴。

遗憾的是，我的努力被白白浪费了。

算了，反正我一直是班上的吊车尾。

啊，原来如此。

那个时候，我……果然还是很开心的。

黑子老师的脚步再度停了下来。

---

① 日本中央政府的行政机关之一，负责统筹日本国内的教育、科学技术、学术、文化和体育等事务。

"……?"

已经彻底放弃的我诧异地抬起了头。

黑子老师之所以停下脚步，并非透矢的缘故。

教室的入口处站了一个人。

一位身穿白大褂的女性正站在那里。

那是一位高挑苗条的中性美女，一只手插在白大褂的口袋里，另一只手拿着巧克力点心，悠然自得地咀嚼着。

我对她几乎没有印象。但那双几乎看不出任何情感波动的眼眸，总觉得——对，总觉得有点像明神同学。

"明神老师……?"

透矢低声地嘟囔着。

明神……老师？

啊，想起来了。她就是我用来备考的心理咨询室的正主，明神同学的亲姐姐。

明神芙蓉，学校的心理辅导老师。

黑子老师眯起眼睛，盯着芙蓉老师的脸。

"明神老师，有什么事吗?"

"没事。作为姐姐，我只是担心家妹的状况，就过来瞧一眼。没想到刚好撞上了这样一场闹剧，正不知道该怎么办呢。"

芙蓉老师用空洞无比，仿佛不包含任何真实想法的声音回应道，并直视着对方的脸。

"我刚巧路过，实在不好意思，不过大碇老师，我就想说一句，你稍微听听伊吕波同学的意见，如何?"

"为什么？我和伊吕波的争论应该已经结束了。"

"不，大碇老师，并没有彻底结束哦。刚才听你好像说过'没有时间一一细查，所以疑罪即罚'，是吧？"

就在那一瞬间，透矢突然脸色一变。

"归根到底，是因为没有足够的人手和时间进行调查，所以抓到作弊才会当即判定取消成绩，是这样的逻辑吧？既然如此，要是有足够的人手和时间进行调查，判定取消成绩的事也可以暂缓，对吧？"

"这个……确实是这样的道理，只是……"

黑子老师一脸苦涩地支吾着，芙蓉老师则望向了透矢。

"那就这样吧，伊吕波，接下来就交给你了。"

另一边的透矢也满腹疑问地盯着明神老师。

"明神老师，您究竟是什么意思……？"

"你想当教育家吗？"

听到这平静的回答，透矢深吸了一口气。

接下来，他的眼中再度迸发出强烈的光芒，直视着黑子老师的眼睛。

"半个小时——不，请给我十分钟。"

他堂堂正正地宣告道。

就像在庇护着背后的我一样。

"十分钟后，我就能查出那个小抄真正的源头。"

*

教室里只剩下我、黑子老师、透矢和明神同学，其他人全都回去了。芙蓉老师也只留下一句"伊吕波，加油干吧"，随后便离开了。

暂时从黑子老师的束缚中解脱出来后，我跑到透矢身边，抬头看着他的脸。

"喂，透矢，真的没问题吗？"

"放心，会有办法的，一定。"

透矢莫名自信地断言道，然后转头看向了站在一旁的明神同学。

"是这个吗，明神？你刚才说的就是这个吗？"

"嗯？"

刚才？明神同学？什么意思？

明神同学则笃定地点了点头。

"没错，就是这个。"

"第一次出现这种情况，真是太惊人了。在什么都没发生的情况下，你竟然说出了犯人的名字。"

"犯人？怎么回事？难不成你已经知道那张小抄出自谁手了吗？"

"真理不言自明。"

明神同学微微歪着头，黑发轻轻晃动，道出了这句铭刻在我记忆中的话。

然后，仿佛在代行神明的旨意一般，她开口宣告——

"犯人是——地雷同学。"

……

"谁？"

地雷同学？我们班上并没有叫这个名字的人。

透矢却叹了一口气。

"她说的是汤之岛泪沙。因为她的妆容和打扮很像'地雷系'，所以才这么称呼。"

我回想着泪沙的打扮，深色的眼影，书包上挂满了叮当作响的吉祥物钥匙圈——虽然和男生差不多高，休息天却穿着少女味十足

44

的轻飘飘的衣服……

"哦，地雷同学——噗嗤。"

我还没来得及感到震惊，就被这过于贴切的称呼惹得忍俊不禁。地雷同学，确实没错，一看就是"地雷系"，说话方式也甜腻腻的。

"啊，原来如此，泪沙就是犯人吗？"

"你不会感到惊讶吗？她可是你的朋友吧？"

"也算不上朋友吧，要是有人问起我们的关系，我应该会这么回答……这倒也没什么奇怪的，泪沙一直是那种喜欢搞无聊恶作剧的人，只是我不知道为什么会针对我——但你是怎么知道的呢？难不成泪沙放小抄的经过被你看到了？"

"并没有看到哦，我说过真理不言自明，对吧？"

"啊？"

"事实上，明神能看出来犯人是谁，几乎是一种半自动的能力。"

这话听得我越发摸不着头脑。

"这是推理，当她面对谜题的时候，会在无意识的情况下进行推理……或许也能算是某种习惯吧，就像你涂鸦的事被发现时一样，当时她也是通过周围的情况获取信息，利用逻辑推理得出你是犯人的结论。不过，棘手的是，她自己似乎记不得推理的内容和过程。"

推理……？逻辑推理？我涂鸦的时候也是……？

确实，当时我也觉得奇怪，为什么会被她发现呢？原本以为是因为她的直觉异常敏锐，难不成她依仗的并不是直觉，而是像电视剧里的刑警一样，通过思考抵达了真相。咦？什么叫连自己都不记得了……咦？

"好吧，我也能理解你为什么会感到困惑。其实我直到现在也

45

没完全搞懂。不管怎么说，现在最重要的是，小抄事件的始作俑者是汤之岛泪沙。能够证明你无辜的推理必然存在，那是因为——明神在*化学考试开始之前就猜到了犯人*。"

"嗯？在化学考试开始前？"

说起来，明神同学也曾找透矢说了什么，结果两个人一起出去了。

"等一下，那可是在发现小抄之前啊。"

"确实是这样呢。"

透矢皱起了眉头，用一只手抱住了头。

"明神的'天启'我见识过好几次，但这种情况还是头一次见，*居然在事发之前就推理出了犯人*。"

不，这已经不是推理了吧。

这分明是预言。

感觉像是通过超能力或者魔法之类，以某种通灵的力量预言了未来。虽然透矢声称这是推理——

明神同学抬起难以窥知感情的脸，出神地盯着黑板上的时钟。

"总之，时间不多了。先从能调查的地方开始吧。"

言毕，透矢走向了抱着胳膊在一旁静观的黑子老师。

"大碇老师，可以让我看看您发现的那张小抄吗？"

"好。"

黑子冷冰冰地应了一声，把从我脚边找到的纸片递给了透矢。

透矢把纸条举到眼前仔细观察，明神同学突然从一旁探出了头。

"真潦草啊。"

"字迹吗？"

"不，是撕法。"

他们的距离未免太近了。

近到要是彼此抬头对视，嘴唇就会碰在一起的程度。明神同学头上垂下的头发轻轻扫过透矢的颈间。一般男生要是和明神同学如此接近，怕是连心跳都会停止，但透矢却毫不在意，盯着小抄沉吟着。

"确实……至少没用剪刀。不知道是由于太过匆忙，还是本性就粗枝大叶。"

我也开始有些好奇，于是绕到明神同学的另一侧，犹豫了一下，还是把手搭在透矢肩上，观察着那张小抄。

"这是笔记本上的纸片吗？上面好像还写了别的字。"

先前没有注意到，小抄的上端写了另外几个小字。

"那个……'女乂'？"

"这是什么？'女乂'……哪门课会有这样的标记？"

"我也不知道，不管怎样，我们只有十分钟的时间，想找到撕下这张纸的笔记本应该很难。"

透矢把小抄翻了过来，背面什么都没有。但他仍近距离盯着白纸的背面，又用手指抚摸了一下，若有所思地"嗯"了一声。

随后，透矢用手机分别拍下了小抄的正反两面，说了声"谢谢"，把实物还给了黑子老师。

然后他走到自己的座位上，从书包里拿出一本笔记本。

明神同学呆呆地看着他。

"今天你都带着这本笔记本啊。"

"因为不知道今天会发生什么事情。"

透矢一边翻开笔记本，一边走近我的座位。

"接下来我要检查桌子了，红峰，在这期间，你把今天的所见所闻全都告诉我，要尽可能详细。"

"啊，今天？全都？从大清早起床开始吗？"

"没必要，从到校之后的事情开始就行。无论多么细枝末节，无论看起来多么无关紧要，都不要放过。"

"我，我中途去了一趟厕所……"

"这部分可以适当模糊处理。不对，请告诉我你去了哪间厕所，进了哪个隔间。"

"你脑子没坏吧？"

尽管如此，透矢仍旧一脸认真，看来他真的需要这些信息。

无奈之下，我只得按顺序讲述今天发生的事。透矢一边把这些记录在手头的笔记本上，一边跪在地上检查我的课桌。

"这里和桌子面板之间有一点缝隙。"

他试着将笔记本的边缘插入桌面和金属储物格之间的缝隙。

"这张桌子有点向前倾斜。"

他把自动铅笔放进桌兜里，观察它从里边慢慢地滚出来。

虽说我完全不清楚他在做什么，但透矢手边的笔记本迅速被密密麻麻的笔记填满了。

当我讲完发现小抄的情况后，又不情愿地补充道：

"我是在第二节课后去的厕所，应该是倒数第二个隔间吧，就在地理教室的旁边。"

"知道了，你洗手了吗？"

"那当然了，当然好好洗过，还用手帕擦干净了！"

"谢谢。"

他一板一眼地将其记录下来。搞什么啊，这也太尴尬了！

"红峰，我再问一次，你没有注意到小抄的存在，对吧？"

"嗯，我绝对没见过，那张纸到底是从哪里掉下来的呢？"

"考试前一般都会查看桌兜里边的情况吧，当时你什么都没看到吗？"

"嗯，我只在第一场考试之前看过桌子里边，第二场考场在别的教室，第三场一开始我也伸进去摸过，里边应该什么都没有。"

"只是把手伸进去吗？"

透矢苦思着嘀咕了一句。要是仅仅伸手摸了一下，确实有可能没碰到桌子深处。要是小抄藏在某个地方，我还真有可能完全没注意到。

"话说，听我的描述真的有意义吗？明神同学不是已经推理出犯人了吗？既然这样，还是听她的意见比较好。"

"确实如此，所以我们现在来听听她的说法。"

……啊？

"那明神同学当然也要说一下咯，比方说进了哪间厕所哪个隔间，是大号还是小号？"

我带着一种莫名的得意神色，朝她使了个眼色，明神同学则眯起眼睛看向我。

"太粗俗了，这种事情和推理没有任何关系。"

"不行，必须说出来哦。"

"哈？我拒绝。"

"既然问过红峰了，当然也要问你，请尽可能详细地告诉我，包括是大号还是小号……算了，还是等有必要的时候再问吧。"

"变态。"

明神同学懊恼地嘟哝了一声，出人意料的是，她竟老老实实地开始讲述今天发生的事。

看来她很听透矢的话，哼。

"因为和你做了约定，所以我今天直接去了教室，没有绕路。"

"好久没去教室了吧，会抵触吗？"

"每天都要见到你这个最大的障碍，去教室和去咨询室也没什么区别。"

"既然这样，我倒盼着你能早点回教室⋯⋯然后呢？"

"正如你看到的那样，我坐了下来，参加了国语考试。"

"之后你离开了教室，对吧？在去别的教室考试的人几乎都走了之后。"

"正如你猜的那样，我去了一趟厕所。当时人很多，我等了好一会儿。"

"女厕所一般都挺挤的吧，那天有多挤呢？"

"五个隔间全都被占满了，我在门前等了几分钟。等待的这段时间里，女厕所出奇安静，甚至可以听见衣服摩擦的声音。"

"然后呢？是哪个隔间空出来了？"

"从入口看应该是最里边的，我呆呆地等了一会儿，突然看到有人从里边出来。回头一看，有一个隔间开着。啊⋯⋯"

"怎么了？"

"我想起来了，出来的就是地雷同学。"

"你确定吗？"

"就是那个没发出一点动静，不知不觉从隔间里出来的人。是的，错不了，我对那个深色眼影印象很深。"

"原来如此，我明白了。那你是和汤之岛同学前后进了同一个隔间，对吧。"

"是的，那是一个有点脏的隔间，我觉得自己选错了。"

"嗯，然后呢？"

"等一下，你是不是在细致地想象我如厕的场面？"

"要想吗？不想的话就没法推理吧。好痛！"

明神同学默默地踹了透矢的屁股。

对不起，我浮想联翩了。说实话，那种绝世出尘的美女低头整理裙摆的模样——即便同为女性，也难免会感到心跳加速吧……

"厕所的情形就到此为止吧，总之，我上完厕所后回到了教室！"

"好，明白了。明神，从你的座位上看过去，红峰的座位应该一直都在视线范围之内吧。从你的视角来看，红峰座位的周围有没有人做出什么可疑的行为？比如把手伸进她的桌兜里。"

"不，没什么特别的情况。犯人地雷小姐，在我找到犯人的第三场考试前的休息时间里，一直在小个子辣妹同学的座位周围和朋友聊天。我觉得没有什么特别可疑的举动。"

"这样啊，我看到的情况也是这样，何况红峰座位的正前方有大碇老师坐镇，他的视线一直都在教室之内，要是有人对红峰的课桌动什么手脚，老师一定会发现的。"

"那……那么那张小抄究竟是什么时候放进去的呢？"

明神同学说犯人是泪沙，可她并没有把手伸进我的桌子里。说起来，黑子老师就在附近，不可能让她做出这么可疑的举动。那犯人是用了什么办法，在什么时候把小抄放进我的桌兜的呢？

把明神的话记在笔记本上后，透矢又把目光转向了桌子底下的地板。

"这上面留下了非常清晰的室内鞋印。"

"哇，真的。"

听他这么一说，我才看到鞋底的花纹从脚尖到脚跟全都清晰地映在了地板之上，因为我经常在黑板前面走动，所以鞋底沾满了粉笔灰吧。

"我思考问题的时候会情不自禁地在脚上用力，或许是这个原因。"

"你专心起来时会像石像一样一动不动呢。"

透矢盯着自己的笔记本，用自动铅笔的屁股戳着自己的太阳穴。

"可能性不止一个，究竟是哪边呢……"

当她这般喃喃自语之际，一直默默看着的黑子老师突然开口说道：

"还有三分钟，你做好心理准备了吗？"

啊？已经过去这么久了！

虽然明神同学说泪沙就是犯人，但我实在想不出她是如何把小抄放到那里的……这样下去根本不可能说服别人！

该怎么办才好……还有什么需要调查的地方吗？

"没必要惊慌。"

"啊？"

明神同学用湖水般平静的声音说道。

那个声音是对着我说的。

然而，她的目光停在了透矢的后背上。

"伊吕波同学似乎已经找到了。"

找到……了？

经过她的提醒，我才注意到透矢的状况有所变化。

他把笔记本摊在附近的桌子上，埋头盯着纸面，以猛烈的气势写着什么。

这并非单纯做笔记，透矢并没有在听或者在看。

而是接连不断地写下从头脑中涌现的东西。

唰！

唰！

接着又以锐利的气势，在其中一部分文字上画上几道删除线。

他眼睛圆睁，牙关紧锁，仿佛比赛中的拳击手。看到他这副拼命的表情，不知为何，怎么说呢——

像极了不言自明的真理。

像极了代言神旨的明神同学。

沙，沙，沙。

秒针在不停地走动。

我看向了钟表，时间只剩下两分钟。

即便时间流逝，透矢的手依旧未曾离开自动铅笔。

沙，沙，沙。

还剩一分钟。

透矢的手终于停了下来，但他的视线依旧在笔记本上游走。

沙，沙，沙。

还剩三十秒。

黑子老师看了看自己的手表。

就在此时。

"老师。"

透矢抬起了头。

"请检查一下红峰椅子坐面的背面。"

每个人都看不懂眼前的状况。

不仅是我，就连黑子老师也惊呆了，双眼在墨镜镜片后边瞪得老大。

"还剩二十秒，请快点！"

"哦哦……"

黑子老师似乎有些被压倒了，松开抱着的胳膊，依照透矢的指示，把手伸向我椅子面板的背面。

"怎么了？并没有什么特别的——"

摸索了一段时间后，黑子老师的眉头紧锁起来。

"这里。"

"指腹摸到某个地方会有阻碍感，对吧？"

某个地方有阻碍感？

在好奇心的驱使下，我换下了黑子老师，伸手摸了摸椅子坐面的背面。大多数地方都很光滑，但中间某处却有微妙的摩擦感，稍稍强于其他部分……

"没时间了，我就长话短说吧，"透矢沉稳地说道，"那是黏胶的痕迹。"

还剩零秒。

推理恰好完成。

*

"黏胶？"

"没错，小抄被贴在了那个地方。"

面对眉头紧蹙的黑子老师，透矢堂堂正正地回应道。

"大概是用固体胶薄薄地涂了一层，贴在了坐面背面吧。少量的黏胶黏性很低，只要施加一点外力就会脱落，纸张上也几乎留不下什么痕迹。正如我刚才确认的那样，犯人只在坐面背后留下了些微痕迹。"

"这张小抄在考试前被贴在了椅子底下，考试时自然掉到了地上，你是想表达这个吗?"

"是的，红峰没理由这么做吧。把小抄藏在制服里边或者桌兜里，反倒更方便偷看。"

"这可不好说，把小抄藏在意想不到的地方，这种事例数都数不清，"黑子老师神经质的脸变得严肃起来，"而且，你刚才说过，'只要施加一点外力就会脱落'，反过来讲，就是没有外力，就掉不下来吧?"

"我没有实验过，所以没法断言，但我是觉得，指望放置几十分钟就让小抄自行脱落下来，这是一个不太靠谱的赌注。"

"既然如此，想必你能解释清楚吧。设下这个机关的人，一定是打算构陷红峰。要是化学考试的时候小抄没掉在地上，那这样做就没意义了。就算没有绝对的把握，犯人应该也有胜算——也就是某种预期吧。你能解释清楚对方的计划是什么吗?"

"嗯，可以。"

透矢若无其事地说着，然后指向了正上方。

而正上方——只有安装在天花板上的空调。

"是空调的风。"

听到这言简意赅的回答，黑子老师紧紧地闭上了嘴。

"现在是夏天，教室里当然会开空调，而空调会吹出冷风。红峰，你说过你考试的时候脚有点冷，对吧?"

——头顶吹来的空调冷气掠过脚底，凉意一阵阵袭来。不过没关系，我刚才已经去过厕所了，还不至于没法集中注意力。

"根据你的证词，可以证明空调的风一直从红峰的脚下吹过，就这样轻轻拨动着座位底下的小抄。就是这股冷风，最终将稍稍贴住的小抄剥离了下来。"

黑子老师用手捂住嘴，发出轻微的叹息声。

"好吧，这种说法尚且过得去。但正如我刚才说的那样，贴小抄的地方是椅子坐面底下，我觉得这并不能证明红峰就不是犯人。"

"为，为什么啊？"我情不自禁地叫出声来，"考试的时候我肯定要偷看小抄，对吧？那我就不会把它藏在那种地方了，而且真要藏的话，也该贴得牢固一点，正常想想都是这样吧！"

"确实是这样。没错，红峰。"

黑子老师像蝮蛇一样眯起了墨镜背后的眼睛。

"你把那小抄牢牢地贴在椅子底下，然后在考试时偷看，这样一来又会如何呢？"

"啊？会，会怎么样……"

"偷看的时候，必须暂时撕下来对吧？"

啊，对，对啊……这样的话，到时候就……

"先撕下来，看一眼，再贴回去。这样一来，小抄就没法像刚开始一样牢牢地贴在上面了，不管有没有空调的风，都会很快掉下来。"

确实……就是这样，如果先撕下来再贴回去的话……

"透……透矢！快说点什么……！不可能是这样吧！"

"不，"透矢摇了摇头，"不能否认这种可能性，确实有这样的可能。"

"哼……"

黑子老师哼笑了一声。

不，不会吧……你知道的吧！为什么……

"只不过——"

当透矢语气强烈地吐出这句话时，黑子老师再度绷紧了脸。

"前提得是没有其他证据表明不是红峰把小抄贴在椅子底下的。"

"什么……?"

透矢直视着眉头微蹙的黑子老师。

"我们先假设是除了红峰之外的某人把小抄贴在了椅子底下。大碇老师,您今天在教室里盯了一整天,发现了什么可疑的人吗?"

黑子老师抚摸着下巴,露出了搜索记忆的眼神。

"硬要说的话,应该是汤之岛和芽里垣吧。化学考试之前,我看到她们坐了红峰的椅子。"

他说的是泪沙和智里。没错,泪沙的确曾坐在我的椅子上聊天。

"那我再问一件事,老师,您有没有看到她们用过固体胶?"

"这怎么可能,她俩坐在最前排,就在我的眼皮底下。要是做了这种事,我肯定会记得的。"

"是啊,就我和明神所见,她们也没任何可疑的举动。如果假设是她们中的某一个把小抄贴在了红峰的椅子底下,那么在小抄上涂胶水的操作就是犯人在自己的座位上悄悄做的。"

"啊?"

我想象着这样的情况,情不自禁地歪过了头。

"透矢,胶水只涂了薄薄一层吧?"

"是啊,不然空调风就没法把它吹掉了。"

"既然这样,当她们把小抄从自己的座位带到我这里时,胶水不会干吗?"

如果快点的话或许能赶得上,但未免太可疑了……

"嗯,没错,我觉得小抄应该是涂了胶水之后马上贴上去的。"

"什么? ……那她是怎么把它贴到我的椅子底下的?"

"所以就是你贴的吧,红峰? 只要贴的是自己的椅子,那就太简单了。"

黑子老师不耐烦地插了一句嘴，都说不是了！

"这不可能！我的座位在第一排吧？无论是把手藏在桌子底下涂胶水，或是把手伸进椅子底下，这种事情一做就会被发现的吧，黑子老师就我跟前啊！"

"你只要早点贴就可以了，一大早在我来教室之前，或者是第一节课以后，还有我收完卷子出去的时候。强调一遍，如果你坐在自己的椅子上，这是很容易办到的。"

"不，不是——"

"没错，老师，坐在自己的椅子上就很容易办到。"

听到透矢的话，我"啊"了一声，转头看向了他，黑子老师则皱着眉头问了一句："什么？"

透矢将目光从老师身上移开，低头直视我的眼睛。

"从现在开始做个演示会方便一些。红峰，你坐在这张椅子上。"

言毕，透矢用手轻轻扶着我的椅子靠背。

"坐下就行？像这样？"

"对。"

我满腹狐疑地坐在了椅子上，并没有什么特别的啊……

"就这样，别动。"

"咦？等一下！"

透矢突然蹲下身子，开始紧盯着我的腿，我慌忙把腿夹紧。

"喂，都说了不要动，把腿伸直。"

"别，别碰我！"

透矢毫不客气地抓住了我的小腿，把膝盖处硬掰成直角。哇呀呀！痒死了！

"瞧，果然如此。"

透矢盯着我的脚深深地点了点头，嘴里喃喃自语。

"啊？怎么了？"

"你自己没发现吗？仔细看看。"

虽然他这么说，但我的眼里就只有自己穿着室内鞋的平平无奇的一双脚。虽然因为腿短的缘故，脚跟有点悬空……谁说我腿短的，喂！

咦？

"脚跟是悬空的。"

"没错，脚跟是悬空的。"

膝盖弯成直角，腿挺得笔直，脚后跟却碰不到地面？

"那又怎样？"黑子老师推了推墨镜，"红峰个子本来就矮，这种情况也很正常吧。"

"什么……可早上不是这样的啊，我的脚后跟绝对是能碰到地面的！"

"量一下就知道了。老师，有没有尺子之类的工具？"

"应该有大号的三角尺。"

"足够了。"

黑子老师从讲台里拿来了一把堪比武器的大三角尺，透矢把它立在了我的椅子旁边，测量了一下椅面的高度。

"四十二厘米。"

"四十二？"

听到这个数字，黑子老师立刻一脸严肃地用手捂住了嘴。

透矢拿出手机，单手查起了相关数据。

"根据日本工业标准，椅面高度四十二厘米为'五号'椅子，对应的标准身高是一米六五。"

"咦?"

这跟我差了十五厘米还多!

"红峰,你身高多少?提前警告一下,别虚报哦。"

"呜……"

我移开视线,不情不愿地回答道:

"入学时测量的身高……是一米四八。"

虽然从那之后已经过了好几个月,或许已经长高了一些,应该还会继续长吧!

"这样的话,适合你的椅子尺寸应该是对应标准身高一米五的'四号',坐面高度为三十八厘米,或者三十六厘米——"

说着,透矢拿着大三角尺站起身来,前往另一个地方。

"大碇老师,红峰的椅子高了四厘米,这可能是弄错了,也有可能是在打扫的时候偶然换成了别人的,而红峰一直都没察觉,这倒也不是不可能,只是——"

之后,透矢停了下来。

他所在的位置是泪沙的椅子边上。

"她就是刚才老师提到的嫌疑人之一。如果这把椅子的尺寸和红峰原本的椅子尺寸相当,这也能说是偶然吗?"

透矢把大三角尺竖在了椅子的侧面。

应该不会看错,如果是弯曲的卷尺那另当别论,可这是硬邦邦的三角尺。

"三十八厘米。"

透矢明确地宣告了四厘米的差距,并把刻度展示给黑子老师看。

"汤之岛的身高在女生中算出挑的吧。"

确实如此，然而她的爱好是那种轻飘飘的少女风，反倒成为"地雷系"女孩。

"你的意思是椅子被调换过了？"

黑子老师瞪着三角尺的刻度小声嘟囔着，透矢点了点头。

"汤之岛在她的椅子底下贴了小抄，然后把自己的椅子连同小抄换掉了红峰的椅子，正因为如此，她在红峰座位周围没做出任何可疑举动也是理所当然的。"

"可是，那是在什么时候，又是怎么做的？换椅子本身就是可疑的行为。"

"老师您也看到了吧？第二场地理考试结束的时候，红峰回到教室，看到汤之岛坐在她的椅子上。但事实上，那是汤之岛自己的椅子，她把自己的椅子让给了红峰，摆出那就是红峰椅子的模样。而芽里垣才是真正坐在红峰椅子上的人，她或许注意到了汤之岛把自己的椅子让给了红峰，但没有往深处想，只是把自己坐的椅子还给了汤之岛。会感到异样的，就是那些原本就对汤之岛产生怀疑的人。而且，当时汤之岛已经不在教室里了。再加上由于考前的慌乱，大家也没工夫细想吧。"

——我也是哦。啊，对不住了，稍微借了下你的椅子。

——泪沙站起身来，把坐过的椅子还给了我。

那个时候……是的，之后泪沙就离开了教室，仿佛要做的事已经办完了。

然后——

——我抬起身子调整了一下坐姿，打开了教科书。

我可能是在潜意识里觉察到了椅子高度的差异，所以当时不由自主地调整了坐姿。

然后——对了，就是在那之后。

明神同学突然站了起来，把制造小抄的犯人告诉了透矢。

"老师，这就是证据。第二场考试后的休息时间里，红峰的椅子就在您眼皮底下被调包了。如果像您说的那样，红峰是在早上或者第一场考试结束后贴上小抄的话，那么现在小抄就该在这把椅子上。"

黑子老师把泪沙的椅子——不，把我的椅子翻了过来。

坐面背后什么都没有。

即便用手仔细触摸，也不存在任何摩擦感稍强的地方。

"红峰能贴小抄的时间，只有在调换完椅子之后，但是，那个时候老师已离红峰最近的位置盯着她了，所以，"透矢像给出最后一击般宣布，"小抄的制作和放置并非出自红峰之手，请撤销取消她成绩的决定。"

黑子老师沉默了一会儿，然后深深地叹了口气。

"所谓的成年人，经常会情非得已地低头道歉。"

"啊?"

"虽然我有这样的面孔，但也曾强忍着抱怨，情非得已地低下头，不停地重复着那些言不由衷的道歉。"

黑子老师站了起来，从深色的墨镜背后注视着透矢和我。

"所以说，这还是我头一次如此心甘情愿地道歉。"

他深深地鞠了一躬。

"是我错了，取消成绩的决定就此撤销。"

*

终于得以脱身后，我们离开了教室。被怀疑作弊的那段时间，从我的角度来看极其漫长，但实际上并没有过去多久，走廊上还稀稀落落地站着几个人。

期末考试才过去了一天，我本打算像往常一样去心理咨询室复习，现在回想起来，这般按部就班的行动对我来说简直是一个奇迹。

"透矢。"

不知不觉中，我的手已然轻轻拉上了透矢制服的下摆。

透矢转过身来，先观察了一下我的眼神，然后转向明神同学说道：

"明神，你能先去咨询室吗？"

"好，我先过去。"

明神轻轻地应了一声，随即独自消失在走廊尽头。

这是让旁人回避啊……或许他判断要是不只剩我们两个，我会很难开口。

透矢再度看向我的眼睛，当我回望之际，心头涌起一股莫名的紧张。为什么呢？明明只是说一些理所应当的话。

抓着透矢制服下摆的手似乎渗出了汗水，我勉强动了动僵硬的嘴唇。

"谢……谢谢，谢谢你帮了我。"

"说过很多次了，我只是做了我理应做的事罢了。"

透矢毫不犹疑地回应道，声音带着一贯的冷淡。

"你的努力应该得到公正的评价，我觉得这是正确的事情，所以我只是尽力而为。事实上，要是明神老师没有来，我也不知道会发生什么。"

啊，透矢总是这样。

他始终固守着自己的正义，不为周围的环境所动摇，无畏任何障碍，一旦下定决心就不会停手。

他从明神的拳脚下护住我的时候也是这样，这次也是。

我眼里的透矢就是如此……是的。

耀眼得让我无法直视。

咚。

……嗯？

咚，咚，咚。

心跳声太吵了，就像刚跑完一场长跑，在耳膜深处剧烈地跳动。

还有——

"红峰？你怎么了？"

无法直视。

我无法直视……透矢的脸。

不可能……不可能吧？明明刚才还好好的，为什么？

"我……我没事，真的没事……！"

我依旧没法把头抬起，唯有用双手紧攥透矢的衣服。

像是在确认他的存在。

像是在乞求他别离开。

开玩笑……开什么玩笑！为什么偏偏对这种乖僻又瘦弱的书呆子……！

简直太离谱了，完全不符合我的形象。大家一定会笑死的，在外边走路的时候绝对很扎眼！

可是。

可是，可是，可是！

咚，咚，咚，咚，咚，咚，咚。

心跳声是不会撒谎的。

无论周围人怎么说，我自身的真相都不会改变。

这便是*不言自明*的真理。

我——喜欢透矢，非常喜欢。

"喂，你真的没事吗？身体不舒服吗？"

"噫呀！"

透矢猝不及防地把头探了过来，我不由得把头一仰。哎呀……发出奇怪的声音了……！

透矢依旧近距离地凝视着我的脸，镜片后边的眼睛里倒映着我的眼睛、睫毛、鼻头、脸颊上的细毛、嘴唇上的皱纹，以任何液晶屏都不可能有的分辨率直接冲击我的大脑。啊啊呜呜啊啊！

"你的脸好红啊，该不会是用功过头疏于身体管理吧。"

"我，我没事，真的一点事都没有！"

"真的吗？让我确认一下。"

额头！

他的手按了上去！

未经允许！

"唔嗷嗷呀呀。"

"应该没有发烧。"

你在做什么？你这个四眼怪！

我迅速从透矢身边退开，做了个深呼吸，努力抚平自己的情绪。

这家伙，真让人受不了！完全不懂怎么对待女生啊！

听我说，此时此刻在我的眼里，你是这个世界上看起来最酷的人。别随便靠近我的脸啊，会让人忍不住想要亲上去的！

"喂，红峰。"

"呼……呜……呜啊啊！怎，怎么了？"

"如果你的身体没事的话，我有件事想拜托你，就当是解围的谢礼吧。"

拜托，拜托我……？谢礼？

那，那个……我没钱啊……

"能请你去一趟女厕所吗？"

……

"……什么？"

"你去一趟离教室最近的女厕所最里边的隔间，然后，要是发现了什么东西，请帮我拿出来带到这里，无论是多么细小的东西都行。"

透矢的请求着实让我愣了一会儿。

离教室最近的女厕所，最里边的隔间。

"这……难不成……难不成是明神同学进过的隔间吗？"

"所以呢？"

所以呢，不行啊！

明神同学进过的隔间，要是让我在那里找到什么东西并捡回来……那个……那不就是……

"那个，透矢……我觉得自己挺宽容的。男生，男生的那种事……基本上都能笑着接受，我有这样的自信。可……可是……这个……真的，到底……到底还是不行。"

"啊？为什么？"

"不，就是……你不是叫我去捡吗？明神同学的……该怎么说呢……那，那里掉下来的那个东西……"

"那个东西……？你在说什——"

话还没有说完，透矢就缄口不语，就这样愣了一会儿，然后猛然一惊。

"啊！不，我不是那个意思！"

"骗人，都到这份上了还找什么借口。"

"真的没有，我委托你找的是一个纸片！"

"纸片？"

透矢微微涨红了脸。

"是的。如果我的推理没错的话，那里应该会有一张纸片。必须在清扫之前找到。"

"推理……？不是已经结束了吗？"

"还没有结束。"

透矢把视线投向远处，似乎是咨询室的方向，然后摇了摇头。

"我只不过……把发生的事情弄清楚了而已。"

我完全听不懂透矢在说什么。

但这对透矢来说非常重要，唯有这点我能感觉得到。

"知道了，是最里边的隔间吧？"

"真是帮了大忙，我自己进不了女厕所。"

虽然不太清楚，但这就是所谓的喜欢上一个人就会特别听他的话吧。

*

我按照她的说法，走进了距离教室最近的女厕所最里边的隔间，查看里面的状况。

纸片。

我马上找到了透矢所说的东西。

那张碎纸片比食指还小，上面貌似写着一些细小的文字，好像是"米",还有日语片假名里的"ケ"? 左侧似乎还有一个横折模样的符号，但这应该不是字。

我把纸片拿回去给透矢看，透矢若有所悟地点了点头。

"果然……"

他从口袋里拿出手机，打开了某个画面，我凑近一看，原来是那张小抄的照片。

他把纸片重叠在小抄的上端。

"切口吻合，而且——"

我把小抄的照片和纸片做了对比，终于注意到上面那些文字的真实含义。

小抄的上端写着"女乂"。

纸片上写的是"米ケ"。

要是把它们凑在一起。

"——'数'……"

透矢点了点头，接着说道：

"不仅如此，左边那个横折模样的东西，应该是'罗'字的右上角。"

"罗？'罗'和'数'？'罗数'……?"

这个数字看起来十分熟悉。

这是当然的，因为这些字是我在过去几天里死记硬背的词之一。

"阿伏伽德罗数……"

"因为不确定考试会考名词还是公式，本该把两边都写在小抄上，但由于撕法太过潦草，最后只剩下'数'的下半部分了。"

透矢一边确认似的喃喃自语，一边翻开了笔记。

纸条

小抄

69

在推理的过程中以行云流水般的气势写满文字的笔记本，这次很快又添上了几道线。

接着，他哗啦啦地翻动着书页，验证似的重读起来。

"好。"

他的声音里透着自信。

我全然摸不着头脑。

既然犯人已经查明，我也洗脱嫌疑，那他还在思考什么呢？

"透矢……"我感到莫名的不安，于是问了一声，"你……在做什么？"

"推理。"

他言简意赅，理所当然地应了一声。

接着——

"明神的推理——我终于推理出来了。"

透矢的话语中流露出一种发自内心的喜悦。

*

咨询室窗边立着的白色隔板，仿佛在拒绝整个世界。

"久等了。"

透矢一边云淡风轻地探过身去，一边打着招呼。

明神同学抬起了头，将目光从摊在桌上的拼图移开，先后看向了透矢和我。

"她怎么会在这里？"

我的心脏一阵悸动，这并非透矢凑近时那种甜蜜的心跳，而是被追究非法入侵时，无法自辩的惶恐不安。

我是下意识地跟上来的。

只是因为害怕被丢下，所以才下意识地跟了上来。

明神同学那窥不见一丝感情的目光似乎一眼看穿了这种暧昧，就像之前瞬间锁定了涂鸦的犯人一样。

"没必要赶她走，红峰原本就是打算在这里学习的。而且，这次她是受害者，有权在场。"

"可是听了也未必能理解。"

"这就得看她自己的努力了。不过这也是个良机。明神，让别人看看你的思维方式和普通人有多大差异吧。红峰，你需要椅子吗？"

我默默地摇了摇头，透矢说了一声"好吧"，然后坐在了明神同学的对面。

我则站在隔板的旁边，恰好是透矢和明神同学分界线的位置，此刻我仅仅是伊吕波透矢和明神凛音边上的旁观者。

明神从堆在桌边的拼图里拿起一片。

拼图完成了八成左右，图案是大风车的照片，大约出自欧洲或者其他地方的乡村，此刻已然能看清全貌，但那些欠缺的空洞仍令整幅景观显得残缺不全。

"我都快打瞌睡了。"

明神同学一边用拼图敲着桌子，一边说道：

"伊吕波同学，真是难得上演了一出闹剧呢。真没想到你能凭那种漏洞百出的推理把人唬住。"

漏洞百出的推理？

指的是……刚才的小抄推理吗？

"时间不够，这也是没办法的事。何况我也没说错什么，如果要确定发生的事实，这是最短的路径。"

"我的推理可不是那样做出来的。"

"我知道，所以现在才会坐在这里，对吧？为的就是解释你真正的推理。"

透矢拿起了一片拼图。

然后，透矢像是要窥探明神同学的内心一般，凝视着她的眼睛。透矢的眼中已经没有我的影子了，或许是没这个必要了吧。

他似乎已经准备完毕。

而他究竟在准备什么，我一点都不知道。

"从根本上说，"明神同学将一直在手中把玩的拼图嵌入了风车照片的空洞里，"你把椅子底下的胶痕当成决定性的证据——而在确定犯人的时候，我当然不可能知道这个。"

……啊。

确实如此。

明神同学在化学考试开始之前，就已经确定泪沙是犯人了——可当时小抄并没有被发现。

如果是这样的话，那究竟是为什么，又是怎么做到的？

"一开始，我是怎么注意到小抄的存在呢？这东西贴在椅子底下，而且椅子被调换了，我又是怎么推理出来的呢？要是你不能解释清楚，就不能说推理出了我的推理。"

胶痕是发现小抄以后才得知的线索。关于椅子被调换的情况，眼神好的话或许能注意到尺寸上的差异，但座椅底部的胶痕在不触摸的情况下是肯定没法发现的。

这样一来，在发现小抄前确定犯人，是根本不可能做到的。

"究竟是为什么，又是怎么做到的，是吧？"

透矢喃喃自语，稍稍停顿了片刻。

"确实如此，直到刚才为止，我也弄不明白。"

"弄不明白？"

"更确切地说，虽然早有预料，但是没有证据。不过你既然这么说了，那就一定存在某种线索，所以我就暂时搁置了。"

"我不太懂你的意思。难不成你是要说，你在无法解释我发现小抄的理由的情况下，就完成了推理吗？"

"没错。"

啊？……虽然不太明白，但这能行得通吗？

"我再说一遍，我早有预料了。你应该是在某处见过汤之岛的小抄，否则在发现小抄前不可能确定犯人是谁。那个'某处'也能从你的话中窥知一二——但当时的我没时间去破解这个，万不得已，我只得把澄清红峰的作弊行为置于优先位置，并继续进行推理。总之，必须向大碇老师证明小抄是用来构陷红峰的。"

"这……这不就不符合你说的'无罪推定'了吗？"

"我认为会有证据，是你还没用上的证据。"

"为什么？"

"因为我验证了在椅子底部以外的位置放置小抄的可能性，结果全被否定了。"

"所以，你认定椅子底部一定会留下痕迹，对吧？"

"嗯，事实上我也是赌了一把。要是再多十秒时间，我应该会亲自检查的——不过要是没有留下痕迹，那就只能用椅子被调换的事实来说服他了。"

当透矢突然提出让黑子老师检查椅子底下时，我还以为他在我没注意到的时候就已经确认过了。

但是……原来是推理啊。

透矢推理出那里有痕迹，就在那本笔记里……

"你是说除去椅子底下的可能性外，其他地方存在小抄的可能性你全都验证过了？"

"在我能想象到的范围内。"

"那么，你可以解释这些验证内容吧？"

"当然可以，你可以随意列举可能性。如果没有遗漏，我就能全部予以否定。"

"那么——"明神拿起一片新的拼图，嵌入了空洞里，"比如小抄就普通地放在桌子里，这个如何？第三场考试前，没人把手伸进小个子辣妹同学的桌兜，但也不能否认看漏的可能性吧。尤其是……如果不是普通地把手伸进去，而是采用了更加隐蔽的途径。"

"隐蔽的途径？"

"你不是也发现了吗？就在*桌面和储物格的缝隙里*。"

——这里和桌子面板之间有一点缝隙。

确实……透矢好像说过这样的话。

"只要假装从桌子面前经过，让小抄从那个缝隙里滑进去就行了。小个子辣妹同学好像在第三场考试前把手伸进桌子里检查过，如你所见，身高与胳膊的长度是对应的——从缝隙间滑入的小抄掉到了桌子深处，躲过了她的小短手。"

这样的说法真的不包含恶意吗？虽然我确实没伸到最里边，但这也太过分了！

"没错，只要手法足够隐蔽，似乎就能躲过周围人的视线。"

透矢点了点头，然后继续说道：

"但是，这个说法存在问题。小抄是在地板上被发现的，那它究竟是怎么从桌子里掉出来的呢？"

"小个子辣妹同学的桌子稍微有点向前倾斜，对吧？"

——这张桌子有点向前倾斜。

我想起透矢曾把自动铅笔放进桌子里，试验笔是否会滚出来。

　　"假使真的如此，犯人所要做的就是把小抄卷起来。像卷轴一样，从桌子的边缘滑进去，它就会在内部重新卷起，然后顺着倾斜的桌子滚下来。"

　　"这样的话，等不到考试开始，小抄就会从桌子里滚出去吧？至少在红峰检查桌子之前，它得留在深处才行。"

　　"这就需要薄涂一层胶水了。只要把胶水涂在小抄的边缘，然后从缝隙里滑进去。贴在桌板的背面可能会塞不进去，所以是贴在桌兜的收纳面，这样一来，它就能暂时留在桌子深处了。"

　　"然后呢？要怎么让它掉下来？"

　　"这个……"

　　"且不论小抄事实上有没有被卷的痕迹，在锁定犯人的时刻，这些信息你是不可能知道的。但当时的你应该想象得到，空调的风吹不到桌子上。"

　　空调的风——

　　被薄薄一层胶水粘住的小抄是在空调风的吹动下掉落的，但如果是在桌子里边……

　　"风能从桌兜的正面吹进去吗？不行，那里被红峰的身体挡着。能从桌子面板的缝隙里吹进去吗？也不行吧。要是真如你说的那样，小抄是贴在桌兜的收纳面，那么风根本没法吹入这个死角。"

　　"唔……唔唔……"

　　"再说了，这样的话，胶水又是在哪里涂上去的呢？如果是在红峰座位前面涂的，坐在讲台后边的大碇老师倒是有可能看不到。但不管怎么说，卷起来的小抄一辈子都不可能从桌兜里掉出来。由此可见，小抄并不是放在桌兜里边的。"

透矢把明神先前嵌入的拼图取了下来，重新嵌入了另一个位置，显然这片拼图的位置放错了。

好奇妙啊，连看都没看见过，甚至根本就是不存在的东西，他竟然能从细微的信息中将其精细再现，推论出其不可能成立，并以此将它完全排除。

这场针对小抄展开的推理简直像极了一场游戏。

明明是在这样的讨论中……不对，或许正是因为在这样的讨论中，透矢和明神才比以往任何时候都要充满干劲。

"我明白了。但还有其他的可能性哦。"

"好的，来吧。"

"哪怕小抄在椅子底下，也不意味着椅子就一定被调包了。高度差很可能从一开始就是这样。犯人地雷同学有可能真的坐在了小个子辣妹同学的椅子上，搞不好就是在那个时候悄悄贴在椅子底下的，这样一来，'因为椅子被调包，所以贴小抄的人不是小个子辣妹同学'的推理就不成立了。"

"这点大碰老师也质疑过吧？"

"我是说质疑的问题不够严谨，"明神同学眯着眼睛，歪过了头，拿起一片拼图，"地雷同学在老师面前和朋友聊天，没有机会在小抄上涂胶水，所以就在自己的座位上涂胶水，贴在自己的椅子上，再和小个子辣妹同学调换椅子——我觉得这个逻辑有漏洞。"

"漏洞？"

"漏掉了和地雷同学聊天的朋友是共犯的情况。"

共犯。

不仅仅是泪沙，还有跟她一起聊天的智里和其他同学？

"如果是共犯，朋友们就不会指出她的可疑行为，而且要是利用朋友的身体打掩护，就可以逃脱老师的监视。"

"确实……不过还是不太可能。"

"为什么？"

"因为芽里垣的选修科目是化学。"

明神愣了一愣，我的脑海里也满是问号。

"鸭梨圆……是谁来着？"

弄不明白的是这个啊。

"芽里垣智里，就是和泪沙混在一起的家伙，当泪沙看似坐在红峰的椅子上时，她也在边上一起聊天。"

"啊……是那个山姥同学吗？"

山姥，确实是这样。智里有一头花哨的金色头发，头上的配饰仿佛猎物的勋章般叮当作响。但被当成妖怪也太可怜了吧。

"这个稍后再谈。在这个时间点上，你已经知道了泪沙是制作小抄的犯人。在此基础上，先假设泪沙和芽里垣是同谋，思考一下会怎么样吧。"

"嗯……？"

"化学考试开始之前，只有汤之岛一个人离开了教室，也就是说，*汤之岛并没有选修化学，如果是这样的话，她就不适合做化学科目的小抄。*"

"啊！"

是啊……！

要是她没有选修化学，就没有上过化学课，也没有教科书。更重要的是，她不具备相应的知识。那么，能够更准确地制作化学小抄的人就是——

"而另一边，留在教室里的芽里垣选修的是化学，好歹听过课的芽里垣不是更适合做小抄吗？"

"但现实是没有选修化学的地雷同学做了小抄。"

"是啊，所以这两个人不是共犯，这样想更为自然。"

"那么，共犯不是芽里垣同学，而是另一个人呢？她们两个一起骗过了山姥同学的眼睛——"

"说起来，椅子不可能没有被调换过。"

听到这个颠覆前提的话，明神同学眨了眨眼。

"不仅仅是椅子规格的问题，有证据表明椅子最近被调换过，不是以前，而是今天。"

"啊，"明神薄唇微启，"室内鞋的印迹……"

没错，是红峰室内鞋在桌子底下留下的痕迹，连脚后跟的图案都清晰可见。

——这上面留下了非常清晰的室内鞋印。

——哇，真的。

——听她这么一说，我才看到鞋底的花纹从脚尖到脚跟全都清晰地映在了地板之上。

"然而，当红峰实际坐上去时，鞋跟有点悬空，既然留下了室内鞋的鞋印，就说明她好好地穿着鞋。于是，你在红峰坐下的一瞬间就注意到椅子的高度发生了变化。"

接着，透矢拿起了明神刚刚嵌上的那片拼图。

"汤之岛泪沙坐在红峰的椅子上时，在周围同伙的协助下，把小抄贴在了红峰的椅子底下，椅子并没有被调换——这个说法是不成立的。"

咔，拼图嵌入了正确的位置，风车的照片接近完成。

明神同学轻轻地皱起了眉。

"我怎么有种云里雾里的感觉，你对地雷同学做了小抄的确信是从哪里来的?"

"这个留到最后再解释，现在先继续找能够放小抄的地方。你还能想出别的吗?"

"其他的话……还有一个非常简单的可能性。"

"说来听听。"

"有没有可能一开始就掉在地上了?"

一开始就在地上? 虽然并没有……

"这也是一种可能，小抄就在椅子底下——对红峰来说，这是一个盲点，对其他学生和老师来说也很难看到。事实上，老师也是直到最后的最后才发现的。"

"有这种可能性吧? 也许是路过的时候轻轻扔下的，顺利地滑到了椅子底下。"

咔，明神第三次嵌入了拼图。

然而——

"幸运的是，这也是不可能的。"

这一次，透矢立即把拼图拿了起来。

"回想一下，你考试的时候大部分时间都是闲着的，对吧? 我太专注答题，以至于没注意到——按红峰的说法，化学考试的时候，坐在红峰旁边的人弄掉了橡皮，是老师捡起来的。"

——当题目做到一半的时候，咕噜一声，视野边缘滚下一块橡皮，似乎是邻座同学掉的。考试中自己是不能捡的，负责监考的黑子老师走上前来，弯腰拾起橡皮。黑子虽不是那种老师，可他的脸已经到了能够看到我桌子底下的位置。我下意识地并拢大腿，以免不慎走光。

这事我记得很清楚，那是少数几件令我在考试时分心的事情。正因为如此，我也跟透矢说过……

"如果是这样，在捡拾橡皮的时候，红峰椅子底下应该已经进了大碇老师的视野，要是小抄已经掉在那里，他不可能看不到。"

对啊！如果是这样的话，小抄就不可能一开始就掉在地上！

我觉得很有道理，但明神的脸上依旧带着不满。

"确实是这样，但这只是从你的视角出发的说法。"

"我知道你想表达什么。这是化学考试的过程中发生的事——也就是说，是在你确定了犯人之后的事。你的推理不可能使用来自未来的线索。"

"是的，不过你事后用来推理倒是没什么问题。"

"线索当然是有的。"

透矢自信满满地说道，手里摆弄着从明神同学那里拿来的拼图。

"在你指认犯人之前，有人目击椅子底下的地板上什么都没有哦。"

"谁？谁会特地看这种奇怪的地方？"

"也不算什么奇怪的地方吧。毕竟那个人看向地板的时候，那里并没有椅子。"

"没有椅子……？"

啊，这样啊！

我明白了，虽然明神同学仍在苦思，但我已经——

"是我把椅子放回去的时候，"我按捺不住内心的喜悦，情不自禁地喊了出来，"当泪沙把椅子还给我，我坐回椅子上的时候，我看到了，地板上什么都没有。"

"就是这样，红峰。"

透矢拿着拼图看向了我。

"你确实说过，你绝对没有见过那张小抄。"

——红峰，我再问一次，你没有注意到小抄的存在，对吧？

——嗯，我绝对没见过，那张纸到底是从哪里掉下来的呢？

"如果相信你的话，那么当你看到没有放置椅子的裸露地面时，那里绝对没有小抄。而且在那个时间点，犯人汤之岛已经离开了教室，在那之后就不可能再放置小抄了。"

如果相信我的话。

这样啊……他相信我。

他相信我没有说谎，我是无辜的。

哇，怎么了？我为什么这么高兴？笑容都写在脸上了……！

明神同学瞥了我一眼，似乎怫然地皱起了眉。

"综上所述，小抄从一开始就掉在地上的可能性就被排除了。"

咔，透矢将拼图嵌入了正确的位置。

拼图已经完成了大约九成，明神低头看着风车照片，上面仅剩数个空洞。

"好了，还有没有？关于放置小抄的位置，还有其他可能性吗？"

"想不出来。"

明神同学这般说道，像是投降——又像是赞赏。

"桌子里边……小个子辣妹同学原先的椅子……地板……我能想到的就这些了。"

"是吗？应该还有吧，比方说裙子口袋。"

"这要怎么放进去，又怎么掉下来呢？犯人又没有扒窃的技术，口袋里也不可能有个洞吧。"

"是啊，要是口袋里有个洞，去厕所时必须要用的手帕又往哪儿放呢？"

连这种地方都注意到了吗？没错，我的右边口袋放着手帕，左边口袋放着纸巾。

"嗯，就是这个逻辑。我确信小抄十有八九会被贴在椅子底下——好了，让你久等了，总算绕回了最初的论点。"

"我为什么，又是怎么知道小个子辣妹同学一定是被构陷作弊的，是吧？"

"对，除非你在什么地方嗅到了事件的征兆，否则不可能做出那种预知。"

"你想问我在什么地方看到了那张小抄，对吧？但是在我记忆的范畴内，我不记得自己看到过那张纸。"

"你并没有见过那张纸，你看到的是这张纸片。"

说着，透矢展示了手机屏幕。

上边显示的是我刚才从厕所隔间里找到的碎纸片，因为实在太小，于是就拍了照片，万一弄丢了也不要紧。

明神同学把脸凑近仔细观察。

"'米'……'ヶ'……左边这个是横折之类的笔迹吧？"

"应该是'罗'字的右上部分，而'米'和'ヶ'则是'数'的上半部分。"

"'罗数'……还是不大懂，不过感觉跟那张小抄的上端形状挺吻合的。"

"没错，这就是那张小抄的碎片。"

"你是在哪儿找到的？"

"离教室最近的女厕所，最里边的隔间。"

"啊？"

明神同学半张着嘴，就这样看着透矢的眼睛，然后像要拉开距离似的稍稍后仰着身子。

"你去调查过了……就是我进去过的那个隔间吗？"

"别缩那么远啊，我可没进去，是拜托红峰进去调查的。"

明神同学朝我瞥了一眼，露出嫌恶的表情。

"我，我也没办法啊，透矢叫我去调查的嘛！地上又没掉什么奇怪的东西！"

"奇怪的东西是什么？好恶心啊……"

这也太不讲理了吧！

"总而言之，你是看到了这张纸的碎片，才推测出这是写有'阿伏伽德罗数'的小抄。"

"仅此而已吗？这就太勉强了吧。再说了，你是怎么知道我在厕所里看到了那个的？"

"当然是根据你的证词了。你说你在女厕见到过汤之岛。她应该是在你前面进入那个隔间的。你既然提出汤之岛是犯人，自然也会怀疑这点。但现在我们先站在你当时的角度考虑一下吧，汤之岛只是从隔间出来而已，你为什么会觉得可疑呢？"

透矢拿起了一片拼图。

"汤之岛的行为有什么可疑之处吗？对，有的。你在证词中应该说过——'在等待隔间空出的这段时间里，女厕所出奇地安静，甚至可以听见衣服摩擦的声音'。"

"我记得我确实说过，但这有什么不对吗？"

"当然不对了，你还说过'她没发出一点动静，不知不觉就从隔间里出来了'。不知不觉也不大可能，当时你正急着上厕所，怎么会不知道有人从隔间里出来。"

"当时我并没有很急，没注意到也是很正常的吧，要是没听到开门的声音——"

"那么，连*冲水的声音*你也漏听了吗？"

明神骤然僵住了，目光游移，像是在搜索自己的记忆。

冲水的声音。

那么大的声音根本不可能听漏。明神同学却说了"出奇的安静"，还具体地说了"可以听见衣服摩擦的声音"，明确地断言了没有其他声音。

也就是说，泪沙没有冲水就从隔间出来了。

"宿于你心中的名侦探，正是因为发现汤之岛连水都没冲就从隔间出来，才对她产生了怀疑。只要进入隔间检查马桶内部，就可以排除用过后忘记冲水的可能。也就是说，汤之岛把自己关在厕所隔间，做了一些和厕所原本用途相悖的行为，而这大概是为了掩人耳目。"

如果是中午，可能是躲在厕所里吃饭，但当时是第一场考试结束，还是早上。而且明神同学并没有目击饭盒和塑料袋之类餐后产生的垃圾。

"而且，你的证词还有'那是个有点脏的隔间，我觉得自己选错了'——最让我在意的就是这段，因为我们学校的厕所无论何时都打扫得非常干净。"

——我们学校有一个可取之处，就是厕所一直都很干净，无论什么时候进去，都是被打扫得一尘不染的状态。

我今天进厕所的时候也是这么想的。是啊……无论哪个厕所都锃亮如新。

那么，明神的证词中'有点脏的隔间'又是怎么回事……？

"理应一直都很干净的厕所，被你用'脏'来形容是怎么回事呢？我思考了一下，想象了一些可能性——'是不是有垃圾掉在地上了'，毕竟刚才进去的汤之岛并没有如厕，除此之外，并没有什么能让厕所变脏的。"

垃圾——也就是我发现的那个。

"要是你看到过小抄，并且推断出制作者是汤之岛，唯一的时机就只能在这里了。我觉得你除了无意识推理的能力之外，说不定还有恰好撞见关键线索的能力。"

"别把偶然发生一次的事情说成能力。"

"哦，不好意思。好了，接下来的问题是，你是怎么通过那张碎纸片就判断出那是小抄呢？'米''ケ'再加横折——仅凭这些很难推断出'阿伏伽德罗数'这个词吧。"

"岂止是难，倒不如说根本不可能吧。"

"是啊，不过前提必须是'汤之岛泪沙'这个人和'阿伏伽德罗数'这个词没有任何关联。"

明神同学眉头一皱。

"地雷同学选修的并不是化学吧？理应没有任何关联才对。"

"正因为没有关联，你才把厕所里看到的那张碎纸片和早上汤之岛所说的话关联了起来。"

"早上……说的话……？"

"要是我没记错的话，今天早上的教室里有过这样的对话——"

——复习了吗？

——完全没有。

——那个……阿伏伽……什么数是多少来着？

"啊……"

我半张着嘴，对啊……那拖长的音调，甜腻腻的语调，一定是……!

"没有选修化学的汤之岛，正在向某人提问有关阿伏伽德罗数的问题，这本身就很可疑吧？按理说她今天并不用考化学，也没必要记住阿伏伽德罗数，除非她做的是并非自用的小抄。"

与今天发生的事情，联系上了。

明神同学的思路，构建完成。

"当然了，在这个时候，你也只是'略有怀疑'而已。可当你把厕所里发现的碎纸片和记忆中的事情联系起来时，你的怀疑变成确信。汤之岛泪沙正试图把小抄塞给某人。虽然有可能是帮别人做的，但作弊的内容只有她自己知道。如果是这样，问题就不该是'阿伏伽德罗数是多少来着'，而是'你有什么不明白的'。何况，我也想不出让别人做小抄究竟有什么好处。"

独自制作自己根本用不上的小抄，若真如此，唯一合理的解释就是，这张小抄是为了强加给别人而准备的。

"在这一阶段，你还不知道她的目标是谁，但在调换椅子的那一刻，就确定是红峰了。至此，你确信无疑，于是站了起来。"

——咣当一声，明神同学突然站了起来。

那个时候，她原来在思考这些事情。

难以置信的思考量，难以企及的推理风暴，普通人甚至会觉得这是魔法。

但这并非预知。

而是推理。

"……"

明神拿起所剩无几的拼图，咔咔地嵌入空洞。

之前一直摆错位置的明神，这次一步也没错。她手速极快，毫不踌躇地往前推进——没过多久，完整的风车就大功告成。

"伊吕波同学。"

明神同学将视线从完成的拼图移到了正前方的透矢身上。如此宣告道:

"谢谢你,思考了我说的话。"

"嗯。"

透矢静静地点了点头。

隔着风车拼图相对而坐的两人,宛如一张画面静止的照片⋯⋯我连插话的机会都找不到。

透矢⋯⋯竟为明神同学付出了如此多的脑力。

从早晨到现在,她的一举一动、一言一行,甚至心中所想,全都在他的掌握之中。

"咦,等一下?"

就在这时,我的脑中骤然涌现了一个疑问,情不自禁地脱口而出。

透矢和明神同学一齐转向了我,露出了疑惑的表情。

"红峰,怎么了?"

"没什么,呃⋯⋯我只是觉得有些奇怪⋯⋯"

"什么?"

透矢诧异地抬起了眉毛,看到这样的反应,我不禁有些发慌。

"啊,不是,应该没什么大不了的,大概是我记错了⋯⋯没什么大不了的!"

"不,还是说出来吧。要是我的推理不够严谨,就得推翻重来。"

"那个⋯⋯关于明神同学早上听到泪沙提问的事情⋯⋯"

"嗯?"

"那个时候——明神同学不是还没到教室吗?"

"……啊。"

透矢张大了嘴。

果，果然是这样吧？我没记错吧？

明神同学是在黑子老师到了教室后才来的，黑子老师在场的时候当然没人会去闲聊。也就是说，明神同学来到教室后，泪沙并没有问过那样的问题。

透矢一脸严肃地低下了头，把手捂在嘴边，开始喃喃自语。

"搞错了吗？一定还有能把汤之岛和小抄联系在一起的线索——不，不不不，等一下，明神……你刚才不是承认先前的推理是正确的吗？"

"……"

明神同学倏然移开了视线。

"也就是说，你其实心里很清楚，对吧？你在某处听到了汤之岛在教室里的发言，对吧？"

"伊吕波同学，你的推理是正确的，差不多就这样——"

"哦——原来如此，是这样啊。"

透矢无视了略显尴尬的明神同学，一个人若有所思地点了点头。

"你……在教室外面待了一阵子吧。表面看起来云淡风轻，其实是紧张得不敢进去。就在那个时候，老师来了，所有同学都坐了下来，所以才慌慌张张地开门进来。如果是这样的话，早点叫我不就好了，真是个在奇怪的地方拘谨的家伙。"

"我，我不是说差不多就这样可以了！"

"咕！"

明神同学把脸涨得通红，就这样探出身子，用手捂住了透矢的嘴。此刻的画面，与之前的构图恰好相反。

88

明神同学保持着这个姿势，直勾勾地瞪着透矢。

"你的话太多了……就是因为这个毛病，才不受人待见。明白吗，伊吕波同学？"

"其实没什么可害羞的——呜咕！"

"我才没有害羞！"

唉。

现在的你真的超帅的，但这种地方好像还是不太行哦，透矢……

正当我事不关己地看着这一幕时，明神同学的脸蓦地转了过来。

"要不是你注意到了多余的事情……"

"可那是透矢让我说的啊……！"

"我会记住你的，*红峰同学*。"

……咦？

"咦？"

刚才……

"刚才！"

名字！

"你叫我名字了……！对吧！"

"你在说什么啊，请不要大喊大叫，耳朵都要坏掉了，一米四八同学。"

"不可能只记得身高不记得名字吧！"

考试仍未结束，但目的似乎已经达到了。

怎么回事呢。

心情就跟当我知道透矢信任我的时候一样雀跃。

◆ 伊吕波透矢 ◆

在这之后，所有的考试都结束了，明神在化学考试中输给了红峰。

不仅仅是背诵知识点，还有很多解释知识点上的差距，这才决定了胜负。毕竟，名为"解释"的概念与明神凛音最是无缘。

于是，事情就变成这样。

"那个，在你的桌子上涂鸦……真的很对不起。"

"啊？哦，知道了。"

"这算哪门子反应啊！"

这两个月来，令红峰纠结不已的涂鸦事件，就这样简单地了结了。

所谓没有意义的道歉……这下我也体会到了。

之后的课堂就成了轮番讲解试卷的接力赛，每个人都在快速吸收知识点，校园里弥漫着轻松的气氛。

但明神依旧选择去咨询室上学，即便偶尔踏入教室几次，距离真正回归也还有一段路要走。果然，要她彻底迈进教室的大门并不容易。不过，暑假前至少让她做到了第一步，也算是达成一个小目标吧……

说起来，明神暑假期间打算怎么办呢？既然平时不来教室只去咨询室，暑假果然是要宅在家里吧。实在没法想象她在自己的房间里放松的样子。

算了，忧心即将到来的暑假为时尚早。

于我而言，还有一件事必须在这个学期里完成。

唯有我带着紧绷的情绪走在松懈的校园里。

据说犯人汤之岛受到了停学处分，虽然就时间来说，只相当于提前几天放假，但这对于综合评价分应该会有明显的影响。虽然没有公开审判的打算，不过这也算是她应得的报应了——然而，我的心中依旧有悬悬在念的事。

我推理出了明神的推理。

但这是我的错觉吗？

我的内心忍不住反复思考——那个推理是不是还有后续？

所有偏离的逻辑分支尽数剪除。

只留下了硕果仅存的推理路径。

可是——

并非分支，而是前方。

并非左右，而是前路。

我总觉得还有什么可以追寻的真相。

这般推理迟早会进入死胡同吧，所以明神才未说出口。

但如果是不仅指明了犯人，还完整重现推理过程的我——即便不能完全证明，至少也能窥见些许端倪。

为什么汤之岛泪沙要在当天早晨突然开始制作小抄呢？

为什么要特地选自己没有选修的化学科目制作小抄？

为什么要把作弊的罪名加在红峰亚衣身上？

是啊，仔细想想，这是很简单的事情。

因为到了那天早上突然有了制作小抄的必要。

因为确信红峰能给出正解的科目只有化学。

因为——

移动至楼梯上的时候，我望见上面的平台上有个女生的身影。

假使要安上作弊的罪名，就必须让小抄的内容与答案一致，明明做了小抄却答错了问题，就会被人怀疑是否真的用了小抄。

因此，这样的条件是必要的——想出小抄内容的人必须知道红峰确实能够答对问题。

那人注意到我，回过头来，齐肩的短发像风一样摇曳着。

要怎样才能获取这样的信息呢？答案非常简单，只要亲自给红峰出题，让她回答就行。在备考期间，每个人都会很自然地这样做，朋友之间互相提问是很正常的事。

我也曾多次向红峰提问，但在我的记忆里，除去我之外，只有一人曾经陪红峰这样练习过——尤其是提出有关阿伏伽德罗数的问题，并且亲眼看到她自信满满地给出正确答案。

——答对了，那就提升一点难度。阿伏伽德罗数是多少？

——阿伏伽……哦。这个我记得，是 6.02 乘以 10 的 23 次方，对吧？

——嗯，你记得很清楚呢！

或许在我看不见的地方，她也曾和别人互相出题。

也许因为一旦发现小抄就会取消成绩，所以小抄的内容并不重要。

也许一切的一切都只是巧合。

所以，明神凛音才未能注意到。

可是，我——

"是你吧。"

无罪推定。

这是我此生头一遭违背这一信条。

那是因为——

红峰亚衣，和我关系匪浅的人。

为了向明神道歉而如此努力的人。

被如此明确的恶意构陷。

这令我五内俱焚。

"就是你试图把红峰陷害成作弊犯的吧——和花暮诹由。"

我向从楼梯上俯视着我的她宣告道。

她是班上唯一一个令我怀抱敬意，并加以敬称的人。

她总是那么温柔平和，好似全班同学的母亲一样。

"怎么了？"

她的态度一如往常。

"你在说什么啊，伊吕波？"

温柔平和，依旧如全班同学的母亲的她如是说道：

"我只是想让班级恢复应有的秩序罢了。"

自此，她化身为我的宿敌。

*

"真困扰啊，太让人困扰了。'试图陷害'这种话，可不能随随
便便加在别人头上哦。"

她的语调温柔，表情也很温柔。

然而，和花暮同学——不，和花暮一步步走下楼梯，好似在自己的城堡中漫步。

"你似乎误会了哦，我也是为红峰同学好。她好不容易适应了新环境，找到了自己的归属，却打算偏离轨道，作为班长，这是不能容忍的事情。"

她和我站在同样的地面上，但她的目光好似从遥远的天空俯瞰世界。

这家伙究竟怎么了？

疑问，蹊跷，诡谲。她的一举一动都散发着一种好似大脑不正常的怪异感，令人不快至极。

我无法理解。

以无罪推定为宗旨的我，却对眼前的这人，产生了毫无理性的抗拒，只想彻底排斥她的存在。

"归属？应有的秩序？"

尽管如此，我还是硬挤出了这样的话。

好似獴遇见了毒蛇一般，我对她产生了强烈的警戒感。这是发自本能的叫喊，绝对不能放过眼前的这个人。

"为了红峰好，指的是因为你的诬陷而取消成绩，所有的努力全都化为乌有吗？别开玩笑了，这种事情谁忍得了！"

"别这么大声哦……吓到我了。"

和花暮双手捂着耳朵，困惑地眯起了眼睛。这般理所当然的态度，如今看来却无比可憎。

"伊吕波，请冷静点听我说吧。红峰同学已经脱离了幸福的轨道了。本来老老实实地跟芽里垣和汤之岛混在一起就好，怎么能跟明神同学成为好朋友呢——和你的话勉强还能接受，但她不行哦，秩序会被打乱的。"

"秩序？什么秩序……？到底是怎么回事？"

"是班级的秩序哦，我们入学差不多三个月了吧？班级的秩序已经构建完成，大家都已经习惯了，希望你别再捣乱了呢。"

"就为了这样的理由……？"

红峰试图和明神搞好关系，仅此而已，仅仅因为这个——

"你……你这家伙……知不知道？为了这次能考好一点，红峰究竟付出了多大的努力……究竟花了多少时间……你想让这些……全都白白浪费掉……难道你就没有一丝罪恶感吗？"

"咦？为什么呢？红峰同学不就是这样的角色吗？"

这样的……角色？

"突然对学习来了兴趣？不行不行，这不符合她的角色。'吊车尾自治国'正好有三个人，红峰就该老老实实地待在那里。"

"吊车尾？什么意思？"

"知道吗？伊吕波，我们的班现在分为五个阶级，总共有十一个团体。"

见我一时间无法理解，和花暮同学在我面前竖起了手指。

"运动社团帝国"四个人——阶级一。

"花样女子王国"三个人——阶级一。

"恋爱至上主义公国"六个人——阶级一。

"御宅联盟"五个人——阶级二。

"反男子条约机构"三个人——阶级二。

"文化社团合众国"三个人——阶级二。

"装腔作势联合酋长国"三个人——阶级三。

"边缘人人民共和国"三个人——阶级三。

"吊车尾自治国"三个人——阶级三。

"家里蹲教皇国"一个人——阶级四。

"还有，'妈妈联邦'两个人——阶级零。"

最后，和花暮指了指我和她自己，莞尔一笑。

"这就是我们班的阶级表，为了不破坏这个最佳形态，我作为班长，必须时时*调整平衡*呢。"

调整平衡。

听到这个词语，我终于慢慢理解了。

这些游戏般的词汇罗列……它们究竟意味着什么。

这个女人，在过去的三个月里，在我所在的教室里究竟做了什么。

"你打算……自己设计吗？"

不知不觉间，我的声音颤抖起来。

"你打算……设计班里的阶级体系吗？"

就像游戏一样。

某人应该在这里，某人应该在那里……某人应当处于怎样的位置，她是在操纵这个吗？

"设计？不要给我戴高帽子。我只是作为班长，听取大家的烦恼而已。大家都不容易啊，一会儿羡慕这个眼馋那个，一会儿讨厌这个鄙夷那个——时而比上，时而比下，和身边的朋友价值观也凑不到一起。我会听他们的倾诉，告诉他们'和那个孩子搞好关系比较好吧'或者'最好别和那个人做朋友了'……哎，直到黄金周，明神同学消失之前，一切都进行得很顺利。"

"你说什么？难不成导致明神不来教室的涂鸦事件也是……!"

"嗯，不过明神同学好像本来就不太愿意来教室呢，既然如此，别来不就好了吗？"

据说红峰之所以在明神的课桌上涂鸦，是因为朋友喜欢的男生被明神拒绝了。

莫非那个朋友会找红峰商量也是……!

"我也没做什么哦，只是听取班上同学的烦恼，提点建议而已。伊吕波，这跟你在心理咨询室里做的事是一样的哦。"

"哪里一样……! 你做的事只是变相的支配吧！这是被你的价值观所支配的反乌托邦!"

这家伙肯定是在不为人知的地方继续着这样的行为。

就这样，她赢得了班级的信任，扩大了发言权，站在了被依赖的立场上……一点一点……一点一点……操纵着同学之间的好感度。

好似玩拼图游戏一样，构建出完全符合自己心意的人际关系网络。

你以为自己是什么人。

要遵循怎样的思考逻辑，才能做出这样的举动？

这可能是此生头一遭遇到如此令我不适的人。

无关乎无罪推定，此时此刻就欲施以诛罚的人……!

"反乌托邦啊……真是太让人悲哀了。本以为你是能和我一起携手支撑全班的'妈妈联邦'盟友，没想到你这么不理解我。"

"既然你这么想，那干脆把刚才的话告诉班上的同学吧……! 任何人都会觉得你不正常吧……!"

"这我知道啊，因为大家都是傻瓜。"

自然而然脱口而出的诋毁，让我的脊背传来一阵凉意。

毫无恶意，毫无敌意，听她的口吻，就像在诉说一个显而易见的事实一样。

"好难啊，要跟什么样的人做朋友，这种事情普通人自己是不知道的吧？但偏偏大家都觉得自己知道，劝也劝不动。所以我就试着帮他们做了。"

然后，和花暮轻轻弯下腰，凑到跟前观察着我的脸。

"伊吕波，只有你不一样哦——只有你能理解我。因为只有你和我一样，都在阶级零的位置。"

我无法理解。

根本不可能理解。

无论是取回戒指的后乐学姐，理解了自己的推理的明神，从无果的恋情中解脱的松田学姐，从不公的冤案中脱身的红峰——她们的选择绝不是为了迎合我的意愿。像你这般傲慢的人，绝不可能在我的心中有分毫的位置。

这些家伙！

明明什么都不知道，却肆意评价我的父母。

别拿人当玩具！

要是你们把我的家人当成玩具的话……

那我，也可以把你们当成玩具吧……！

"……？"

刚才的是……

"啊哈。"

和花暮露出了开心的笑容。

"果然害羞了呢，太可爱了。其实你是能理解的，对吧？*自己*

亲手完成一切才是最快的，让那些蠢人变聪明是不可能的事，你只是不愿坦率承认罢了，对吧？我明白，我都明白——我也是哦。"

在报道的评论栏里像涂鸦一样倾泻恶言恶语的人，肯定已经不记得了。

或许他们其中有一些人在大学里上过法学课，学到过"无罪推定"这个词。

即便如此，他们也没意识到。

最根本的愚蠢在于，愚蠢的人对自己的愚蠢一无所知。

这样的话——果然还是由我动手比较快。

比方说——

与其让明神凛音学会如何推理。

还不如我亲自去推理更快一些。

"哈哈哈。"

面对自然流露出的笑声，和花暮露出了诧异的表情。

"怎么了？"

"没什么……我只是想感谢你。"

和花暮姣好的眉头微微蹙起，在这几分钟里，我一直被她要弄，这是我第一次将她玩弄于股掌之间。

呵，真是有趣。

我意识到自己正在做的事情竟如此有趣。

"你揭露了我的愚蠢……所以，谢谢你，接下来我要说的是——"

一步。

我向前迈出一步，在极近的距离直视着和花暮谀由的眼睛。

"我——绝不会变成你的样子。"

谢谢你，和花暮。

谢谢你成为我的反面教材。

要是没有你，我恐怕会变成似你这般愚不可及的人。

"也就是说，你跟我没法好好相处了吧？"

"没错。"

和花暮眯起眼睛，嘴角浮起一抹浅笑。

"那么，'妈妈联邦'正式解散。从今天开始，我们班将会有十二个团体了。"

"太多了，一个就够，"我的嘴角流露出无畏的微笑，"团体也好，阶级也好，等级制也好，统统无聊透顶，全都是小孩子才玩的游戏。吊车尾也能学习，家里蹲也能走进教室，这些事情并不是由某个人决定的。事实上，我们只有'班级'这个框架——这不是不言自明的真理吗？"

"是吗？那就来一场对决吧。"

我凝视着和花暮的眼睛。

和花暮凝视着我的眼睛。

彼此洞悉对方心底的幽暗，触碰着淤积的污泥，理解了自己的宿命。

"下一个咨询对象就是你了，和花暮。"

"下一个咨询对象是你才对，伊吕波。"

"我能让你悔改吗？"

"你能理解我吗？"

"一决胜负吧。"

第五话

高一 (7) 班与唯一的诚实者

登场人物

■ 运动社团帝国

田岛雄介…………棒球社·短寸头·说谎者

善光寺昭人………篮球社·应声虫·说谎者

三良坂凉真………足球社·轻浮·说谎者

古郡彰……………排球社·大块头·说谎者

■ 花样女子王国

濑野真奈美………社交平台博主·说谎者

鹤见银靴…………四分之一美国人血统·说谎者

调镜花……………和风美人·说谎者

■ 恋爱至上主义公国

春原漆……………美男·可爱型·说谎者

西宫光大…………美男·帅酷型·说谎者

木村莉子…………跟班一号·高个子·拥护春原·说谎者

矢加部结菜………跟班二号·浓妆艳抹·拥护西宫·说谎者

丸尾阳葵…………跟班三号·自称御宅族·拥护西宫·说谎者

野中芽衣…………跟班四号·丰满型·拥护春原·说谎者

■ 御宅联盟

目代启太郎·········动漫宅·说谎者

大石金治··········轻度宅·说谎者

敕使河原大和······轻小说宅·说谎者

铃鹿莲············资深游戏玩家·说谎者

天家齐加··········虚拟主播宅·说谎者

■ 反男子条约机构

相浦幸············短发·吹奏乐社·说谎者

斋藤绮罗··········眼镜·吹奏乐社·说谎者

福原未来··········小个子·吹奏乐社·说谎者

■ 文化社团合众国

保坂东子··········话剧社·说谎者

陆畑神流··········美术社·说谎者

五十岚星··········天文社·说谎者

■ 装腔作势联合酋长国

川口鞍马··········看穿本质型·说谎者

东条涅············神经质·说谎者

羽立藤成··········压倒性成长型·说谎者

■ 边缘人人民共和国

久留米奏汰········女性恐惧症·说谎者

中迫空············胆小·说谎者

六斋堂纯乃………怕生·说谎者

■ 吊车尾自治国
芽里垣智里………山姥同学·说谎者
汤之岛泪沙………地雷同学·说谎者
红峰亚衣…………小个子辣妹同学·说谎者

和花暮诹由………支配者·说谎者
伊吕波透矢………立志成为律师的人·说谎者
明神凛音…………诚实者

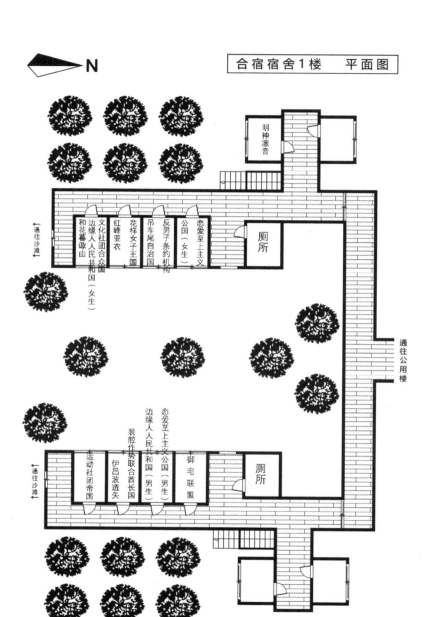

N

合宿宿舍1楼　平面图

明神凛音

通往沙滩 →

厕所

文化社团合众国
边缘人民共和国（女生）
和花暮诹由

红峰亚衣

花样女子王国

吊车尾子条约机构

反男子自治机构

恋爱至上主义公国（女生）

通往公用楼

通往沙滩 →

厕所

运动社团帝国

伊吕波透矢

装腔作势联合酋长国

边缘人民共和国（男生）

恋爱至上主义公国（男生）

御宅联盟

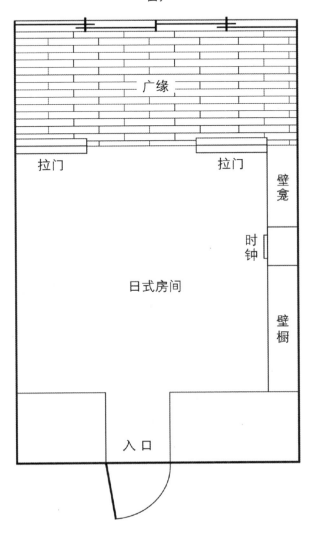

客房　平面图
(学生客房均相同配置)

窗户

广缘

拉门　　　　　　　拉门

壁龛

时钟

日式房间

壁橱

入口

◆ 明神凛音 ◆

于我而言，真理即我，别无他物。

那是自心底涌现之物。

浑然不觉之中，存在于意识深处的事物。

无须思索，无须酌量，它理所应当地存在于我的内心。倘若不称其为"自身"，又能冠以何名呢？

于我而言，真理即我，我即真理。

"啊，凛音，我家的神之子啊。"

父亲总是窥探着我的眼睛，说着这样的话。

"有谜团就有迷惘，正因为不知所以，世人才会迷失。

"正因如此，你的天启乃是拯救世人的力量。

"神明只需存在，只需受人敬畏。

"然而，你并非神明，而是以凡人之身受赐神言之人。

"如果是你，必定能拯救世人，你的言语能照亮迷途之人。

"去拯救吧，凛音，这即是你的天命。"

而年幼的我并不知晓，这究竟是多大的负担，多大的诅咒。

只是天真地害羞着，又高兴地点头。

但如今的我已然知晓，父亲的话语中存在谬误。

正因为一无所知，才不会陷于迷途。

"你就是犯人。"

讲述真相的意义，讲述真相的责任，讲述真相的方法。

年幼的我并不知晓这些。

在懵懂无知的情况下，当上小学的我指出偷窃铅笔的犯人时，才意识到自己并不受人待见。

"跟她说话会被当成犯人哦。"

女生们窃窃私语。

"侦探来喽！要被当成犯人啦！"

男生们一哄而散。

明神同学，不可以随便把人说成犯人哦。

班主任语气温和地劝导着我。

搞错了吧。

我是对的。

我没说谎。

正因为你们都不明白，我才告诉你们。

为什么大家都觉得我错了呢。

算了，就这样吧。

爱信不信，我无所谓。

真理即我。

我即真理。

因此——即便你们不信，真相也不会改变。

真理不言自明。

说也罢，不说也罢，全无意义。

即便说了，他们也听不懂吧。

——那就确认一下吧，看看我到底是不是没法沟通的人。

——无论你的推理多么突兀离奇，我都会为你找出证明。

反正，你们也……

◆ 伊吕波透矢 ◆

"透矢，她真的会来吗？"

"谁知道呢。我也只是听明神老师说过，也不太敢信。"

盛夏的八月，合唱的蝉越闹越欢，其中夹杂着高中生的喧嚷声。

我们在炙热如炒面铁板的柏油路上，等待巴士的到来。

从今天开始，将是四天三夜的海滨夏令营。

住在海边的合宿宿舍，享受海水浴，体验职业课程……一段充满着青春与欢乐的休闲时光即将展开。

虽说是学校的活动，但在暑假期间，气氛相当轻松，大家也都穿着便装。譬如此刻坐在我旁边的红峰亚衣，穿的是露肩的白衬衫，配上露出整条大腿的热裤，俨然成了败坏风纪的化身。然而——

"喂，透矢！今天的我好不好看？是不是清纯型的可爱女生呀？"

"哪里清纯了？一眼看去都不知道你下面有没有穿。"

"喂喂，别盯着人家的大腿根看呀。"

真是胡说八道，先把裙子的长度增加三十厘米再说吧。

高一七班的同学们在巴士前集合，此刻有三十五人，分成二到六人的小团体扎堆闲聊。除去我和红峰之外，小团体的数量共有九个。此情此景，不由得让我想起了前几日与和花暮诹由的对话。

由某人精心设计的阶级体系，牢牢掌控着这间教室内的势力格局。

那家伙真能融入进来吗？我望着混在女生三人组中欢笑的和花暮，担心着即将到来的第三十六位同学。

"啊……"

一辆车停在了校门口,红峰见状发出了轻呼。

从车门里走出来的,乃是盛夏时节依旧穿着白大褂的明神老师,紧随其后的人则是——

"啊,那不是……"

"今天真的来了啊。"

同学们也纷纷议论起来。

脚踩在柏油路面上,在车前撑开一把看似很高级的阳伞的,不是别人,正是明神凛音。

她依旧披着看起来很热的披肩,但披肩之下是清凉的连衣裙。明神凛音的便服,仅此一瞥,已经如同另一个次元的光景了。而她那深闺千金般的姿态,就连盛夏的热浪似乎也要退避三舍,在场的每一个人都不知不觉被吸引了目光。

"对不起,透矢。"

"嗯,怎么了?"

"没什么……刚才自称清纯型,突然有点过意不去。"

嗯,也是啊,在她的面前只能如此。就外表而言,除了清纯这个词,再也找不到其他的表达方式了。

明神规规矩矩地撑着阳伞,在明神老师的引领下走了过来。

"伊吕波。"

明神老师把手插进白大褂的口袋,用难以窥知感情的声音呼唤着我。

"跟事先说好的一样,海滨夏令营我也会同行,但大体上她就托付给你了。"

"可以是可以,不过有时我也会有小组活动,没法时时刻刻照顾她吧？"

从黄金周开始就几乎不来教室的明神凛音，现在却要参加海滨夏令营，而我被任命为她的看护员。虽说找不到其他合适的人选也实属无奈，但要一直待在明神身边，在物理上也是很困难的。

"没问题，我准备好了对策。"

见明神老师使了个眼色，明神手忙脚乱地翻找着挂在胳膊肘上的包，从里边取出一部智能手机。

"啊，手机！终于买了！"

红峰讶异地探出了身子，明神是机械白痴，连使用食堂的餐券机都费劲，别说智能手机了，连普通手机都没有。

明神把手机当成名片拿在胸前。

"父亲说，万一迷路就麻烦了……"

"迷路？你父亲对你过度保护了吧。"

"不是，迷路很危险的吧。"

"哇，过度保护。"

对明神凛音而言，"过度保护"这个词完全不起作用。不管边上的人怎么保护，她都会自己拐到出乎意料的方向去。

我看了一眼明神双手捧着的手机。

"这东西你用得来吗？明明连餐券机都不知道怎么用。"

"太看不起我了，我记得很清楚，这里应该是电源键——咦？"

"那是音量键……"

看着她手忙脚乱的样子，不安的感觉反倒更强了。

红峰开心地笑着，把肩膀靠在明神身上。

"嘻嘻，详细的用法就在车上教你咯，让我来，让我来！"

"有说明书，用不着。"

"别瞎说了，你这种人是绝对看不懂说明书的，还是乖乖来请教吧！"

红峰在明神面前露出了胜利的笑容，明神则是一脸不悦。

可怜呐，红峰……没想到你只能通过这种事来秀优越感。

"手机是女高中生的必需品！就像身体的一部分，我连上厕所和洗澡都带着。随便问，随便问！"

"上厕所和洗澡也……？拿到那种地方去有什么用？"

"啊？比如捉弄透矢打发时间呀。"

"你这家伙，下次再也不回你的消息了。"

虽然我一直在规规矩矩地回复。

红峰对我的威胁置若罔闻，兴高采烈地开始教导明神怎么注册社交应用的账号，一副如鱼得水的样子。

"伊吕波，下面的事就交给你了。"

言毕，明神老师立即朝着教师们聚集的位置走去，教师们似乎也会跟随学生去参加海滨夏令营，但心理辅导老师通常来说会跟着一起去吗？

嗯，总比完全交给我一个人要好。特别是晚上，住宿地点似乎是男女完全分开的，我能照顾她的时间也十分有限。

"明神同学！"

听到这个声音的瞬间，我的身体自动进入了临战状态。

此刻带着和蔼的笑容跟我说话的人，是刚才还在稍远的地方聊天的和花暮诹由。

土气的眼镜和蓬松的中长发营造出的温柔形象，此时此刻在夏季的开衫和长裙的衬托下愈加鲜明。如今看来，连这样的穿搭也是操控人心的手段。为的是使他人放松警惕，悄无声息地掌控他们。

和花暮和明神保持着互不侵犯个人空间的距离。

"你还记得我吗？我是和花暮，和花暮诹由！自从考试之后就没见过你了。久别重逢，真高兴呀。"

何其厚颜无耻。

明神不来教室就是你一手造成的吧。

和花暮似乎想要和明神握手，但在此之前，我硬挤进了两个人之间。

"和花暮，明神的事老师已经托付给我了，不劳你费心。"

"……"

和花暮保持着伸手的姿势，脸上笑容依旧，就这样凝视着我的脸。

这家伙操控着整个班级，是涂鸦事件和作弊事件的幕后黑手，这些事情我并没有告诉明神和红峰，因为那可能会让她们在班中的处境变得更加艰难。更重要的是，我没有确凿的证据来指控她。

无罪推定。

我深知和花暮诹由是个可怖的毒妇——但目前并没有任何客观的手段证明这一点。

此前，我已经向明神老师报告了明神凛音未能勘破真犯人的案例，而她只是轻描淡写地说了一句"是吗"。

她应该很清楚吧，以明神的推理能力，根本无法触及和花暮诹由这个幕后黑手。

"你知道'明希豪森三难困境'吗？"

明神老师说了这样的话。

"若想声称某件事是正确的，就需要证据。而为了证明这些证据的正确性，又需要新的证据。由于证据的需求是无穷无尽的，因此确切的推理是无法成立的。

"如果凛音的'天启'能够无限地追溯所有的谜团，那么答案就会出现在这个无尽追问的尽头——输出无须理由或证明的'原始事实'作为答案。例如，'因为世界存在'这样的结论。

"但在实际情况下，凛音的推理框架始终受到'究竟何种程度才算是谜题'的约束，以这次为例，'谁做了小抄'是谜题，凛音给出了正确答案，但关于'这事究竟是谁唆使的'，恐怕并没有包含在她的谜题范围之中。

"简而言之，无人提问即没有回答，事情就是这么简单。"

如果她的解释毫无虚假，那么能与从不成为"犯人"，一直藏在幕后的和花暮对抗的，或许只能是我——并非自动完成，而是按照自己的意志构筑推理的我。

"啊哈！"

和花暮微微一笑，朝我迈出了一步。

"不必客气。伊吕波是男生，也有照顾不到的地方吧？这种事完全可以交给我哦。"

"你也要忙着照顾其他人吧？明神这个人我更熟悉，就不劳你费心了。"

"哪里哪里，你不用客气。"

"不不不，不用客气的是你。"

"啊哈。"

"呵。"

"啊哈哈！"

"呵哈哈！"

在两人假笑着客气的对话中，迸出了无声的火花。

不过，这番景象似乎只有我跟和花暮才能看见，这时红峰从我背后探出头来，对和花暮说：

"和花暮同学，能把明神同学拉进我们班级群吗？"

"嗯？啊，对呢，她之前没有手机。"

"是啊，海滨夏令营期间，很多事情都通过班级群通知的吧？要是不加进去会很不方便。"

"好吧，我把她拉进去，把账号告诉我吧。"

"扳机群……是什么？"

明神看向了我，显然是希望我来解答。

"简单点说，就是班级的联系网络，也有同学用它来聊天。"

"在我们的班级群里，没有那种非得回复的压力，所以很轻松。要是觉得烦，还可以关掉通知。"

"啊哈哈！有些群确实挺有压力的。初中那会儿，哪怕到了晚上通知也响个不停。"

"我懂我懂！"

红峰一边快活地应和着，一边把刚刚创建好的明神账号告知了和花暮。虽然我不希望明神与和花暮之间建立直接的联系，但是若不加入班级群，肯定会很不方便。再加上即便心怀不满，却也很难否认和花暮是班级的中心人物，要让明神正式回归教室，她是绕不过去的对象。

我也能理解那些不愿给孩子配手机的父母的心思，如此危险的东西，确实不能轻易交给懵懵懂懂的孩子。

"明神，要是有什么奇怪的消息，要马上告诉我哦。"

"啊，好的……"

"阿妈来喽，透矢阿妈来喽。"

"啊哈哈，伊吕波。你真的好像妈妈一样呢。"

和花暮，要是你肯悔改，我也就不必这么过度保护了。

*

叮咚。

你都发酵了。

当我在巴士上看到手机屏幕顶端跳出的通知时，不由得愣了一下。

发送者是明神凛音。

此刻的她正坐在后排，听红峰讲解如何使用社交应用——上面那句话是什么意思呢？她在写诗？发酵什么的，难不成是哪里的笑话吗？

我疑惑地回头看了一眼，红峰正呵呵地笑着。

"怎么了？"

我感到了一丝不悦，于是问了一声。

"没什么，明神同学似乎不会用九宫格输入法，所以我就让她试试语音输入。"

说到一半，明神突然伸手按住了我的头发。

"你头发翘了。"

叮咚。

你都发酵了。

原来如此，语音输入把"头"识别成了"都"，把"头发翘了"识别成"都发酵了"。

"明神同学现在除了语音输入什么都不会用，所以也没办法修改，哈哈！不过也没什么好担心的，不管发来多么乱七八糟的句子，透矢总会像平时一样帮你推理出来的吧？"

"别再给我增加任务了，平常那些犯人宣言都已经忙不过来了！"

"拜托你了。"

叮咚。

白头你了。

"给我说清楚点！"

真是的，只能发语音也没办法，但你至少要努力把意思传达清楚吧。

我转过身来叹了口气，坐在旁边的男生——东条浬，一边抖着腿，一边斜眼瞪着我。

"伊吕波，真同情你啊。被迫应付这些吵闹的家伙们。"

"感谢同情，不过非常遗憾，我已经习惯了。"

"真是难以想象……换作我的话绝对受不了。聒聒噪噪，还是个女的……啊啊，受不了，吵死了，吵死了……"

东条一边嘴里嘟嘟囔囔，一边把连在手机上的耳机塞进了耳朵里。

东条浬和我同班，合宿也是同室，成绩虽然不错，性格却非常神经质。就连这次的海滨夏令营，他也很担心和别人同室能不能睡得着觉。

根据和花暮的阶级表，他应该被划分在"装腔作势联合酋长国"那一档吧。

真是糟糕，自从听到了那个表之后，我也不自觉地开始对同学进行这样的分类了。

哪怕没有和花暮诹由，教室里的人际关系和权力格局也会自然而然地形成，即便是巴士的座位顺序，也能如实地反映这一点。

明神本该坐在班主任的旁边，但多亏了红峰，她才能不被孤立，以班级一员的身份融入其中。

正是红峰的亲密接触缓和了明神的孤立。对于明神凛音而言，红峰既是最大的加害者，也是最大的受害者，本该首先对立的两人却坐在最近的位置，多少避免了如履薄冰的气氛。

或许和花暮正是不想看到这种状况，才故意策划了作弊事件吧。

罢了，先不管和花暮怎么想，如今的首要之务是让明神真正融入班级，而在红峰的协助下，事情进展得意外顺利。

眼下就这样吧。

＊

在海滨夏令营期间，我们的宿舍分为三部分——公用楼、男生楼和女生楼，从正门进入是公用楼，走到深处以后，从岔路口左转是男生楼，右转是女生楼。

从空中俯瞰，男生楼和女生楼是两栋直角括弧形的建筑，隔着树林背靠背而建。与公用楼不同，房间几乎全是旅馆样式的客房，但每层楼只有民宿大小。两边都是五层高的建筑，每层容纳一个班级。

我们班被分配到的是一楼的房间。

住宿安排上，男生女生各四间房，每间房入住四到五个人，作为特例临时加入的明神则住在女生楼一楼的教师用房间，和明神老师同住。虽然明显是特殊待遇，但对于那个与众不同的明神凛音而言，这也是没办法的事，所以没有人提出异议。

客房是铺有榻榻米的日式房间，窗边有一个被拉门隔开的神秘空间——似乎是叫广缘①。壁龛里摆放着一个看似很贵重的蓝色花瓶。

---

① 日式建筑中屋檐下延伸出去的宽廊。

"呼……"

在广缘的角落里放下行李之后，室友之一的羽立藤成立刻叹了一口气。

"总算缓过来了，真是受不了巴士。"

"羽立，你晕车了吗？"

另一个室友川口鞍马则用饱含魄力的声音询问道。

"要是你早点说，我可以给你晕车药，要是因为身体不适浪费了这样宝贵的机会，那将是人生的损失。"

"我讨厌晕车药，你也知道这东西会让人犯困吧？就算只是区区的巴士出行，只要细心观察，也能发现创作的灵感。我无法忍受因为脑细胞片刻的沉睡而错失成长的机会。"

"哦，珍惜寸阴，努力学习，气魄可嘉。这次的海滨夏令营，在其他人眼中不过是海水浴而已，但他们只是被一时的快乐蒙蔽了眼睛，迷失了事物的本质。羽立，和你在一起的话，应该能学到真正有用的东西。"

"嗯，能遇到志同道合的朋友，真是要感谢上苍。"

"哈哈哈！"

如你所见，这两个人加上东条浬，正是和花暮所说的"装腔作势联合酋长国"的全体成员，也就是我的室友。坦白说，会被安上这样的名字，也算是实至名归。

虽然这些家伙的说话方式挺夸张的，但都是一些容易相处的家伙，起码比明神凛音更容易沟通。因为学习的态度相对接近，我在班上经常跟这些家伙混在一起。

"羽立，川口，拿好泳衣马上去集合吧。要是不想浪费成长的机会，就赶紧去准备吧。"

"哦哦，伊吕波！你说的没错，我要虚心接受你的忠告！"

"能亲身体验海洋——生命的起源之地，真是令人期待。"

"废话真多。"

我领着三个性格各异的室友来到铺着木地板的走廊。

就在这时，正巧有几个男生从右侧隔壁的房间走出来，一边大声交谈，一边从我面前经过。

"呦，不好意思咯，伊吕波！"

"喂，你真的很期待女生的泳装吧？喂，田岛，你看上谁了？"

"别胡说了！我才没特别想看谁呢！"

"你可真是闷骚的家伙。"

笑声重叠在一起，令木地板微微颤动。

这是和花暮命名的"运动社团帝国"——按照发言的顺序，依次为善光寺昭人、三良坂凉真、田岛雄介和古郡彰。

在美国的校园阶级中，这类体育系的男生通常被叫作"运动员（Jocks）"，居于校园阶级的顶端。他们几个是我们班的中心人物兼气氛制造者，也正是他们几个，总是让我和和花暮不得不时常提醒一下。

待他们几个逐渐远去，左边房间的两个男生也走了过来。

"喂喂！光大也来坐坐香蕉船吧！"

"啊？不用了。我只想在遮阳伞下睡觉。"

"啊——？明明大家都很期待啊……"

一位是如女子般俊美的少年，另一位则是身材修长的帅酷美男。

春原漆和西宫光大，这两人在七班中最受女生欢迎。平时身边总是跟着四个女生，和花暮将这六人称为"恋爱至上主义公国"。

在他们的后边，又有两个人战战兢兢地走出房间，我轻轻举起手，跟他们打了个招呼。

"久留米，中迫，感觉还好吗?"

"咦?啊……伊，伊吕波啊。"

作出回应的是中迫空，而另一位一言不发的是久留米奏汰。这两个人性格尤其内向，不擅长交流。两个人虽然经常一起行动，但看上去并没有特别要好的感觉，只是彼此都很边缘化，自然而然就走在了一起。

这两人就是所谓的边缘人，虽然我并不喜欢这个词。但和花暮却干脆把这两个人和另一位女生凑在一起，称之为"边缘人人民共和国"。

"久留米，你的脸色不太好，是哪里不舒服吗?"

"哦……之前坐巴士的时候，旁边有女生，所以久留米才……"

"哦……"

对于这两个在班上比较孤立的人，我有时会给一些特别的关照。相比中迫还要沉默的久留米患有相当严重的女性恐惧症，刚入学那会儿，还是按照学号就座的时候，由于前后左右都是女生，每逢课间他都会逃出教室。

"要是真有什么不舒服，我可以帮你跟老师说。"

"谢谢……久留米，你怎么样……?"

久留米默默地摇了摇头，应该是没问题吧。

"我知道了，要是真的撑不住，一定要说哦。"

我轻轻挥了挥手，向两人告别。

回到室友身边时，川口像是深受感动一样一个劲地点着头。

"伊吕波的献身精神着实令人钦佩，他始终不忘关心周围的人，这一点值得我学习。"

"也没那么夸张啦，我这个人无法放任违和感不管而已。和东条一样，只是神经质罢了。"

"哈哈。"

也不知道是不是戳中了笑点，田岛笑了一声。

我们沿着走廊向公共楼走去。

"嗯？目代他们还在房间里说话呢。"

当我们经过最北侧的房间时，听到了门里边传来了大声说话的声音。

羽立打开拉门，对着里边的人喊道：

"喂！马上就要集合咯！"

"啊？哦！这样啊，我马上去！"

大声回应的是后颈处头发很长的目代启太郎。目代的回答很爽快，但还是接了一句"话说这季的新番"回到了和四个伙伴的闲聊中。

"真是的，迟到了可别怪我们哦。"

"这些家伙虽然话多，但都挺守规矩的，没必要担心吧。"

"也是哦。"

这个房间里的五个人是班里尤为惹眼的小团体。以动画宅目代启太郎为首，再加上大石金治，敕使河原大和，铃鹿莲，天家齐加，都是所谓的阿宅。在教室的时候，他们也总是五个人一组聚在一起，聊着动漫、游戏、虚拟主播之类的阿宅话题。这便是和花暮所说的"御宅联盟"。

"话说回来，宿舍的隔音效果还真可以啊，目代他们聊得这么大声，我们的房间却一点都听不见。"

"是吗？他们跟我们隔了两个房间呢。隔壁的说话声可是能听得清清楚楚。"

"嗯？这样吗？"

"你居然没注意到吗？……啊，心情好沉重。"

以上便是高一七班的所有男生，总计十七名。

接下来的四天三夜，我将和这些同学一起度过。

*

在炽热的阳光下，我有气无力地仰望着蓝天。

嘴里满是嘎吱作响的细沙，背上的沙子热得像火在烧，耳畔回荡着喧嚣与海浪交织的声音，却仿佛隔了一层薄纱，遥远又模糊。

"哈哈！透矢！你怎么了？"

身穿泳衣的红峰过来盯着我的脸看，她的身体遮住了耀眼的阳光，

她穿着显眼的粉色比基尼，勉强遮住了娇小但凹凸有致的身体。她身上的水滴在阳光下闪着炫目的光。

红峰将下垂的双马尾拢到耳后。

"透矢这么不擅长运动啊？太没用了！"

"废话真多，我只是被沙子绊倒了而已。"

"摔得还挺夸张的，眼镜没事吧？"

接着，和花暮诹由也半蹲着盯着我的脸看。

略显土气的面庞衬托出黑色泳衣的深邃，外加不输红峰的曼妙身材，她身上散发出一股与平日里的温柔截然不同的妖娆气质，几乎将她的本性暴露无遗，令人不由得心生警惕。

"没问题。多亏了后背着地——呜哇！"

"啊，对不起，不小心打中你了！"

一个沙滩排球猝不及防地打在我的脸上，然后又弹到了我的腹

部，我双手抓住球，从沙滩上猛地站了起来。

"喂，注意一下周围人的安全！打到我就算了，要是打到其他游客该怎么办？"

"是是。对不起啦。"

把球打到我身上的金发女生安慰似的冲我挥了挥手。

"真是的。"

正当我准备起身之际，红峰恰好向我伸出了手，我抓住她的手，想借力起身。她却"哇"的一声失去了平衡。我赶紧抱住她的腰，勉强稳住了她的身体。

"你才是，完全不行啊。"

"对，对不起。"

真是的，太不省心了。

千万别穿泳装摔倒哦，就算想扶也不知该扶哪里。

"啊哈！"

在一旁注视着事态发展的和花暮露出了一个做作的微笑。

"别在这打情骂俏了哦，快把球还给人家吧，濑野同学还在等着呢。"

"才，才不是打情骂俏！给！"

红峰微微涨红了脸，从我手中夺过沙滩排球，抛向了金发女生。

我站起身来，掸去了身上的沙子，目送着红峰奔向金发女生，心中暗叹自己多舛的命运。

我本打算坐在遮阳伞下悠闲度过这个海滩之旅，没想到却被拖进了女生们的沙滩排球里，这全是红峰的错。我刚到海边就被她莫名其妙地缠上了，结果不知不觉被拉进了队伍。

话说回来，明明是学校活动，为什么要带泳衣呢？环顾周遭，只有一半的女生穿着学校配发的深蓝色连体泳衣，其余人则穿着五颜六色的泳装，精神抖擞地在沙滩上嬉闹。当然了，那些精心准备泳装的人，大多是热衷享受夏日的乐天派。

"呵呵，大饱眼福了吧？"

和花暮微微弯下了腰问我，我一边调整着眼镜的位置，一边说道：

"这也是你设计好的吗？"

"怎么可能，买什么样的泳装全是个人自由。不过我也接到过好几个咨询，问我买什么样的泳衣比较好呢。"

教室的支配者和花暮诹由微微一笑，把双手交握在背后。

"粉色比基尼确实很适合她。"

"嗯，确实挺符合她的风格。"

"那我呢？"

"同样的评价。"

"什么意思呀？"

我对着身穿衬托出白皙肌肤的黑色泳衣的和花暮说道：

"满腹漆黑。"

和花暮做作地眨了眨眼，露出了无懈可击的微笑。

"谢谢，我很高兴哦。"

所以才说她腹黑。

我无言地离开了和花暮，悄悄抹去了自己的存在感，走向了遮阳伞林立的防波堤。我自认为不是那种阴郁少年，只是比起盛夏的阳光，遮阳伞下的阴影确实更能让人平静。

我环顾了一圈遮阳伞下的同学们，有人正呆呆地眺望大海，有人在玩手机。然后我在角落的遮阳伞下发现了一个熟悉的身影。

是明神凛音。

"嘿。"

我轻声对规规矩矩地盘腿坐在野餐垫上的她打了声招呼。

"你知不知道如何享受大海的乐趣?"

"没有什么是我不明白的。"

"全知全能可真让人敬畏。"

问这种事情真是多余。

我在她旁边坐了下来,明神则默默地拉开了一个人的距离。

"怎么了?"

"你有什么目的吗?"

"目的?"

"跟红峰同学待在一起的你,可能不太明白,女性是不能随便暴露肌肤的。"

"红峰也不是随便暴露的⋯⋯唔,也不好说。"

毕竟她是那种穿校服的时候也会把胸前亮出来的家伙。

"话说回来,你以为我是冲着你的泳衣来的啊?我是这样的人吗?你是认真的吗?哼!"

"看你嗤之以鼻的样子,还真有自信啊。"

"我以为你早该知道了呢,话说回来,你真的穿着泳衣吗?裹得这么严实。"

明神凛音只靠一身平平无奇的连衣裙就如此受人瞩目,原本我还担心要是她穿着泳装出现在众人面前,搞不好会引发一场小型集会。然而事实上,她在刚才的白色连衣裙外边套了一件连帽衫,反倒增加了"防御力",拜其所赐,她得以安然地待在遮阳伞下。

平时从不离身的披肩,应该是怕被沙子弄脏,所以收好了吧。

"我穿着泳装哦，你瞧。"

言毕，明神凛音撩起连衣裙的裙摆，将白皙的大腿和深蓝色的布料展示给我看。

喂，明明刚才还不让看呢，这家伙想干什么？

我勉强压抑住内心的动摇。虽说她穿着泳装，但所做的动作就跟给别人看内裤没什么两样。可恶，真不知道她的防御是坚固还是松懈。

"衣服底下穿泳装，和小学生差不多。"

我漫不经心地移开视线，发表了一句无趣的评论。

明神放下了连衣裙的下摆，重新抱住了膝盖。

"今年这泳装的出场机会就到此为止了吧，以后只能当内衣穿了。"

也是，到了九月，游泳课几乎就绝迹了。明神在第一学期几乎没来上课，连体泳衣对她而言也就成了无用之物。

"那连帽衫呢？不觉得热吗？"

"因为涂防晒霜很麻烦。"

"那把大小姐范儿的阳伞该不会也是……"

"直接隔断阳光，比涂防晒霜更有效率吧，其实，最好的办法是避免外出。"

我觉得这家伙之所以把自己关在咨询室里，并非因为什么涂鸦事件，而是性格使然。

"还是说……"

明神把头倚在自己膝盖上，嘴角微微上扬。

"你愿意帮我涂吗？"

看到那戏谑似的笑容，我瞬间屏住了呼吸。

涂……

我？

防晒霜？用手？在那看不见毛孔的皮肤上边……？

"你是不是受到了红峰的什么奇怪影响？"

明神噗嗤一笑。

"非要说的话，这可是你的错哦。"

"啊？为什么？"

"为什么呢？试着推理一下如何？"

"线索太少了！"

明神又嘻嘻笑了起来。

真是奇怪，和以前的她相比，简直是两个次元的人。

明神似乎正慢慢变成一个触手可及的人。也许，这不过是时间问题罢了——我怀揣着这样的预感，粗暴地抢过了明神挑衅似的递过来的防晒霜。既然你都这么说了，那我就擦吧。

◆ 红峰亚衣 ◆

不知何时不见踪影的透矢，此刻出现在海滩边的一把遮阳伞下。

"透——"

我刚开口，却不由得停了下来。

那是因为明神同学就站在透矢的身边。

他们在说着什么，时不时偏过头轻轻一笑，那是她在其他人面前不曾展露的姿态。

对透矢而言，明神同学或许只是一个普通的女生。

即便是和她较为亲近的我，有时也会觉得难以接触，也会为自己这样的人有无资格与她交谈而心虚。不但因为姣好的外表，明神

129

同学身上有一道无形的墙，将他人尽数隔绝在外。

意识不到这一点的，大概只有透矢了。

唯有透矢能够轻松地向明神同学搭话，有时甚至还带着责备的语气。他会伸出手，触碰到她。这是当前唯有透矢才能享受的特权。

透矢还是那个透矢，并没有什么不同。

无论对谁，他都温柔备至，好管闲事，体贴入微。

但是，他对明神同学的态度似乎有些不一样。

作弊事件发生后，即便我已经洗脱嫌疑，透矢还在继续推理。他不愿意与我分享细节。就好像一切只是为了与明神同学对话，在那个解答谜题的场合中，我大概是多余的。

我之所以会踏入咨询室，是因为我试图插入他们的讨论，就像一个希望让正在打电话的父母理会自己的小孩。

我在内心深处非常明白。

这两人之间，根本没有我插话的余地。

"呃……！你，你是认真的吗？要用手涂？"

"你的皮肤看起来很脆弱，必须涂得仔细些。快把胳膊伸出来！"

"哇！好冷……！"

啊，不行。

双脚无法挪动一步，嘴里发不出声音。

等回过神来的时候，我已经转身离开了这里。

◆ 明神凛音 ◆

"啊。"

"啊。"

等到大浴场即将关门之际，我走进更衣室，不巧的是已经有人先到了。万幸的是，那位先来的客人是我极少数记得住名字的对象。

红峰同学。

这位双马尾只松开了一边的小个子辣妹同学回过头看到了我，我俩就这样僵立了片刻。

"呃。"

这尴尬的沉默算什么情况。

一阵莫名的沉默之后，红峰移开了视线。

"明神同学，接下来你也要洗澡吗?"

"原本是有这个打算。"

计划有变。

"为什么? 停，快停下!"见我欲转身离开，红峰急忙挽留道，"为什么要走呢，我做了什么不可挽回的事?"

"即便是同性，我也不愿在别人面前暴露裸体。"

"啊……所以才故意错开时间是吧。没关系，又不是不认识，我不会碰你的。"

"我才不信。"

"知道了，那我先脱!"

说着，红峰同学解开了只剩一边的双马尾，然后把手搭在了衬衫上边。

"嘿……!"

她一口气掀起衬衫下摆脱了下来，这样一来，就只剩下上半身可爱的粉色文胸。

接着，她脱掉热裤，解开胸罩，接着把内裤也脱了下来，一起扔进了脱衣篮里。

红峰同学仿佛回到了刚出生时赤条条的样子，她摇晃着娇小的身躯和微妙的胸脯，双手叉腰，傲然站立着。

"怎么样？这样就不觉得丢脸了吧？"

"你的逻辑我不太懂。"

"别废话了，我都脱光了，你也得脱！"

如今退缩反倒显得像认输，于是我叹了口气，背对着红峰同学，将换洗衣服和毛巾放进脱衣篮，然后把手绕到后背，拉下了连衣裙的拉链，任其顺着肩膀滑落到了地上，接着解开了胸罩的扣子。

"咕。"

"你刚刚是不是咽口水了。"

我保持着解胸罩的姿势，把头转了过去，投去了狐疑的目光。

红峰同学连忙摆手否定，头和胸也跟着一阵摇晃。

"绝对没有，一点都没有，真的！"

好可疑。

我不愿深入追究，于是迅速脱下了剩余的内衣，用浴巾裹住了自己的身子。接下来是扎头发。记得母亲在洗澡的时候，会把头发扎成丸子。

"唔！"

"哎，手真是太笨了，交给我吧，我来搞定！"

红峰从我手中夺过了发圈，麻利地穿在了头发上，然后将绑好的头发盘起来，用另一个发圈把发根固定住。

"好咯，搞定。"

"谢谢。"

我道谢的同时，红峰快速地盘好了自己的头发，全程竟然毫不遮掩自己的身体。

"好，准备完成，进来吧！"

说着，红峰把毛巾搭在肩上，任凭胸脯和毛发暴露在外，这般威风凛凛的模样，连我都被震慑住了。

把浴巾拿进浴场里，这样不太好吧……

望着红峰啪塔啪塔走向浴场的背影，我最终决定将裹在身上的浴巾取了下来。

我拿着面巾追了上去，红峰一口气推开了浴场的门。

"好像没其他人了，包场咯，明神……呜哇！"

转身的瞬间，她发出一声怪异的尖叫，仰面朝天倒在了地上。

怎，怎么回事？我的裸体有那么奇怪吗？

*

"呀……对不起，有点被吓到了。"

我俩肩并肩泡在温泉里，红峰嘿嘿笑着，露出有些怪异的笑容。

我微微侧过身子，与她拉开了距离。

"我的身体冲击力有这么大？"

"不是啦，只是没想到明神同学脱了衣服也会光着身子。"

"这不是当然的吗？你应该去医院看看脑子。"

"不是啦，你看……"

红峰支支吾吾地说着，眼睛不由自主地滑向了我的胸口。

"没想到明神同学也有那个。"

"你把我当成什么了！"

我双手遮住胸口，与红峰同学拉开了两个人的距离。

红峰同学躺在浴池里，伸长腿嘿嘿笑着。

"明神也是女生啊。"

"别说女生了，感觉你根本没把我当人看。"

"好吧，确实是没当人类来看，应该说是另一个世界的人吧。"

我也是如此。

在我的眼里，你们这些看不见真相的人——我从未觉得自己和你们同属一个世界。

直到不久之前。

"明神同学，我来帮你洗头吧，自己洗不太方便是吧？"

说着，红峰同学站起身来，走出了浴池，热气腾腾的水滴顺着她的皮肤滑落。

我觉得自己应该服从安排，便不由自主地追上了那个娇小的背影。

我坐在塑料凳上，红峰同学站在了我的身后，解开了扎成丸子的头发。

"喂，可以问一声吗？为什么肯来海滨夏令营了呢？"

红峰同学拿着莲蓬头，一边用手确认水温，一边向我问道。

"没什么……也没什么大不了的理由。"

"是吗？"

"姐姐威胁我说，要是我不去，就把我赶出咨询室。"

而且她还说了："反正伊吕波和红峰都在，你多少也能玩得开心一些吧。"我可不能坐视这般挑衅之词，好像我非得粘着你们似的。

即便没有你们，我也能享受大海啊。看着好似猴子一样闹腾的半裸男女，着实是一桩愉悦的事。

"这样啊。我还以为一定是因为有透矢在呢。"

"这……这话是什么意思？"

我透过镜子看着红峰一边用莲蓬头打湿我的头发，一边用熟练的动作梳理起来。

耳边唯余淋浴的水声，就这样过了片刻——

"你……为什么要在这个时候洗澡?"

对于话题的转换，红峰并没有表露出困惑。

她伸出手拿起了洗发水。

"你是想一个人待一会儿吧?"

她淡然地说着，我的脑袋上冒出了泡沫。

"那样的话，岂不是只能在浴场里吗? 房间里也有人呢。"

"没想到你也有这种情况，我还以为你是那种周围一旦没人就会死掉的类型。"

"我是兔子吗? 不过或许有那么一点吧。仅限于某些人。"

冒着泡沫的洗发露顺着额头流淌下来，我自然而然地闭上了眼睛，将镜中的两个全裸女生从视野中排除出去。

哗啦哗啦哗啦哗啦——

在被水声填满的世界里，红峰同学并没有问"有没有哪里痒"，只是默默地为我洗头，接着又打开了莲蓬头。

仅限于某些人。

某些人……指的是谁?

想不出来。

我居然会想不出来?

淋浴将泡沫尽数冲走，水声遮蔽了听觉，然后触感逐渐变得清晰。

——是手。

红峰同学的手从后背抓住了我的肩膀。

"对不起，明神，我可以告诉你一件事吗?"

红峰同学在我耳边说道。

话声毅然决然，好似自白一般。

"我……喜欢透矢。"

"什么？"

我擦了擦眼睛，回头一看，只见红峰同学露出了暧昧的笑容。

笑容无比悲伤，无比寂寞。

"对不起，突然说这种话。可是，我觉得唯有现在才说得出口。"

喜欢。

很明显，这句话的分量不轻。

这是不言自明的真理。

正因如此，我才无法理解。

"为什么……要对我说？"

"嗯……要是我不把自己逼上无路可退的地步，就没法迈出第一步。"

红峰弱弱地笑了笑，继续说道。

"明神同学，可以吗？我打算追求透矢，你不介意吧？"

追求。

红峰同学要和伊吕波——

成为恋人。

"这个……"

不知为何，话到嘴边却半晌都说不出来。

"我……我觉得这个事情不需要征得我的同意。"

"是这样……吗？"

红峰同学吞吞吐吐地回应着。

"那……那我就擅自行动了。嗯，透矢看起来是那种闷骚的类型，只要稍微诱惑一下，就能轻松拿下了呢！"

"如果真是那样，那伊吕波同学也不过如此了吧。"

我不知道。

我得不到答案。

有关内心骚动之物的真相，完全没有当初找到犯人时昭然若揭的快感。

◆ 伊吕波透矢 ◆

吃完晚饭洗完澡后，直到熄灯前都是自由活动时间。

我坐在广缘的椅子上，享受着这段悠闲时光。房间内，所有人的被褥都已经铺好，同室的羽立和川口正在闲聊。

"浴场真的太大了，好久没跟别人一起洗澡，有点紧张啊。"

"古郡的男性性征也太大了，连我都吓了一跳。"

"这跟女性性征可不一样哦，要是不在这种场合，我们男人是没有比较的机会的。这次还真获得了有趣的见识呢。"

"话说回来，漫画里经常出现的'啊，你的胸变大了吧''别这样啦'之类的情节，现实中真的会发生吗？羽立，你怎么看？"

真是一本正经地聊着变态的话题啊……

正在我这么想的时候——

"别聊这种低俗的话题了。"

另一个室友东条皱着眉头说了一声。

"隔壁原本就吵得要死，要是连同住一室的人都在聊这个，还让人怎么睡觉。"

隔壁房间——是三良坂他们的"运动社团帝国"，里边不断地传来喧闹声，不仅是说话声，就连物体碰撞的响动都吵得不行。对于神经质的东条而言，的确无法忍受。

"哦，不好意思啊，东条。"

"刚入学那会儿你就一直表示受不了这种话题，对不起，我会注意的。"

"唉……说了能管用就好，隔壁的那些家伙说了也没用。"

东条从刚才开始就一直试图通过班级群提醒他们，可隔壁的吵闹声丝毫没有停歇的迹象，大概是没注意到吧。

我从椅子上站了起来。

"那我直接找他们好了，东条，太吵的话你也没法入睡吧?"

"嗯……如果只是别人的打鼾声，只要塞上耳塞就好，但现在实在是太吵了。不过还是算了吧，我也不忍心劳烦你，反正一到熄灯时间，这些人就会累得安静下来吧。"

既然本人都这么说，那我就先不管了。要是等到熄灯时间还吵个没完，那就到时候再想办法吧。

静不下心的不只是隔壁，我放在桌面上的手机也亮起了通知灯。

我久违地点亮了屏幕，只见未读消息堆积如山，晚饭刚刚吃完，消息就没断过。

就在刚刚——二十一点，男生楼和女生楼之间的通道被封锁了。

可供相互往来的通道门上了锁，自此，男生和女生完全被分隔开，交流的手段就只剩下了手机。

平日里只用于联络事务的班级群会如此活跃，原因就在于此——除去室友之外，可供聊天的就只剩班级群了。

"喂，你知道吗？听说这栋合宿宿舍有个源远流长的传统呢。"

"哦，听过。说的是一楼最里边的窗户，对吧？据说那扇窗户好像是通往女生楼的密道……"

"听说为了方便幽会的男女，每年夏令营的晚上，那扇窗都不会上锁。"

"真是太出格了。不过听着还有点小小的浪漫。"

我一边听着室友的闲聊，一边想着住在女生楼里的明神。

那家伙……洗澡该怎么办呢，她是那种无论如何都不会跟别人一起洗澡的人啊……明神老师能处理好吗？

叮咚。

有空吗？ 21:23

说曹操曹操到，手机顶端弹出了明神的私聊通知。

我点开应用，开始输入回复。

你看起来挺空的。21:23

我在学习。21:23

学习怎么用手机吗？ 21:24

现在没有输错字，是吧？ 21:24

平时说话的时候拜托也像现在这样清楚点吧。21:24

屏幕上突然弹出了一个鼓着腮帮子生气的卡通角色，哦，是表情包。

没想到你还玩得挺溜。21:25

只要念意，就能做到。21:25

又开始发一些乱七八糟的话了，念意……？啊，难不成是"愿意"的头一个音没被识别清楚吗？

我希望你最好能学会用九宫格输入。21:26

139

一张无精打采的表情发了过来，这家伙在手机上的情感表达不是更丰富吗？

"呵呵。"

我到底在笑什么啊。一边看手机一边偷笑，真是太恶心了。

我一边确认室友没注意到我这边，一边赶忙打字来掩饰自己的情绪。

一到熄灯时间就赶紧睡吧，我也要关手机睡觉了。21:27

知道了哦，阿妈。21:27

谁是阿妈？21:27

对话告一段落之际，又有其他人传来了私聊消息。

是红峰。

看看窗外。21:27

我试着按她的要求去做。

窗外，庭院里的几棵树木枝叶交错，将男生楼与对面的女生楼隔开。但这个房间的正前方恰好没有树，对面的窗户虽然离得远，却能看得清清楚楚。

红峰正站在对面的窗户边。

红峰注意到我的目光，嘻嘻笑着挥了挥手。

她用睡衣换下了运动服，平日里扎成双马尾的头发全都放了下来。这样的她显得意外成熟，要不是提前发了消息，我可能不知道她就是红峰。

看得那么清楚啊，你注意点。21:28

我发了回信，窗外的红峰也看了眼手机。

没事，换衣服的时候会把拉门关上的哦，失望了吧。21:29

你知道就好。21:29

你刚才在用手机干什么？21:29

突兀的话题转换让我有些摸不着头脑，但我还是回复了她。

在和明神聊天。21:30

聊天栏静止了片刻。

这样啊。21:31

窗外的红峰似乎突然移开了视线。

虽说她的模样令人在意，但在此之前，我想起了另一件想问的事。

比起这个，明神没问题吧，好好洗澡了吗？21:31

真是阿妈！21:31

吐槽之后，她又接了一句——

我跟她一起洗了，羡慕吧？

看来并不需要担心，这倒是让我有些意外。听说她要来海滨夏令营的时候，我还担心会发生什么麻烦事。

也许和红峰聊过后，明神的心境也发生了变化，尽管我曾夸下海口要把她带回教室，可单凭我一人之力仍有所不逮。

那我任命你为明神的看护员。21:32

红峰传来了一个"收到"的表情，看到那个表情，我关掉了手机屏幕。

既然没什么可担心的事了，那就开始自习吧，毕竟辛辛苦苦背了参考书来。我离开广缘，在摆放于室内一隅的包里翻找起来。

"咦……？"

没了。

确实放进去了吧？证据就是行李中明显空着足以装下一本参考书的空间。

"喂，你看到我的参考书了吗？"

我向室友问了一声。

"没。""没看到啊。""不知道。"——大家一致地摇了摇头。太奇怪了……我也不记得自己曾拿出来过。

就像看到了我的动作，手机提示音在完美的时机响了起来。

这并不是班级群的消息，而是一封邮件。

定睛一看，发件人是免费邮箱地址，难不成是什么垃圾邮件吗？当我皱着眉头看清发件人的邮件地址时，悠闲的心情登时烟消云散。

——mother-commonwealth。

翻译过来就是——"妈妈联邦"。

邮件的正文是这样写的——

　　一决胜负吧，伊吕波，要是你不打算临阵脱逃，就按照附件里标记的路线来女生楼。

邮件里附带了两张图片，其一是合宿宿舍的平面图，一楼最里边的窗户上被标记了箭头。

另一张照片则是我熟悉的参考书。

原来如此。

果然是趁着海滨夏令营出来找茬了。

我确认了手机右上角显示的时间，二十一点三十六分。

"我出去一下。"

"啊？马上就要熄灯了哦。"

"马上回来。"

142

我说了句不知能不能兑现的话，离开房间走到了走廊上。

铺着木地板的走廊上没有照明，周围笼罩在一片冷冰的黑暗里。要是没有从"运动社团帝国"房间里传出的喧闹声，此处的气氛简直和鬼屋没什么两样。

我静静地在走廊上行走，再度查看了那封邮件。

这封邮件是和花暮诹由发来的挑战。

很显然，这是一场陷阱，参考书什么的可以以后再拿——但我没有挂免战牌的选择，和那家伙的对决是无可避免的，这是赌上我存在的理由而发动的圣战。

来到一楼走廊的尽头，此处向右延伸出去的空间恰好与客房的纵深相当，从小窗射进来的月光朦朦胧胧地照亮了这个用途不明的空间。

从延伸至客房前方的走廊来看，这是一个死角。

窗上的月牙锁是开启的状态。

好像有这样的说法，一楼最里面的窗户有不锁窗的传统。

不入虎穴，焉得虎子。

和花暮诹由——我接受你的挑战。

*

从窗户翻到外边，眼前是一条林间小路似的通道。

在茂密的草丛中，一条被人踩踏出来的道路笔直地向前延伸，两侧全是黑压压的树林，几乎完全遮蔽了视线。

要是有人能看到我，应该是在高处吧。

我回过头来，抬头看向了二楼。合宿宿舍每层楼的结构都大同小异，所以二楼也有跟刚才的"密道"类似的窗户，我不认为有人会在大晚上从这样一个杳无人迹的地方欣赏窗户外边的风景。

我踩着草继续往前走，木制的围墙投入眼帘，围墙上有一扇黑乎乎的门，大概是风雨侵蚀的缘故，木材歪歪斜斜，微微透出外边的景象。

沙沙——耳畔传来了平静的海浪声。

这间宿舍就建在海边，墙的对面想必就是大海吧。

我握着生锈的门把手，吱呀一声推开了门。

紧接着，我急忙收回了正准备跨出去的脚。

外边没有地面。

门外是垂直的防波堤，围墙到防波堤的边缘只有不到三十厘米的距离——推开的门在空中摇晃不定。

这是什么鬼东西啊。虽然生活里确实偶尔会遇到这种莫名其妙的门——我一边思索，一边窥探着防波堤的底下。防波堤的高度约为四米，堤坝侧面有个锈成深褐色的铁制爬梯，波浪正拍打着梯子的底部。

那里有一片小小的沙滩。

防波堤的底下有一片很小的沙滩，仅容一人勉强通过——或许在某些时间段，海浪会阻断这里的通路吧。也许马上就要涨潮了，得快点，我可不想在泡完澡后把脚弄湿。

我小心翼翼地走下锈迹斑斑的梯子，踏上湿漉漉的沙滩。紧接着，我的脚差点被汹涌而来的海浪卷走，我急忙把身子贴在防波堤上。

在防波堤的下端，可以窥见海浪冲刷的痕迹。在满潮时分，这片小小的沙滩果然会被海浪吞没。

海面异常安静，仿佛在嘲弄着被逼入怪异境地的我。柔和的海波映出了悠然支配着澄澈夜空的半片月影。

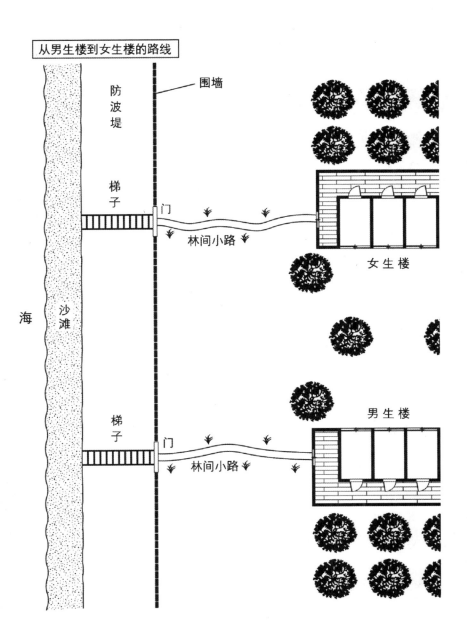

从男生楼到女生楼的路线

围墙

防波堤

梯子

门

林间小路

女生楼

海

沙滩

梯子

门

林间小路

男生楼

145

海浪不断拍来，飞溅的水花渐次打湿了我左腿运动裤的裤脚。我只得忍受着些微的不适继续向前，又过了片刻，终于望见了可供爬上防波堤的梯子。

梯子的尽头处是一扇和男生宿舍类似的旧门——那扇门的另一侧应该就是女生宿舍了。

我提防着脚底打滑，小心翼翼地爬上梯子，在狭窄的落脚点费了老大劲才拉开了门，来到了跟男生楼一样的林间小路。

伫立在夜空之下的女生楼，此时此刻在我的眼里宛如魔王之城。

和花暮究竟想让我做什么呢？

一切唯有亲身见证才能知晓。

我下定决心走上了林间小路，不多时就到了窗户跟前，开始窥探室内的情况。

走廊里没有照明，从窗户往内窥探，仅能看到一片漆黑，见不到任何人影，唯有从某间客房里传来了女生们嘈杂的嬉闹声。

在打开窗户之前，我先掏出手机确认了时间。

二十一点四十六分。

路上用了十分钟——熄灯时间是二十二点，看来是赶不上了。我打开室友的群聊，发了条"熄灯时间可能赶不回去了，不好意思，能不能帮忙蒙混过去"，川口则回复了一条令人安心的消息"既然是伊吕波的请求，那就交给我吧"，这正是所谓日行一善的成果。

一切准备就绪。

在闯入女生楼之前，我先复盘了一下情况。

每个房间被安排了四到五个人，因为这样的安排，不同团体的

146

女生被分到同一间宿舍的情况并不少见。

女生楼的一号房间，是被和花暮称为"恋爱至上主义公国"的女生们——那些簇拥在帅哥组合春原和西宫周围的四个人，领头的是以高个子为特征的木村莉子。

住在二号女生房间的，则是和花暮所说的"反男子条约机构"和"吊车尾自治国"的混合组。"反男子条约机构"是以短发为特征的相浦幸为中心，三人组全是吹奏乐社的成员。而"吊车尾自治国"则是作弊事件的两个嫌疑人——芽里垣智里和汤之岛泪沙。汤之岛泪沙的停学处分已经结束了。

三号女生房间应该是红峰所在的房间。由红峰亚衣加上"花样女子王国"中的三个人的混合组成——虽然在和花暮的阶级表中，她们被划在不同的团体里，但这四个人的关系似乎相当好。

四号女生房间，和花暮诹由就住在这个房间里。住客共有五个人——和花暮、"文化社团合众国"的三个人、话剧社的保坂东子、美术社的陆畑神流、天文社的五十岚星，再加上"边缘人人民共和国"中唯一的女性六斋堂纯乃。

除去应该单独待在老师身边的明神凛音，就是这十八个人——也就是我必须瞒过的对象。

我的目的是取回被偷的参考书。既然不知道具体在什么位置，就只能设法把和花暮叫出来质问她了，要是她能按照地图指示的那样待在房间里就好了。

好，走吧。

我卷起被海浪濡湿的左腿裤脚，小心翼翼地触摸窗户。透过窗玻璃可以看得出来，窗户的月牙锁并没有扣上。

横向稍一用力，窗户就轻松打开了。

为了不发出声音，我缓缓地把窗户完全打开，然后攀上墙壁，让身体滑入窗内。落地之际，地板发出了嘎嘎的声音，这也很难避免，只能祈祷别人没有听见。

我一边留意着周遭的动静，一边关上窗内的锁，接着慎重地从转角探出了头，确认客房前的走廊上没有人。

男生楼和女生楼恰好是镜像对称的结构，因此这里与男生楼相反，从窗户这边看，右侧是客房的拉门。

拉门共有四扇，和花暮诹由所在的房间离我最近，我得确认她是否在此。

我在黑暗笼罩的走廊上缓缓走着，竖起耳朵倾听房间内的说话声。做这种好似窃听的勾当非我所愿，真希望能得到宽恕。这一切都是为了打倒和花暮诹由——

"真是的，熄灯时间快到了，要闲聊就回自己房间里吧。"

嘎吱嘎吱。

眼前的一扇拉门被打了开来。

"啊？"

红峰亚衣的眼睛死死地盯着我。

"啊？"

我瞬间全身僵直。

"……"

"……"

昏暗的走廊上，时间停滞不前。

"……为什么？"

红峰开口的一瞬，时间恢复了流动。

"那我先出去啦。"

148

"慢走。"

就在红峰出来的房间旁边——也就是我一直在监听的房间里，似乎有人要出门的迹象。

红峰表现得比我还要慌张。

"咦，啊，等一下。快，快跟我来！"

红峰一把抓住我的手，强行把我拽进她的房间。

就在她慌慌张张关上拉门的瞬间，隔壁房间的门打了开来，一位女生哼着歌，从拉门后边的走廊走了过去。

哼唱的声音我再耳熟不过。

和花暮……！

她果然在那个房间里，而且正在走出房间。要是没被红峰发现，那就是盘问的绝佳机会了……！

正当我对这般讽刺的状况咬牙切齿时，把耳朵贴在门上的红峰深深地叹了口气。

"呼……然后呢？"

她用冰冷的眼神盯着我看。

"透矢，你到底在做什么？"

唔……事情变得棘手了。

有关和花暮诹由的真实面目，我并没有告知红峰，即便我如实交代，她也未必会轻易相信吧？

不过，要是不提邮件的发件人是和花暮，应该没问题吧？

"好吧，那我就如实告诉你，看看这封邮件。"

我拿出手机，把和花暮用免费邮箱发来的怪异邮件展示给红峰看。

"我的参考书被偷了，为了找书，才从窗户的密道里进来的。"

红峰皱着眉头盯着邮件看了一会儿，又深深地叹了口气。

"我也不知道是谁的恶作剧，不过，这种事不能等到明天再说吗？"

"不行，我今晚就要学习。立即，马上。"

"你这是中了什么毒？"

虽然这个理由敷衍到了极点，但红峰似乎对此并没抱多大疑问，她似乎还有更在意的事情。

"嗯？让我好好看看那张照片。"

她目不转睛地盯着和花暮发来的参考书照片。

"难不成，这是……"她轻轻地嘟囔着，"透矢……你过来一下，现在没有其他人在。"

她在门口脱下鞋子，走进了日式房间。

虽说是合宿宿舍的客房，我真的很不愿意进入女生的房间。但既然房间的主人叫我进去，我也只能从命，于是也跟着脱掉鞋子，走进室内。

就房间的布局而言，这里和男生楼并没有什么区别。房间铺着榻榻米，后边是广缘，壁龛里有一个红色的花瓶。非要说有什么区别，当数被子上散落着一些应该是化妆品的物件，空气中弥漫着淡淡的甜香。

"喂。"

红峰叫了我的名字，我转身看了过去，看到榻榻米上摆了一本书。

"你丢的参考书是不是这本？"

毫无疑问——

那就是从我行李中消失的参考书。

"就是这本……！这到底是怎么回事？"

我讶异地扑向参考书，红峰也诧异地歪过了头。

"这个……发现的时候已经在我的包里了。我倒是想问问是怎么回事？"

"那就是偷书的家伙把书放进你的包里吧。"

"咦？为什么要这么做？感觉好恶心啊。"

干这事的十有八九是和花暮谂由吧，哪怕不用明神凛音，这也是不言自明的真理。

但这是为什么呢？把我的参考书混进红峰的随身物品里，这将引发怎么样的后续……

"对了，红峰，你刚才不是想出去吗？有什么事？"

"啊？哦，真奈美她们一直在厕所里闲聊，熄灯时间快到了，我想把她们带回来。"

"听谁说的？具体什么情况？"

"我发消息问了和花暮，她告诉我的。怎么了？"

原来如此，她从房间里出来的时机完全在和花暮的掌握之中。

她的目的是让我今晚跟红峰碰头吗？这会引发什么事情吗？

等一下，真奈美——这个房间里的其他成员现在正在厕所里闲聊，而和花暮刚刚出去了。

"听说这边的老师管得挺严，熄灯时间所有人都必须在床上，不然就会挨训。透矢，你怎么了？"

"大事不好！"

我抓起参考书，慌慌张张地站起身来。

"那些人要回来了，我得赶紧回去！"

"你是说真奈美她们？那些家伙一聊起来就没完没了的。"

"刚才和花暮不是出去了吗？她去喊她们了！"

"啊！"

我全速奔向门口，但为时已晚。

"啊，差点忘了时间呢！"

"谢谢你哦，和花暮同学。"

"没事没事，请代我向红峰同学问好。"

我听到门外传来的声音，她们已经回来了，已经不能从走廊出去了！

我拾起自己放在走廊的鞋子，在地上磕了几下，把鞋底的沙子抖掉，然后捧着它进了房间。

"红峰，哪里可以躲人？"

"啊？那个……哦哦，壁橱！"

"好！"

红峰似乎连站起来都嫌费事，爬着奔向了壁橱，将柜门拽向一旁。大概原本是用来放被子的吧，里边有足够的空间。

"快进去！"

我弯腰钻进壁橱的下层，同时红峰在身后推了我一把。

然后，她也跟着钻了进来。

"呃，等一下！"

正当我小声提醒她的时候，红峰已经同我一起钻进壁橱，拉上了拉门。

"喂。"

"嗯，怎么了？"

"你没必要藏起来啊。"

红峰的脸即便在黑暗中也清晰可见，然而此刻已经煞白。

"啊!"

为什么我周围的女生总是如此毛糙?

我在内心高声呐喊,紧接着,他人的气息自壁橱外边涌了进来。

*

漆黑逼仄的壁橱里,唯余微弱的喘息声。

红峰跨坐在仰躺在地的我的腰间,视线落在了我的脸上。

"咦?亚衣哪儿去了?"

"厕所吧。刚才我们不是在那里吗?"

"是不是跑哪玩去了呢?搞不明白。"

壁橱外边传来了三个女生的声音,是红峰的室友们。

接着是扑通一下坐在椅子上的声音,以及咔嚓咔嚓摆弄什么东西的声音。距离熄灯恐怕不足十分钟了。她们再度离开房间的可能性为零。

"怎……怎……怎么办?"

红峰用压低到极限的声音问我。

我用无奈的眼神望着眼前的她。

"要是你没跟我一起进来,或许还能为我创造机会。"

"对,对不起……我有点慌了。"

我回想起之前和明神躲进女更衣室的情景,当时明明可以去不同的柜子,明神却慌不择路地跟我挤在了同一个柜子里。

"真是的,这种事情到底要经历多少次啊。"

"之前你遇到过这种事吗?"

红峰听到这不由自主的低语,不知为何露出了不安的表情。

"和谁?明神同学吗?"

"嗯……发生了很多事。"

潜入女更衣室这种事情，实在不是什么值得大肆宣扬的事情。当然了，溜进女生楼也同样不光彩，虽说事到如今说这个也……

"你不打算隐瞒吗？"

红峰盯着我的眼睛，低声问了一句。

听到她透出责难的语气，我不禁皱了皱眉。

"啊？为什么要隐瞒？"

"只要你对我有一丁点意思，应该会隐瞒吧，这种事情。"

意思？

根本不存在这样的东西。打交道到现在，她很清楚吧。这家伙打算把我耍弄到什么时候——

就在这时，某个柔软的东西抵住了我的胸口。

与此同时，红峰本就很近的脸庞凑得更近了。气息搔弄着我的脖颈。跨坐在我腰上的红峰将全部的体重压在了我的身上。

"喂，喂……"

我扭动着身子，试图把她从侧边挤下去，但红峰却抢先一步抓住我的肩膀，双腿紧紧缠络在我的身上。要是动作太猛，会被壁橱外的人发现。我没法进一步抵抗，结果就是两人愈加紧密地贴在一起。

"喂，你想干什么？"

"……"

红峰没有回应我的质问，只是把脸靠在我的肩膀上，继续保持着紧密的接触。

好柔软。红峰的身体柔软至极，无论我怎么努力，都没法将其挤出意识。女性肌肤的甜香、来源不明的甘甜气息，再加上些许汗臭，各种气息混杂在一起，搅得我脑子乱作一团。

"哈……"

每当红峰的呼吸掠过脖颈，我的全身就禁不住紧绷起来。可恶，保持清醒！这不过是肢体本能的反应。这不过是生物本能而已，与之抗争才算是理性的人吧！

"透矢的心脏……好厉害，扑通扑通地跳呢。"

被混杂着叹息声的低语所吸引，我不禁垂下视线，只见把脸颊贴在我肩膀上的红峰正抬头看着我，脸上挂着嘲弄的笑容。

"我也是哦，感觉马上就要爆炸了。"

怦怦怦敲钟般的心跳声在耳内回响着。

其中夹杂着吱吱吱——是拉链拉下的声音。

对于这般大出所料的举动，我没法出声，也没法活动手臂。

红峰拉开了自己的体操服的前襟，将手搭在了衣服下摆上。

"透矢。"

她的手在动。

体操服眨眼之间被拉了起来。

她的手沿着钟形的曲线往上抚摸。

这不像是引诱。

也不像撒娇。

像是恳求，剥夺了我的思考。

除去家人以外，这是我人生中头一遭如此近距离地看到女性的胸部，视线仿佛被禁锢似的难以移动——不知不觉，我抬起了一只手。

想把她的肩膀。

把那浮现在幽暗中的纤细肩膀。

用自己的这双手，紧紧地拥入怀中。

我抓起被她撩高的体操服，一直往下拉，遮住了她的腹部。

"我……"

我从腹中挤出了几个字。

"我……是不会碰你的。"

红峰的眼睛微微张大，然后眉梢一落，满是寂寞。

我不愿被本能支配，不仅如此——

感觉只要轻轻一碰，就会……失去某样重要的东西。

"对不起。"

红峰小声地道了歉。

与此同时，壁橱外边的声音再度传入耳中。

"咦？亚衣那家伙，把手机忘在这里了。"

◆ 明神凛音 ◆

昏暗的房间里，我呆呆地盯着发光的手机。

啵，啵，聊天气泡不断涌出，然后逐渐升至屏幕顶端消失不见，简直像极了肥皂泡，透露着刹那的空虚。

班级群里的对话，净是一些一无可取，琐细无聊的东西。但是，一想到在海滨夏令营里，唯有在此时此刻才能看到这番景象，就会觉得颇有情趣。

"凛音，差不多该熄灯了哦。"

听到姐姐的话，我点了点头。

我找到了关掉屏幕的按键，刚想按下去的时候，又蹦出了一个肥皂泡般的聊天气泡。

内容是这样写的——

喂，有没有人看到亚衣？她没带手机，不知道上哪儿去了。21:56

红峰同学不见了？距离熄灯时间只剩下四分钟。那人一看就是个目无法纪的家伙。

不知道，不知道——这样的回应纷至沓来，我想起了红峰在今天早上的发言。

——手机是女高中生的必需品！就像身体的一部分，我连上厕所和洗澡都带着。

夸下这般海口的红峰，居然留下了手机？

难道这就是一如既往的"天启"吗？又或者——

——我……喜欢透矢。

她说出这样的话，一定是抱有某种心思吧。虽说与我无关，但她的心中，必然存在某种缘由。

就像我的推理一样。

那么，红峰同学的失踪，是否也与我有关呢？

我不知道。

父亲所谓的神言，只有在有所求的时候才会回应。

——你听过"现场百回"这个词吗？

……是啊。

既然如此，自己去调查便可以了。

我将手机放进运动服的口袋，披上了搭在椅子上的披肩。

"凛音，你要去哪里？"

"厕所。"

我简略地应了一声，就这样走出了房间。

走廊里回荡着从其他教职工客房里传出的谈话声，除此之外，铺了木地板的走廊上万籁俱寂，空无一人。

我和姐姐住的房间，还有其他老师的房间，全都位于女生楼直角括弧形布局的横杠上，要去学生们住的客房，只需从拐角处的楼梯前走过，再往右拐即可。

　　"我去去就来。"

　　正当我确认合宿宿舍的构造时，旁边房间的门打了开来，一位女教师刚好从里边走出。

　　她看到了我，微微蹙起了眉。

　　"明神同学，你怎么了？熄灯时间快到了。"

　　"我去趟洗手间。"

　　"行，完事了就快点回来。"

　　女教师用严肃的口吻告知道，接着拐过拐角，朝学生客房所在的方向走去。

　　看来所谓的熄灯时间的巡查，只要有一个人没躺在被子里，也会遭到严厉的追问吧。

　　我跟在她的身后拐过拐角，向左手边的厕所走去。巡查的时间段肯定会妨碍搜索，还是先确认一下这边吧。虽说红峰上厕所的时候本应不会留下手机，但要是实在憋不住，情况就可能有所不同。

　　厕所入口前透进来朦胧的星光，从窗户望出去，映入眼帘的建筑正是男生楼，我稍微瞥了一眼，然后走进了厕所。

　　我经过无人使用的盥洗处，仔细确认了厕所的隔间。

　　有几个隔间的门关着，但门都没锁，我敲了敲门，确认无人回应后，打开了那几扇门，里边空空如也。

　　看来她不在厕所里，除非是躲在门后边。

　　我也检查了门后，果然什么都没有。虽然红峰同学身材娇小，但如此丰满的胸部应该会被压扁的吧。

我一边回想着在浴室里看到的晃晃悠悠的光景，一边走出了厕所。

"她真的会马上回来吗？"

这时，在倒数第二个房间前，刚才的女教师正和房间里的人说着什么。

从房间里探出头来的是一位和风美人，她有着一头黑中透青的美丽长发和温柔的五官。

"嗯，当然了，老师。亚衣真的只是去上个洗手间而已。总没有哪怕忍着腹痛也必须在熄灯时间到齐的道理吧？"

"身体不适那也没办法。她真的是去了厕所吗？"

"是的，请不要打扰她。您也知道，在肚子不舒服的时候，情绪也不会好。要是被她凶了，我也没办法哦。"

"知道了，你们先睡吧。"

听到这里，和风美人嫣然一笑，拉上了拉门。

真奇怪。厕所里一个人都没有。而且厕所只有一间，至少在一楼是如此。

也就是说，面对老师的盘问，那位和风美人同学满不在乎地撒了谎。明明有着如此美丽的外表，真是可怕。

女老师继续往走廊最里边的房间走去，我则躲在走廊拐角静静地观察这一切。只见她打开拉门，确认了里边的情况，点了点头，随即关上了门。里边的人应该都就寝了吧。

然后，老师会往我这边走回来吧。本以为会这样，可她却将目光移向走廊深处，像是在确认着什么，又点了点头，接着转过了身。

我没来由地决定藏起来，于是回到厕所，走进其中一个隔间，从里边锁上了门。

被她看到其实也没什么。可不知什么缘故，我就是觉得躲起来会更加有趣。

感觉有人进了厕所。

脚步声停在了我所在的隔间前，我不由自主地屏住了呼吸。

"红峰同学，要是真的难受就跟我说，我可以给你拿药。"

女教师说了这样的话，脚步声渐行渐远。

看来她把我当成红峰了。明明刚才那位和风美人嘱咐她别去打扰，可她完全没把别人的话当回事，真是让人无语。

女教师的气息刚消失，我便从隔间里探出了头，走出了厕所。

既然巡查已经结束，那此刻的时间应该是二十二点刚过。

正想着，我突然想到手机可以显示时间，我一边沿着走廊嘎吱嘎吱地往回走，一边掏出口袋里的手机查看时间——二十二点零五分。

啊……这该不会就是所谓的低头族吧？现在是我人生中第一次做低头族吗？

我心里怀着一丝奇妙的感动，就在这时，突然不知从哪个房间里传来了咚咚的骚动，看来是巡查结束，学生们又开始活动了吧。

然而，更让我在意的是女教师在走廊深处看到的东西。

当我走到她所看之物的位置时，这才发现那里有窗户。走廊往左延伸出一片狭窄的空间，右手边是一扇小窗。

我把手伸向窗户，摸了摸月牙锁。从那个女教师视线的方向来看，想必就是在确认窗上的锁。

这么一说，我想起来了。

在班级群里好像有人说过，合宿宿舍一楼最深处的窗户，据说有为分隔两楼的异性偷偷见面而故意不锁的传统。

难不成就是这扇窗吗?

话虽如此,锁倒是牢牢地扣好的——哦,对,可能是那位女教师锁上的吧——不,不对,她并没有动手,只是朝这扇窗瞥了一眼。

我心下诧异,试着扳下了月牙锁,打开了窗户。

风裹挟着海潮的气味,抚摸着我的头发。哗啦——海浪撞击着防波堤之类的声音从意外近的地方传了过来。

窗外只有山野小道般的小径通向夜幕的深处……总感觉这里边会随时冒出什么东西。我赶忙关上了窗户,紧紧地扣上了锁。

我绝对不是害怕,绝对不是。

我匆匆向窗外瞥了一眼,然后快步离开了那个地方。

红峰同学到底去哪儿了呢?

既然如此,不如像伊吕波同学平时做的那样,向有关人员打听一下情况吧。

我站在倒数第二个房间前面,用力敲了敲拉门。

关于其他人的房间分配,记得我应该在合宿指南之类的地方见过,再加上刚才女老师盘问的正是这个房间,所以这里应该就是红峰同学的房间。

"老师吗?稍等一下,马上就来。"

等了没多久,拉门哗啦一下打了开来。

刚才那位和风美人同学看到了我的脸,不由得愣了一愣。

"明……明神同学?"

和风美人同学似乎有些手足无措,但我此刻并不在意这些。

"我听说红峰同学失踪了。"

我不经意地将视线飘过和风美人身旁，窥探着房内的情况。

然后——

我看到红峰同学就在那里。

红峰同学确实在这里，她穿着前襟敞开的体操服，以鸭子坐的姿势坐在被子上。当她看见我时，把嘴半张开来。

"你在啊。"

我有些泄气，班级群里的消息是误报吗？不对，刚才那位女教师不是还在询问红峰同学的下落吗？

正当我大惑不解时，红峰同学站起身，面带笑容向我小跑过来。

"啊……你是在担心我吗？"

她从和风美人同学的腋下窥探着我，带着歉意双手合十。

"谢谢啦！我刚才在看外边的风景，发了会儿呆，刚刚才回来呢！你也知道，乡下的夜空超棒的吧？"

就在刚才？

我的视线不自觉地在室内游走。

凌乱的四床被褥，开着门的无人广缘，紧闭着门的壁橱，显然是室友的金发女生，似乎同为室友的异国风女生，散落在地板上的四双鞋子，撒落在其周围的湿沙子……

"这样啊，"我说，"没事就好。"

看来事情了结了，我转身离开房间。

"啊——明神同学！"

听到呼唤声，我转过了头。

红峰虽然叫住了我，却是一副尴尬万分的样子。

"哦……明天见啦。"

"好的，明天见。"

拉门关上了。

我独自回到了自己的房间。

途中好像听到了什么声音，但我并没有太在意。

"凛音，你回来晚了哦。"

"对不起。"

我义务性地回应了姐姐的提醒，在窗边的椅子上坐了下来。

窗外是一片漆黑的树林。

仰头一看，半轮月亮悬浮在夜空之中。

我把视线从两者身上移开，看向了手机。

或许我终于明白现代人为何机不离手了。

不知为何，我有了这样的感觉。

我所寻求的答案就在这片薄薄的发光板里。

回过神来的时候，我已经点开了应用，启动了语音输入功能。

◆ 伊吕波透矢 ◆

梨跟猴粪在吃吗？ 22:11

在黑暗的衣橱里，我读到了明神的私聊，内容终于到了完全无法解读的地步。

眼下并非能悠闲构思回复的状况，我顾不得多想，草草输入了文字。

你想吃猴粪？ 22:12

我等了片刻，并没有收到明神的进一步回复。

她到底在说什么？我想要搞清楚答案。但在那之前，我藏身的壁橱被打了开来，耀眼的光线瞬间刺痛了我的视网膜。

"没事咯，伊吕波。"

用戏谑的口吻说着这话，笑嘻嘻地把头探进壁橱里的人并不是红峰。

——濑野真奈美。

她的头发染成炫目的金色，比辣妹红峰还要辣妹。

"太险了，没想到明神同学会来。真是把人惊出一把冷汗。"

"好在你躲起来了，阿妈。"

与言语相反，此时正悠然微笑的黑发和风美人是调镜花。

用发音不太清晰的口音说话，同时把手放在膝盖上盯着我看的碧眼美少女乃是鹤见银靴。她的名字写作"银靴"，按日语的发音则是"多萝西"。

三人都隶属于和花暮所说的"花样女子王国"——同时也是红峰的朋友兼室友。

事情要追溯到几分钟前——

我和红峰在壁橱里听到了前来巡查的女教师和调镜花的对话，之后因为一点动静，被鹤见银靴发现了。

我和红峰双双从壁橱里滚了出来。见事已至此，我做好了低头认错的准备。可小团体头目濑野真奈美所说的话，完全超出了我的预料。

"啊，好嘞好嘞，只要什么都不说就行了吧？"

就在一瞬间，濑野真奈美就完全了解了我们所处的情况——尽管这些情况可能完全与事实不符。

然后，就在我们被嬉皮笑脸地盘问之际，不知何时，明神同学来了，我不得不独自躲进了壁橱。

"好咯，已经不会有人打扰了，我们开始吧。"

濑野坐在椅子上如此宣告。鹤见银靴一个劲地推着红峰的后背，硬是让她坐在了我的旁边。

"呃……那个……开始什么？"

红峰缩着肩膀，环视着三个朋友。

和风美人调镜花露出了无懈可击的微笑。

"这不是显而易见的吗？"

"你们从什么时候开始交往的？"

濑野探出身子，露出了无比愉悦的神情。

"谁先告白的？你喜欢上他哪一点了？"

"真想知道你们的约会是怎么样的，完全想象不出。"

"就是啊。不过真是没想到，亚衣倒是挺晚熟的，居然会像小学生一样天真地约会。"

"真是可爱得不行啊，而且伊吕波看上去也不像霸王硬上弓的那种。"

"啊，不是的，不对啦！"

红峰激动得涨红了脸，濑野和调一起堵住了鹤见的嘴。

"银靴，你怎么突然问这个啦，笨蛋！"

"对不起啊，你看，这孩子是混血，想法跟我们不一样。"

"为什么不行呀？恋人的话就会做吧，每天晚上都腻在一起也很合理吧。"

……花样女子王国。

用"花样"这般简单的词可概括不了这群人哦，和花暮。

*

大约过了三十分钟，我才被释放出来。

确认走廊没人后，我和红峰小心翼翼地溜出房间，濑野她们说

165

着"下次再讲给我们听哦",在身后为我们送行。我跟红峰两人走向了密道的窗户。

之所以让红峰送行,是为了在内侧把窗户锁上。不管是不是有这样的传统,但用作女生宿舍的建筑里存在漏洞确实是个问题。

我们来到走廊的尽头,把窗户横向拉开。和溜出男生楼时一样,我先把上半身探出室外,落在了被踩得结结实实的草地上。

"那……打扰了。"

送给红峰的临别之言变得有些淡漠,一定是因为刚才发生的事还残留在脑海里。

我不知道她是怎么想的。不,正常想想,答案应该只有一个。我既没有确认清楚,也没有足够的线索进行推理。

无罪推定。

暂时还不能轻易下结论。

"透……透矢!"正当我准备离开女生楼时,红峰突然从窗户里探出身来,"等、等一下——呀!"

"危险……!"

她卡在窗框上,瞬间失去平衡,我赶紧上前扶住她的肩膀。

"对、对不起,谢谢。"

"没事。"

我把手绕在红峰腋下,将她娇小的身体从窗口拽了出来,让她的脚落在了地面上。

我当即松了手,但红峰仍把手按在我的胸口支撑着自己,没有拉开距离的意思。

"红峰……?"

面对耷拉着头沉默不语的红峰,我忐忑不安地叫了她一声。

红峰抬起眼睛瞥了我一眼。

"刚才的事，对不起。"

她低声说了一句，声音轻得几乎被树叶的摩擦声和海浪声淹没。

"嗯，就是，诱惑吧？刚才我是不是有点那样了，哈哈！有点被气氛冲昏头了。感觉自己是不是有点欲求不满了。"

我也不得不附和她欲盖弥彰的笑容。

"我才要道歉呢，把你卷进了这么奇怪的事情。"

"真是的！没想到透矢竟然会走那个秘密通道。不习惯的事情还是别尝试了，你也没少遇到麻烦吧？"

"哎，真是的。"

"可是……"

突然间，红峰的脸凑了上来。

◆ 明神凛音 ◆

树木在海风中摇曳，发出如波涛般的沙沙声。

我坐在窗边的椅子上，漫不经心地眺望着摇曳的树影。

树影弯曲。

木叶摇曳。

瞬息之间，眼前的风景仿佛被撕开了裂缝。

——两个重叠在一起的人影映入了我的眼帘。

◆ 伊吕波透矢 ◆

"心跳得好厉害啊，好兴奋。"

红峰几乎贴着我的脸颊，在耳边低语道。

然后，她飞速离开了我的身体，恶作剧般地窃笑着。

"透矢也很兴奋吧?"

不知为何，我无法直视她戏谑的眼神，把脸撇向了一边。

"各种意义上的。"

红峰呵呵地笑着，轻轻撩起体操服的下摆，露出了肚脐。

"下回在亮一点的地方给你看看吧?"

"真烦人，不要!"

"明明一想到就会兴奋，处男君。"

即便她在被濑野她们轮番提问的时候也是一副羞涩的样子，现在的她却摆出一副洋洋得意的姿态。

我叹了口气，背对着红峰。

"再见，别露着肚子睡觉。"

"好好好，知道了，阿妈。"

我沿着林间小路朝围墙走去，红峰则从窗户翻回了女生楼里。

回程的沙滩依旧湿漉漉的。

*

二十二点五十一分。

时隔一个多小时，我终于回到了男生楼。

我从窗户爬了进去，反手锁上了窗户。直到关窗之时才意识到，要是窗上了锁，我就进不去了。真是太惊险了，我暗自反省，真不该轻易接受挑衅。

反正参考书也拿回来了，算是有惊无险吧。

这下总算可以放松紧绷的肩膀，走回自己房间了。我不在的时候，川口他们有好好地替我掩饰过去吗? 必须好好道谢才行。

我一边想着，一边打开房间的门，哗啦哗啦——房间里传来了一阵慌乱的声音。

黑暗中的微弱光线倏然消失了。

我掩上门，走进客房，看到川口和羽立趴在隔壁的被褥上，回头看着我。

"伊……伊吕波。"

"欢，欢迎回来。"

不知为何，他们的语气有些尴尬，我诧异地说道：

"你们还醒着吗？已经快十一点了。"

"我可不想被这个时候还在外边晃荡的伊吕波说这个！"

"对对，就是！"

被他们这么一说，我也无从反驳。

"呼……"

只有独自入睡的东条发出了烦躁的哼哼声。神经质的东条难得能好好睡上一觉，一定别把他吵醒了。

我把参考书收进包里，安静地钻进被窝。

"那我睡了，晚安。"

言毕，我从口袋里掏出手机，放在枕边。

班级群几乎没了动静，手机也陷入了沉默，简直就像睡着了一样。

◆ 明神凛音 ◆

树木之间唯余黑暗。

那对紧贴在一起的小个子男女的人影，如梦如幻般消失在了黑暗中。

——我……喜欢透矢。

无关的记忆掠过脑海。

这些与我无关的事情萦绕在我的脑海中，无论如何都无法赶走。

为什么会这样？

想不出来。

一点都想不出来……

"凛音，已经很晚了，睡吧。"

"好。"

我应声着离开了窗边。

为了切断自己对陷入沉寂的班级群的关注，我调暗了手机屏幕。

*

高一七班班级群　08/01 22:00~23:00

木村莉子　各位，老师走了吗？22:03

春原漆　走喽走喽！22:03

九尾阳葵　好耶！自由了！22:03

相浦幸　已经到了熄灯时间了，别太吵！22:04

九尾阳葵　〈表情：明白！〉22:04

保坂东子　调她们有没有被老师抓包？没事吧？22:05

调镜花　因为亚衣不在。22:05

斋藤绮罗　红峰同学还没回来吗？22:05

濑野真奈美　没事啦，她回来了，不好意思打扰到大家了。22:06

善光寺昭人　女生楼的老师好严格啊。22:07

善光寺昭人　我躲在窗边，没被发现哈哈。22:07

目代启太郎　男生楼的巡查老师是谁来着？也太水了吧。22:08

三良坂凉真　是柚子老师吧。别忘了班主任啊哈哈哈。22:08

目代启太郎　〈表情：没印象〉22:09

汤之岛泪沙　呐，阿宅们，你们在深夜做什么呢？22:10

铃鹿莲　游戏。22:10

敕使河原大和　委身于混沌的黑暗中。22:11

汤之岛泪沙　灯不是还亮着吗？22:11

汤之岛泪沙　咋关了哈哈哈。22:12

相浦幸　@汤之岛泪沙　赶紧睡吧，我真的要生气了！22:12

芽里垣智里　@相浦幸　已经生气了吧。22:12

东条涅　喂！隔壁吵死了！22:14

芽里垣智里　这边也在生气，好吓人。22:14

川口鞍马　三良坂，你们在看消息吗？能不能安静一点？22:15

西宫光大　三良坂他们在做什么？22:18

羽立藤成　大概是在打枕头仗吧。22:18

相浦幸　三更半夜搞这个？真不敢相信……22:19

善光寺昭人　〈上传照片〉22:20

春原漆　大家看起来精神都很好啊。我已经很困了。22:21

春原漆　〈表情：睡了〉22:21

西宫光大　川口他们在做什么呢？22:21

川口鞍马　正和伊吕波一起举办学习会。22:22

西宫光大　哦豁。22:23

川口鞍马　三良坂，你们没事吧？我听到了什么东西倒下的声音。22:30

三良坂凉真　没事，只是扔枕头摔了一跤而已。谢谢！22:31

171

目代启太郎　〈上传照片〉22:32

目代启太郎　wwwwww 22:32

春原漆　〈上传照片〉22:33

春原漆　这才是真正的阳光啊。22:33

目代启太郎　〈表情：算你厉害〉22:33

和花暮诹由　〈上传照片〉22:34

和花暮诹由　阳光也好阴郁也好，都放马过来吧！22:34

春原漆　〈表情：哈哈〉22:34

芽里垣智里　〈上传照片〉22:37

芽里垣智里　标题：窗边暮气沉沉的阴郁少年。22:37

芽里垣智里　没人理我？22:42

芽里垣智里　差不多要睡了。22:45

濑野真奈美　晚安。22:45

木村莉子　晚安。22:45

和花暮诹由　晚安。22:45

和花暮诹由　各位明天见。22:46

◆ 伊吕波透矢 ◆

翌日清晨。

今天最初的安排是广播体操。

在我打着呵欠从床上起来，走出房间的时候，同学们已经在班级群里发布各种搞怪的照片，尽情享受海滨夏令营的乐趣了。当我走到公用楼的时候，目代和木村他们不知因为什么事起了争执。不过即便是我，也没有精力在大清早去调解纷争。

到此为止都是日常的光景，然而，当广播体操结束后，异常发生了。

其他班级都去食堂享用早餐，唯有我们高一七班被老师叫住，在公共楼的多功能厅集合。

多功能厅是个除了立着一块大白板外毫无特色的房间，如果摆上桌椅可以用来上课，挪走桌椅则可用于娱乐活动。记得在第三天的安排中，应该有安排使用这个房间的休闲活动。

"所有人都到齐了吧。"

一脸严肃地走进多功能厅的，正是在期末考试时与我发生过争执，令我至今仍记忆深刻的大碇老师，正如他的绰号"黑子"的全称"黑帮知识分子"一样，今天的他穿着一件花里胡哨的夏威夷衬衫。

担任学生指导的大碇老师所散发出的威压感，令高一七班的全体学生都紧张了起来。并非班主任的大碇老师在此出现，给所有人带来了不好的预感。班主任柚岛老师也到场了，他站在大碇老师身后，一脸为难地抱着胳膊。

大碇老师站在白板前，以锐利的目光盯着我们。

然后，他开门见山地问道：

"昨天夜里，你们当中有人从男生楼溜出来了吧。"

我不禁心头一紧。

多功能厅内立刻响起了不安的嘈杂声，置身于这般喧哗中，我能感觉到自己的心怦怦直跳。

他是怎么知道的？

知道我昨天溜出男生楼的人，只有同室的川口等人，还有红峰和濑野她们三个。今早起来，她们并未表露出告密的迹象，应该也没有告密的动机。

"宿舍后边的沙滩上发现了足迹。"

大碇老师用他那低沉而清晰的声音说了这样的话，并将手机屏幕转向了我们。屏幕上显示的是沙滩的照片，上面印着两道足迹。

"这是往返于男生楼和女生楼的脚印，另外还有别班的目击证词，说是昨晚二十二点三十五分前后，在女生楼看到了人影。"

骚动声愈演愈烈。

男女人影——

难不成……在回程的时候，我和红峰在窗外谈话的一幕被人看到了吗？

确实，如果是那个位置，只要从别的楼层往下看，那就……

"根据证词，目击者的位置几乎在正上方，所以身高不详。不过那个男生运动裤一边的裤脚被卷到了小腿处，应该是途经沙滩的时候，被浪花溅湿了吧？"

——我卷起被海浪濡湿的左腿裤脚，小心翼翼地触摸窗户。

冷汗顺着脖颈涔涔流下。

"证据非常充分，可不许说什么'无罪推定'。"

在墨镜镜片的背面，蛇一般的视线贯穿了我们每一个人。

"给你们三分钟，自行坦白是谁干的，现在说出来，就当你年轻气盛，一时糊涂。"

同学们和身边的同伴面面相觑，开始小声议论。但或许是获知的事实太过震撼，以至于他们的谈话声根本不能称作窃窃私语。

"这是半夜幽会吗？"

"宿舍后边居然有沙滩？"

"太劲爆了吧。"

"喂，昨晚的声音难不成就是……我不是说过吗？"

"哦对，你说你好像听到了什么奇怪的女声，对吧?"

"我的耳朵可灵呢，肯定是那个!"

"这样啊，原来是活人，我还以为房间里闹鬼了呢。"

"阿彰昨晚可是被吓了个半死呢。"

"话说回来，不是说有男生进了女生楼吗? 搞反了吧。"

"喂，不会是芽里垣她们吧?"

"才不是。"

"相浦好可怕。"

"瞧，泪沙都被吓坏了吧。自从被停学后，她整个人就蔫了，稍微被骂两句就想逃走。"

"好好，我已经领教过了，反正不会再有第二次了。"

我的冷汗渗透到了衣服底下，只得静静地叹息，先让心情平复下来。

惊愕，焦虑……我简直和罪犯没两样。

作为推理的一方，我一贯标榜无罪推定，但倘若自己成了嫌疑人，总不能做这种死扛到底的事。

因为我确实做了不该做的事，我会为此付出代价。

唯一担心的就是被迫卷入的红峰会因此受到牵连。虽然我会努力不让火烧到红峰身上，但也不希望耻上加耻。如果实在不行就只能认命了。

我下定了决心，向前踏出一步。

"老师——"

"真理不言自明。"

凛然的声音回荡在空中。

先前七嘴八舌的议论声登时安静下来。

那声音是如此威烈、庄严、神秘。

有如神明的话语。

明神凛音，仅用了一秒就成为世界中心。

在场所有人的视线齐聚在一起，尽数落到了她的身上，但她并未瞧上一眼，眼里只有真相。

啊，对了，明神。

如果是你，不可能不知道。

而且你绝不会缄口不语。

无论对方是谁——唯独你一定会说出犯人的名字。

明神的手缓缓抬了起来。

为了指明真相。

为了指向我——

"犯人就是你。"

她的食指蓦然伸直。

毫无误解，毫无差错地指明了犯人。

那个半夜从男生楼里溜出来，闯入女生楼，和女生幽会，被其他楼层的人目击的人。

她指的并不是我。

——是天家齐加。

"咦?"

并不是我。

明神凛音所指向的人,是属于"御宅联盟"的土气男生天家齐加。

*

我与天家齐加并没有多少交集。

男生,没有参加社团,成绩中上,身高约一米六,就男生而言相当矮小。我掌握的基本数据仅此而已。

和他关系最好的是目代启太郎,他们都属于集合了御宅族的"御宅联盟"。

尽管和花暮粗略地将其归纳为"御宅联盟",但每个人的兴趣对象似乎都有微妙的不同。领头的目代启太郎是显而易见的动漫宅,而铃鹿莲则是有目共睹的游戏宅。

这么说来,天家齐加的兴趣对象主要是视频 UP 主。

他似乎对虚拟主播尤其上心,经常在教室里用手机观看直播,对话内容大多是"推""贴贴"之类的网络梗,对于我这种不甚熟悉的人来说很难解读。

所以明神对天家的事应该也一无所知。

证据就是,在指认天家的时候,别说是名字,就连现编的绰号都没叫出来。直到伸出手指的那一瞬,天家齐加这个人恐怕从没有进入过明神的意识。

"刚才的事你怎么看?"

"谁知道呢?"

明神凛音像往常一样呆呆地歪着头。

看到这一幕,红峰露出既吃惊又畏缩的表情,表情复杂地小声说道:

"哇，她真的不记得了。"

"都跟你说过了，这家伙的推理是无意识的。"

说着，我推开了旧木门。

明神和红峰从两侧露出脸来，俯瞰着门外辽阔的大海，还有通往沙滩下面的梯子。

"透矢，你居然是从这样的地方过来的。这个梯子都锈成这样了，什么时候断掉都不奇怪啊。"

"你就这么想潜入女生楼吗？得重新考虑一下该怎么和你相处了。"

"应该已经解释过了吧，我是被叫过去的。"

大碇老师的集会解散后，我做的第一件事就是向明神凛音坦白。

出于某些缘由，昨晚我潜入了女生楼，当时红峰把我藏匿起来。我将这些悉数告知了她。

听完这一切，明神只是轻轻地叹了口气。

"对你无法无天的行为我可是深有体会，已经被你卷进去很多次了。虽然立志成为律师，但是你的守法意识却有点低哦。"

我无言以对。

确实，我一碰到"有错误"的事情就会变得义无反顾。因此，当我面对和花暮谀由这个聚集各种错误于一身的家伙，就会变得不择手段。

虽然必须引以为戒，但眼下更重要的是天家齐加的问题。

他真的闯入了女生楼吗？

被明神告发后，他被大碇来世带走了。老师那边虽然也将信将疑，但由于明神的告发，他成为嫌疑人的事实并没有改变。

必须尽快进行验证。

就算天家齐加真是犯人，至少也得弄清楚推理的逻辑，否则就是违背了无罪推定的原则。

因此，我决定利用短暂的自由活动时间进行调查。

此外，红峰是自说自话跟过来的。

"怎么了，透矢，为什么像看无关人士似的看我。"

"因为你就是无关人士。"

"有关系啊，我可是把透矢藏起来了！"

这跟天家齐加的嫌疑是两码事——不过也不能说我的闯入和这件事全然无关，考虑到红峰就可能知道一些独家情报，所以我允许她跟了过来。

"……"

明神用冷冰冰的眼神看着我们对话。

"明神，你怎么了?"

"不，没什么。"

看样子似乎有什么深意，但鉴于本人不开口，所以我决定先不管她。

我们依次走下防波堤的梯子，明神和红峰穿着自己的裙子，本应由我最后下来才对。明神穿的是长及脚踝的长裙，所以没什么问题，但红峰穿的是迷你短裙，而且她忘了我在下边。

"红峰……"

"真是下流啊，你是故意的吗?"

"什么? 啊，不要!"

爬到扶梯的最后几段，红峰一屁股摔在了沙滩上，我上前把她扶了起来。今天的红峰穿着长至大腿的过膝长袜，和平时的辣妹风

179

相比，怎么说呢，给人一种装模作样的感觉。

"要是那么随便，自身的价值会降低哦。"

"谢谢忠告，刚才那个不是故意的！"

明神以高傲的姿态居高临下地提出建议。她身上穿的是和昨天一样的衬衫和长裙。像披肩一样，她似乎是那种对自己喜好的穿搭一心一意贯彻到底的人。

红峰掸掉了粘在裙子上的沙子，我将目光转向了沙滩。

"还在啊。"

我看到了往返于男生楼和女生楼的脚印。

脚印共有两道，至今仍清晰地刻在沙滩上。

这次，红峰小心翼翼地折起裙子，蹲在了脚印旁边。

"这些脚印是透矢的吧？"

"应该是。"

"那就是说，天家没有经过这个沙滩？"

"按理说是这样，但这样就不合逻辑了。因为连接男生楼到女生楼的唯一路线就只有这个沙滩。"

"连接男生楼和女生楼的通道晚上是不能通行的吧？"

我点了点头。

"准确地说是从二十一点开始封闭的。男生楼和女生楼通往公共楼有一条走廊吧？那里的门好像会锁上，因此通过宿舍的内部路线从男生楼去往女生楼是不可能的。哪怕试图穿过中间的小树林，也会触发感应器或者其他安全装置。"

"真是高科技啊，不过这扇门倒是挺旧的。"

明神边说边仰望着梯子顶端的木门。

"还是以前留下来的吧，所以才成了传承下来的秘密通道。"

"现在暴露了呢，因为这次的事情。"

从明年起应该就用不了了吧，不知道老师会采取怎样的措施。

"老师不知道这条秘密通道吧？那么这些脚印又是怎么被发现的呢？"

红峰一边发问，一边轻轻抚摸着自己的脚后跟。

"大概是先有目击证词，调查时才发现了这条沙滩路线。"

大碇老师曾提到无罪推定，估计是从作弊事件中得到教训，更加重视确认情报真伪了吧。他可能是觉得光有目击证词尚嫌不足，于是决定搜集物证。

"那么小乱毛同学是如何移动到女生楼的呢？"

明神一脸疑惑地歪着脑袋，我和红峰一齐回过了头。

"小乱毛？"

"是说天家同学……？"

"就是那个头发乱糟糟的小个子。"

确实，作为男生而言，天家同学的个子很矮，而且头发量多，有点自然卷的感觉。

"明神同学，你之所以那么孤僻，是不是因为这个原因？"

"谁孤僻了？真是失礼！"

最近，我也开始觉得，与推理能力相比，这家伙的性格问题可能更严重。像往常一样，她毫不犹豫地给人家起了个议论别人外貌的绰号，像极了霸凌者的思维。

"总之，假设天家真的去了女生楼，我对他的方法已经有了一个假设。"

"什么？难不成还有别的路？"

"不是的，如果非要经过这个沙滩，那他必然是经过了。"

181

"啊?"

"什么?"

"前提错了,脚印只有往返的两道,所以只有一个人经过这片沙滩——这个前提已经错了。"

我从口袋里掏出手机,打开测量工具。手机自带了一些可以替代卷尺的应用,这是从上次的作弊事件中学到的。真是方便的时代啊。

我用这个应用测量了沙滩上的两道脚印中从女生楼回到男生楼的那一道。

"二十六厘米,跟我鞋子的尺寸差不多。"

"那这肯定是透矢的脚印了。"

"是啊,鞋底的花纹也大致能对上。"

我抬起脚,把鞋底展示给她们看,自己也比对了一下,回程的脚印果然是我的。

"问题在于另一道脚印。"

我再度启动应用,这次我测量了从男生楼去往女生楼的脚印——即去程脚印的尺寸。

测量的结果是——

"二十四厘米。"

明神和红峰盯着手机屏幕,脸上流露出疑惑和讶异之色。

"差了两厘米啊。"

"听你这么一说,尺寸好像确实有点不太一样。"

"也就是说,这两道脚印属于不同的人。回程是我的,去程是别人的。"

"什么?但你也是从男生楼过去的吧?也曾走过这片沙滩,当时的脚印去哪里了?"

"被抹掉了。"

我伸出手指,指向了如今已在十米开外,来而复退的大海。

"我记得当时经过这里时,海浪已经涨到很高了。我不得不紧贴着防波堤走,如果我在昨夜走过这片沙滩之后,海水涨到了海浪能撞上防波堤的高度的话。"

"满潮,是吗?"

红峰确认似的说道,我对此点了点头。

"上网查一下资料很快就知道,昨夜二十一点五十七分,这一带的大海正值满潮,当时海浪冲上了沙滩,完全覆盖了我留在防波堤边的脚印。"

"在那之后,小乱毛同学走上了退潮的沙滩,留下了脚印,对吧?"

"至少鞋子的尺码能对上。然后,不知是在那之前还是之后,我留下了返回男生楼的脚印。这样一来,就好似留下了一个人来回走动的脚印。"

红峰皱着眉头试图理解我的推理。

"嗯?"她在胸前抱着胳膊,微微歪过了头,"透矢,你的意思是,去了女生楼的天家并没有回男生楼?"

"是的。"

明神眨了眨眼。

"等一下,你的意思是有个男生一直待在女生楼里,一直等到早上联络通道打开?"

"这就是脚印所展示的事实。"

现在尚不能确认这二十四厘米的脚印就是天家留下的。

然而，男生楼里的某人潜伏在女生楼，就这样一直待到天亮——唯独这点是无可争议的。

"咦？总感觉好恶心啊，同一个屋檐下，居然半夜里躲着一个男生。"

"不，一个人藏在那边应该很难吧？走廊上没有躲藏的地方，厕所里也很难过夜。最为关键的是，目击证词提到的是一对'男女'吧。"

"啊……你是说有人窝藏了他？就像我把透矢藏起来那样？"

"就是这样。"

进一步说，如果是女生把男生藏进了房间里，很难不被其他室友发现。虽说不能排除共犯女生趁室友睡着后偷偷把男生带进来的可能性，但首先应该怀疑的是整个房间的女生串通一气的说法。

以我的视角来看，红峰和"花样女子王国"的房间完全没有嫌疑。但对于剩下的三个房间，我还是没法打消怀疑。

"下一个问题，是这个二十四厘米鞋印的男生潜入女生楼的准确时间。"

我边摸自己的下巴边说：

"可以确定的是，当潮水退去，我的脚印消失，沙滩重新变得可以通行的之后，有关从这个时间点到几点几分可供闯入者通行的问题，我刚刚得到了一个很有用的情报。"

"什么有用的情报？"

"窗上的锁。"

我指向了防波堤的上方。

我们是从男生楼这边下到这个沙滩上的，我手指指向的地方自然是男生楼，以及位于一楼的"传统通道窗"。

"这个二十四厘米的男生进了女生楼后就没有回来，估计是今天早上趁大家做广播体操时浑水摸鱼从女生楼逃出来的。也就是说——在那个人逃出之后，男生楼的窗一定没锁。"

"哦，原来如此。窗上的锁是只能从内侧锁上的月牙锁呢。"

没错，从外侧上锁是不可能的，所以那个男生得像我一样，必须在保持男生楼窗户的锁打开的情况下进入女生楼。然后他就没再回去。

"这边有个情报，我记得昨晚回到男生楼的时候，我把窗户锁上了。"

"你挺像会留心这种事的人呢。"

"不是像不像的问题吧？重要的是，如果那个二十四厘米的男生在我回来之后才溜出了男生楼，那窗上的锁就该一直开着，直到早上才对。"

"锁是开着的吗？"

"没有。"

我摇了摇头。

"刚才已经确认过了，虽然不是我亲眼看到的——根据所谓的传统，我怀疑窗户的锁是不是由某人负责开关。果然不出所料，紧挨窗户的房间的善光寺负责这一任务，他在一大早老师发现之前，把打开的锁重新锁上了。你知道善光寺吗？"

"不。"

"好吧，总之有个人抢在别人前面检查了窗户的锁，根据他的说法，锁得十分严实。"

"也就是说，那位二十四厘米同学，在你回到男生楼之前，就已经转移到女生楼了。是这样吗?"

"虽然不能完全排除是第三者在我回来之后打开了窗户的锁,但目前没有任何信息表明这一点。在我回来之前——用时间表示,就是二十二点五十一分之前,二十四厘米男生已经离开了男生楼,这样想比较妥当。"

"满潮时刻是二十一点五十七分,所以有五十四分钟的时间吗?"

"当然,如果二十二点三十五分时被目击的男女的其中一方并不是我,而是那个男生,那么他在那之前的三十八分钟里就已经完成了移动。"

嗯?

就在我跟明神认真交谈之际,不知为何,红峰显得有些不安,眼神游移不定。也许是心理作用,我觉得她的脸有点红。

"怎么了,红峰?你有什么话要说吗?"

"没什么……那个……实在有点……从刚才开始,你们说的那个二十四厘米的那个……这样的说法有点……"

"'二十四厘米男生'怎么了?"

"'二十四厘米同学'怎么了吗?"

"别一个劲地重复了好不好!我知道,我知道那指的是脚的尺寸!但加上'男生'这个词后……总感觉……好像是一个非常大的人。"

"你说什么?二十四厘米算小的吧。"

"算小的?"

"女生也能到这个尺寸吧?"

"女生也有吗?"

这家伙在瞎嚷嚷什么呢？

"呜呜，"红峰双手捂脸，"对不起……这完全是我的错……不用管我，先撇一边吧。"

又是这样，真是个奇怪的家伙。

依她所言，我决定暂时不理会她，继续思考下一步该调查的事。

"为了更精密地确定移动时间，有必要调查一下这片沙滩在处于满潮状态下无法通行的具体时间。既然脚印存在，所以移动应该是等到潮水退去以后进行的……不过在调查之前，我想先问问天家本人。"

"哦，各位在这里呀。"

一个从黑暗中传来的声音骤然打断了我的思绪。

嚓嚓嚓……一个女生在干燥的沙滩上有节奏地行走着。

——是和花暮诹由。

今天的她穿着宽松的青色连体裤，看起来很有活力。朴素的脸上挂着爽朗的笑容，把手举到脸旁向我挥手。

"咦，这不是和花暮同学吗？你在这里干什么？"

红峰并不知晓我们已经进入了临战状态，语调亲切地问了一声。

"应该是和各位一样，在玩侦探游戏吧。我想在实物消失前看看黑子老师提到的那些脚印。"

"哦，和花暮同学也喜欢搞这个啊，总觉得有些意外。"

"是吗？我还挺喜欢推理剧啦，狼人杀之类的。"

这桩事件的背后，很可能有和花暮的操控，既然是她自己策划的事件，就没有任何推理可言，她到底在搞什么？

"要是你有什么意见，就说说看吧，和花暮，"我试探性地搭话，"你的成绩挺好的，说不定会有我想不到的见解，如果可以的话，能分享一下你的推理吗？"

"谈不上推理，我也没什么大不了的见解啦。"

和花暮用柔和的语调谦逊地说着，镜片背后的眼睛闪着微光。

"嗯，不过……这两道脚印不是一个人的吧？"

"这样吗？"

"平日里穿二十四厘米鞋子的人可以穿二十六的，反之亦然，但与其用这种办法掩盖足迹，不如尽量避免留下才对吧，只要走路时拖一下脚，就足以掩盖过去。毕竟这里又没有警察来调查。一定是夜半太黑，所以他连沙滩上留下脚印本身都没注意到吧。"

确实如此，如果是使用手机的测量应用进行的初级调查，这样简单的伎俩是完全可以奏效的。脚印的主人显然不曾注意到沙滩上留下的痕迹，我也是如此。

"也就是说，去程或回程的脚印里有一组被海浪冲刷掉了，又或者是有个鞋长二十六厘米的女生去了男生楼，二十四厘米的男生去了女生楼。"

好吧，我知道其中的一组是自己的，但要是站在完全不知情（表面上）的和花暮的立场，这样的推理在她的视角是完全有可能的。

"嗯——不，不太对，"和花暮歪着头，俯视着沙滩上的脚印，"至少这一组——二十六厘米的脚印，十有八九是回程的脚印。"

"你是怎么知道的？"

"这边的足迹落脚太果断了，三更半夜走在没有灯光的海边，一般人会更小心才对吧？但这道脚印没有半途停下的迹象——这说明留下脚印的人有踏上同一条路的经验。"

这意料之外的推理让我屏住了呼吸，虽然我尚未确认所有的足迹，但这样的想法完全超出了我的思考范畴。

和花暮一脸认真地把手放在嘴边。

"嗯，这么一想，这边二十四厘米的脚印有好几处中途停下的痕迹，看起来是第一次走。这意味着，两组脚印都属于男生——一个男生去了女生楼，另一个去过又回来了，但去程的足迹因满潮而消失了。"

和花暮嗯嗯地点着头，再度露出笑容看向了我。

"伊吕波，你觉得如何，这算是推理吗？"

我一时语塞。

难不成这一切推理都是一开始就计划好的吗？倘若不是，那就是和花暮诹由的观察力和思考速度已经完全超过了我。

"和花暮同学，你好厉害啊！简直像透矢一样。"

红峰蹦蹦跳跳地跑过去称赞，和花暮"啊哈哈"地笑着，竖起了大拇指。

"我对自己的眼力可是很有自信的哦！"

真敢说啊。

假如她平时就是以这样的程度观察周遭的话，那未免太异常了。连我这个因为写日记太过详细而被明神说恶心的人都觉得她过分，足以说明问题。

"伊吕波，既然是玩侦探游戏，那我再告诉你两件事吧。"

和花暮一边开玩笑似的说着，一边嚓嚓地走了过来，在我们面前竖起了一根食指。

"第一，从女生楼的窗户走到这里来，脚步不停的话要走七分钟，意外挺花时间呢。大概是因为得爬窗还要下梯子吧？如果像这道脚印一样走走停停，大概要花十分钟。"

这跟我的记忆大致都能对上。我从男生楼出来的时间是二十一点三十六分，抵达女生楼的时间是二十一点四十六分。

"第二，"和花暮在我面前比出了胜利手势，"大概是昨晚二十二点十分左右吧？我看过手机，所以记得很清楚。当时我打开了窗户，然后听到了*海浪拍岸的声音*。"

海浪拍岸的声音。

也就是海浪拍到防波堤上的声音。

这样一来，在那段时间，沙滩被海浪吞没了，脚长二十四厘米的男人没法通行，即便潮水在那之后迅速退去，移动也要花去大约十分钟，最快也要到二十二点二十分。

那个男生躲进女生楼的时间，只能是在那个时间点以后。

"情报提供完毕！有参考价值吗？"

和花暮两手一拍，摆了个滴水不漏的笑容。

她的模样像极了一幅画。

然而，这与从明神身上感受到的神秘性全然不同。

此处唯有欠缺人性的虚伪。

这家伙的笑容尽是假的。

"谢谢，很有参考价值。"

"那就好！不管天家是不是犯人，都要弄清楚真相，对吧？"

和花暮——是要弄清楚你的真相吧？

"那我就回去咯，差不多该和大家会合了！"

望着她的背影，沉默已久的明神突兀地嘟囔了一声：

"那个人是……"

"和花暮诹由，昨天不是刚见过吗？话说回来，你没有给她起绰号啊。"

"我……想不出来。"

扭头望去，明神正诧异地歪着头。

"不管是谁，我总能想到些什么。但不知为什么，唯独对这个人，我什么都想不出来。"

或许是感知到了虚无吧。

我所面对的敌人，大抵是一个虚无的空洞。

*

"天家，可以占用你一点时间吗？"

当天家齐加来到公用楼入口大厅时，我朝他搭话道。

以量大的头发和矮小的体格为特征的他看了看我的脸，又瞥了一眼身后的明神。

"我……我是无辜的，"他慌慌张张地申辩道，"我没有去女生楼，我一直待在房间里！我对大碇老师也是这么说的，老师也认可了。我……我有不在场证明。"

"不在场证明？"

我追问道，天家露出了有些得意的笑容。

"是啊，老师说人影被目击的时间是二十二点三十五分，所以我就把这个——唔……"

天家手忙脚乱地从口袋里掏出手机，翻出一张照片递给我看。

"我给老师看了这张照片，有了这张照片，二十二点三十五分的时候我就没法出现在女生楼里。"

我们看向了手机屏幕。

照片里的是天家和他的室友——"御宅联盟"的五人在铺得整

整齐齐的被褥上比肩坐着的照片，拍摄地点是合宿宿舍的客房，背景中引人注目的有漆黑的窗户，整洁的拉门，壁龛和放置于此的蓝色花瓶，以及——

"请往上看，那里拍到了时钟。"

壁挂的时钟也被拍了进去。

指针显示的时间是二十二点半稍过一点，大约是二十二点三十二分，因为表盘带有数字，所以不会看错。

"二十二点三十二分，距离男女被目击的时间只有三分钟。三分钟的时间是不可能赶到女生楼的。"

"对！既然三十二分我确实在男生楼，那我就不可能在女生楼被人看到！"

天家语速飞快地说完，再度瞥了明神一眼，抿起了嘴唇。他似乎对告发自己的明神相当警惕。

明神也是一样，见自己的告发被正面否定，她怫然地噘起了嘴。

"话是这么说，但假如——"

"明神，你先听我说，这不可能不是夜里十点而是早上十点，因为窗外的夜色被清楚地拍进去了。更进一步说，这个钟是电波时钟，即使只有一分钟的误差也会立即校正。"

反驳被提前封住，她只能用怄气似的眼神看向我。

"你怎么知道那是无线电时钟的?"

"以防万一，我已经调查过了。"

该起事件的细微时间线非常重要，所以从一开始我就有所准备。在跟明神、红峰会合调查足迹之前，我已经事先检查了自己房间的时钟。遗憾的是，客房里的挂钟是没法动手脚的。

"够了吗?"

天家依次看着我们的脸，露出了一抹得意之色。

不过这里暂且还是放过他吧。

我点了点头。

"嗯，谢谢。该说的都说了，你提供的信息很有帮助。"

"我也受益匪浅，伊吕波是个通情达理的人。"

天家道了别，快步离开了合宿宿舍。

"不觉得……很奇怪吗？"

一直在观望的红峰望着他的背影说道。

"当然了，因为他就是犯人。"

"我也是同感，这就是真理不言自明吧。"

"即便如此，天家目前只是嫌疑人而已。"

无罪推定。

不能只凭对外表和态度的印象来判断是否有罪。

"不过，透矢，这不是很麻烦的状况吗？"

红峰的眼神中流露出一丝担忧。

"天家有不在场证明吧？二十二点三十二分在男生楼，三十五分在女生楼被人目击，这是不可能的。这么说，被目击的果然是……"

或许就是我和红峰。

可明神凛音却说了"犯人是天家齐加"。

如果这次明神要解的谜题是"目击的入侵女生楼的人是谁"，那么人影的真身就不是我们，而是天家齐加和某人，应该是这样……

"天家的不在场证明是不成立的。"

我沉声说道。

什么？明神和红峰看向了我的脸。

"那张照片我早就看到了，因为曾发在班级群里。"

我操作着手机，翻出昨晚的聊天记录，在班级群里发过很多其他的照片，要是把范围缩小到二十二点到二十三点之间，总共能确认五张照片。

第一张照片发布于二十二点二十分，内容是三良坂、古郡和"运动社团帝国"的成员们在打枕头仗的状况。背景是放着蓝色花瓶的壁龛和乱糟糟的被褥。

第二张照片发布于二十二点三十二分，正是刚才天家所展示的"御宅联盟"的照片，照片里所有人都穿着运动服，其中三个人穿着及膝短裤，剩下的两个人里，只有天家齐加的运动裤裤脚没被拍进去。

第三张照片发布于二十二点三十三分，像是为了回应前一张照片而拍，照片上是"恋爱至上主义公国"的两名男生，一名帅酷型的美男和一名可爱型的美少年，在整齐的被褥上摆着模特般的姿势，全身上下都被拍了下来。背景是放着天蓝色花瓶的壁龛，破了洞的拉门和漆黑的窗户。

第四张照片发布于二十二点三十四分，是和花暮为了回应而上传的五名女生的照片，内容是和花暮与"文化社团合众国"的三名成员围绕着班里的边缘人六斋堂纯乃，露出灿烂的笑容。六斋堂虽然显得不太自在，但还是用双手有气无力地摆出了胜利手势。壁龛里放着红色的花瓶，从敞开的拉门里可以窥见微微发亮的窗户。

第五张照片发布于二十二点三十七分，是芽里垣智里发布的照片，内容是"边缘人人民共和国"的两名男生坐在广缘的椅子上发呆的模样。是从女生楼的窗户通过变焦功能拍的，画质略显粗糙，但能够清晰地看到后边的拉门上印着男生的影子。照片右下角的时间是 08/01/22:37，跟发布的时间一致。

"仔细对比这些照片，就能发现不对劲的地方。"

"哪里不对劲了?"

"自己也稍微想想看吧?第三张和第四张的照片应该有某个地方不太一样。"

"不一样?除了照片里的人以外?"

"房间……好像看不出什么太大的区别。"

"啊,是时钟吗?唔,两张照片里都拍到了,而且看起来时间是一样的啊。"

"提示在窗户上。"

红峰和明神一起盯着照片,微微歪着头。

"啊。"

红峰率先叫出了声。

"和花暮同学的房间,窗外有隐约的亮光!"

"唔……是呢,应该是隔壁房间的灯光。"

"但春原他们的房间窗户……虽然没拍全,但里边是一片漆黑的,对吧?"

我对忐忑不安等待确认的红峰点了点头。红峰"耶"了一声,快活地拍了拍手。另一边的明神则有些沮丧地移开了视线。真希望竞争对手的出现能促进她的成长。

"正如红峰所说,和花暮她们背后的窗户被隔壁房间的灯光照亮,而在春原等人的照片上,边缘处的窗户则是一片漆黑。"

"这说明了什么呢?"

"这明显有问题吧?"

明神和红峰歪过了头,我拿出海滨夏令营的合宿指南给她们看。

"只要确认了房间分配,就一目了然了。"

文化社团合众国	花样女子王国	反男子条约机构	恋爱至上主义公国
保坂东子	濑野真奈美	相浦幸	（女生）
陆畑神流	鹤见银靴	斋藤绮罗	木村莉子
五十岚星	调镜花	福原未来	矢加部结莱
＋	＋	＋	丸尾阳葵
边缘人人民共和国	红峰亚衣	**吊车尾自治国**	野中芽衣
（女生）		芽里垣智里	
六斋堂纯乃		汤之岛泪沙	
＋			
和花暮诹由			

运动社团帝国	装腔作势联合酋长国	恋爱至上主义公国	御宅联盟
田岛雄介	川口鞍马	（男生）	目代启太郎
善光寺昭人	东条浬	春原漆	大石金治
三良坂凉真	羽立藤成	西宫光大	敕使河原大和
古郡彰		＋	铃鹿莲
		边缘人人民共和国	天家齐加
		（男生）	
		久留米奏汰	
		中迫空	

21:36	伊吕波自男生楼出发。
21:46	伊吕波抵达女生楼。
21:57	满潮。
22:00	熄灯时间，之后老师巡查宿舍，确认人数（男生楼的确认比较松懈）。
22:10	听到了海浪拍打防波堤的声音（和花暮的证词）。
22:11	（梨跟猴粪在吃吗?）凛音发了这样的信息给伊吕波。
22:20	善光寺拍摄了"运动社团帝国"打枕头仗场面的照片，并上传至班级群。
22:32	目代把"御宅联盟"（包括天家齐加）的合照上传至班级群。
22:33	春原将包含自己在内的两名"恋爱至上主义公国（男生）"的照片上传至班级群。
22:34	和花暮将自己和"文化社团合众国"三人，以及"边缘人人民共和国（女生）"的六斋堂纯乃的合照上传至班级群。
22:35	有人在女生楼目击一对男女。
22:37	芽里垣将两名"边缘人人民共和国（男生）"在广缘的照片上传至班级群。
22:51	伊吕波回到男生楼。

196

当天，午饭后的安排是参观博物馆。

与昨天的海水浴相比，学生们兴趣寥寥。虽然众人三三两两地分散在安静的馆内，但总显得有些无聊，再加上交谈的时候必须非常小声，所以很多人在展品面前玩起了手机。

对我而言，每一件展品都极其有趣，只是，陪我一同到处逛的羽立和川口总是叽叽咕咕地不懂装懂。除此之外，一切都很有意思。然而，出于某些原因，我没法将目光从班级群的聊天记录上挪开。

吃多了，好困啊。

接下来呢？

班级群里热闹空前，尽是些闲得发慌又不知道聊什么的人。话题从博物馆有关的到完全无关的，各种零星的闲聊从没断过。

用不了多少时间，话题必然会转移到今天早上发生的事情上。

夜闯女生楼的家伙到底是谁啊？

明神同学不是说犯人是天家吗？

不，我有不在场证明哦，已经告诉黑子了。

话好多啊。

就像狼人杀一样好玩哈哈。

来了。

我不动声色地加入了对话。

被目击的时刻正好是在房间里拍照的时候呢。

要是一点点释放信息，也会勾起其他人的兴趣。

照片？什么照片啊？

是不是这个聊天记录里的照片呢？

是啊。

天家上钩了。

黑子说在女生楼目击男生的时间是二十二点三十五分，但照片里的挂钟显示的是二十二点三十二分，所以不可能是我。

哦。

从男生楼走到女生楼三分钟不够吗？

不够，我试了一下，最少要七分钟。

和花暮同学在做什么呀哈哈。

或许是通知增加了，分散在各个展位前的高一七班的同学们逐渐将视线转到自己的手机上，有的人也开始窥看朋友的手机。

时机正好，该开始了。

我发出了开战的信号。

不过天家拍照片的地方，并不一定是男生楼吧。

稍等了片刻。

高一七班的学生和朋友交换了眼神，也有人看向了我。

"伊吕波？"

一旁的川口诧异地嘟囔了一句，我向他递了个眼神，告知他我已经确信无疑。

就在这时，天家提出了反驳。

所有人都拍到了吧，当然是男生楼了。

我又仔细看了看照片，如果是在男生楼，也就是你们的房间拍的，就会有些古怪。

我连珠炮似的输入了事先准备好的信息。

同一时间上传的和花暮的那张照片，窗外要稍微亮一点，那是从隔壁房间的窗户漏出来的灯光吧？

应该是吧。

和花暮回应道。

濑野她们好像睡得很晚，那又如何呢？

结合这一点，再看春原的照片，窗外是一片漆黑。

过了片刻，川口附和了一句确实。多谢支持。

要是隔壁房间的灯亮着，窗外理应会有微弱的亮光。由此可见，在拍摄这张照片的时候，春原他们房间的两侧应该是一片漆黑的。

我顿了一顿，然后继续打字：

其中一侧的房间就是天家他们的，对吧？

"咦？"

一旁的川口发出了小小的惊呼声。

没错。

根据春原的照片，天家的房间必然是一片漆黑。

但根据天家的照片，他的房间里应该亮得足以看清挂钟的指针。

此处产生了矛盾。

其中一张照片必然有假，这就是证据。

再确认一下，春原与和花暮拍完了照片就立即上传了，也拍到了时钟，是吧？

是的。

换句话说，这些照片几乎是同时拍摄的，天家或春原，两方必然有一方不是在自己房间，而是在其他房间拍的照片。

看手机的学生们面面相觑，开始低声讨论起来。

其中尤其狼狈的，正是处于话题中心的"御宅联盟"的成员们，而另一边，同样被提及的春原漆和西宫光大则显得相当平静，甚至还在跟周围的女生们小声谈笑，一副悠然自得的模样。

当然了，单凭这点并不能判定究竟是哪一方在说谎。

且不论谁在说谎，如果照片不是在自己房间拍的，那又是在哪里呢？

意思是在别的房间拍的吧？

其他人似乎没法跟上，只有和花暮附和了一声。

是的。

我回了一句，然后继续打字。

从结论上看，只能是在女生楼木村她们的房间里拍的。

一阵嘈杂声从远处传来，跟在春原身边的女生们流露出不安的情绪。

木村——木村莉子，她所在的"恋爱至上主义公国"的女生们的房间，正是拍摄地点。

为什么？

天家不服气地发出了质问。

我会按顺序解释的。

以这话为开场白，我继续往下打字。

首先，根据条件，拍摄照片的房间没有开灯，窗户一片漆黑，这就排除了房间是天家或是春原等人的可能性。无论哪边为假，哪边为真，都会产生矛盾，因为隔壁房间开着灯。

两拨人同在一个房间呢？也就是说，如果假装在不同的房间，却在同一个房间拍照的话，就不会产生矛盾了吧？

不可能。春原他们照片上的拉门有洞，天家他们的拉门却是完好的，这两张照片是在不同房间拍摄的。

川口和羽立"哦哦"地表示赞同，神经质的东条也深有同感地说了声"原来如此"，这三个人应该都很喜欢这种解谜。

男生楼剩下的房间就只有我们的房间和隔壁的三良坂他们的房

间了。首先不可能是我们的房间，因为我们房间的窗外没有树，能看见对面红峰房间的窗，那边的房间应该亮着灯。

原来如此。从我的照片可以看出隔壁房间是亮着的。我们的房间在最边上，隔壁只有红峰她们的房间。也就是说，红峰她们的房间应该是亮着的。

从我们这边的窗户可以看到对面的房间，这是真的！

除了和花暮的补充之外，红峰也给予了确认，这是我事前嘱咐好的。

见没人反驳，我继续说了下去。

最后是三良坂他们的房间，这里也不可能。无论是天家的照片还是春原的照片，被褥都铺得整整齐齐，而且根据班级群的消息，三良坂他们至少在一分钟前还在打枕头仗，所以被褥不可能这么整齐。事实上，在善光寺上传的照片中被褥确实是乱糟糟的。

因此，合照不可能是在男生楼拍的。

发送完这个消息后，川口赞同地点了点头，在班级群里提到打枕头仗的不是别人，正是川口鞍马。

剩下的是女生楼，从这一点可以看出，他们不是用正常的方法移动到女生楼去拍照的。因为在熄灯时间的巡查结束之前，想要离开房间是不可能的。即便在之后转移，男生楼和女生楼之间的通道也已封锁，而且用作通道的沙滩上只有一个人往返的足迹。

这样的话，不就不可能转移到女生楼了吗？

不，办法是有的，就是在连接两栋楼的通道被封锁之前，完成房间的互换。

互换房间？

就是某个房间的男生和某个房间的女生全数对调，潜藏在彼此的房间里，只要凑够人数，就足以躲过熄灯时间的巡查。

尤其是男生楼，就连我所在的房间少了一人，都能顺利蒙混过去——关掉灯钻进被子里就能简单搞定。

虽说对于调换房间的说法，"为什么要这样做"的疑问铺天盖地，但我还是决定继续往前推进。

这样一来，关于闯入女生楼的男生之后做了什么也就说得通了，他与早就潜入女生楼房间的同伴会合，就这样一直待到了早上。

从脚印来看，闯入者显然没有回到男生楼，尽管如此，他依然在早上前未被发现，这就是原因所在。

因此男生中只有一人留在原先的房间里，应该是因为男生原本就多了一个吧。为了避开巡视，需要让人数对上才行，比如男生五人女生四人的话，那就暂时留下一个男生。

那就是说。

插话的人是红峰。

春原他们的房间有四个人吧？如果他们调换了房间的话，那么对方应该是三人共用一间房才对。

是的，不过没有三个人的房间。

可以感到博物馆内的视线都集中在了那些人的身上。

"御宅联盟"。

男生五人组的脸上纷纷浮现出慌乱的神色。

因此，拍摄照片的地点就是女生的四人间，隔壁房间没有亮灯，而和花暮她们的房间住着五个人，所以也不可能，由此也可得知和花暮她们的照片是可信的。

谢谢。

根据和花暮的照片，她们的房间里是亮着灯的，所以也不可能是隔壁红峰她们的房间，因为这不符合"隔壁房间没有亮灯"的条件。和花暮的照片也显示了红峰她们的房间亮着灯，所以也不可能是隔壁相浦她们的房间，况且那个房间住着五个人。

剩下的房间只有一个。

木村莉子，矢加部结菜，丸尾阳葵，野中芽衣——

"恋爱至上主义公国"。

答案已昭然若揭。

昨晚发生的事大概是这样吧？首先，全员洗完澡后，目代一屋四人和木村一屋四人互换房间，唯有天家留在了原来的房间。等到熄灯时间的巡查结束后，留在男生楼的天家通过秘密通道移动到了女生楼，与同伴会合，拍了照片，之后去见了某个女生，被其他班级的目击者发现。

同学们都目不转睛地盯着各自的手机。

当然了，留下的人不一定是天家，也可能是其他男生。不过沙滩上的脚印有着鲜明的特征。长二十四厘米，比同龄男生要小一码。要是我们检查一下这五个人的鞋码，应该就能确定是谁了。

一眼看去，那五个人里算得上特别矮的只有天家。鞋码最小的应该就是他了。

此外，有可能天家只是走过沙滩，与女生幽会的另有其他人。但目击证词"运动裤一边的裤脚被卷到了小腿处"则否定了这种可能。正如大碇老师所说，卷裤脚是因为被海浪打湿了吧。于是我看了天家他们的照片，下身穿着运动长裤的只有天家和大石，但大石的裤腿被拍得很清楚。正如所见的那样，裤腿既没有卷起，也没有弄湿，而另一边，天家的裤腿没被拍下来，没法确认是什么样的状态。综合以上的可能性，"把运动裤一边的裤脚卷到了小腿处的男生"就只有天家一人。

"是这样啊……"

川口叹了口气，认可似的低声说道。

其他人也表露出了各不相同的反应。

这样就确定了。

不太懂，但好像又懂了！

果然是天家啊。

众人大致接受了我的推理。

这次的推理，几乎都是从班级群的聊天内容中获取线索的。

如果是班级群里的聊天信息，明神应该也能掌握，即便待在房间里，也能推理出天家齐加的行动——正如我现在做的这样。

虽然把天家暴露在众人面前确实很抱歉，但他确实做了不该做的事，企图用小伎俩蒙混过关是不允许的。幸好，我也是同罪，就让我们心甘情愿地接受大碇老师的责罚吧，天家——

唔——

就在整个班级群里萦绕着问题解决的气氛时，唯有一人发了一条表示困惑的消息。

和花暮诹由。

到目前为止一直迎合我的推理的她，此刻却说了这样一句话：

伊吕波，你漏说了一条非常重要的信息吧？

就在我一个字都没打出来的时候，和花暮接着说道：

伊吕波，你自己昨晚也在女生楼吧？

＊

"不好意思，伊吕波，你刚才的推理从根本上就不能成立。"

你说什么？

根据伊吕波的推理所得出的照片拍摄时高一七班成员所在位置

文化社团合众国	花样女子王国	反男子条约机构	御宅联盟
保坂东子	濑野真奈美	相浦幸	目代启太郎
陆畑神流	鹤见银靴	斋藤绮罗	大石金治
五十岚星	调镜花	福原未来	敕使河原大和
+	+	+	铃鹿莲
边缘人人民共和国	红峰亚衣	吊车尾自治国	天家齐加
（女生）		芽里垣智里	
六斋堂纯乃		汤之岛泪沙	
+			
和花暮诹由			

运动社团帝国	装腔作势联合酋长国	恋爱至上主义公国	恋爱至上主义公国
田岛雄介	川口鞍马	（男生）	（女生）
善光寺昭人	东条浬	春原漆	木村莉子
三良坂凉真	羽立藤成	西宫光大	矢加结菜
古郡彰		+	丸尾阳葵
		边缘人人民共和国	野中芽衣
		（男生）	
		久留米奏汰	
		中迫空	

21:36	伊吕波自男生楼出发。
21:46	伊吕波抵达女生楼。
21:57	满潮。
22:00	熄灯时间，之后老师巡查宿舍，确认人数（男生楼的确认比较松懈）。
22:10	听到了海浪拍打防波堤的声音（和花暮的证词）。
22:11	（梨跟猴粪在吃吗？）凛音发了这样的信息给伊吕波。
22:20	善光寺拍摄了"运动社团帝国"打枕头仗场面的照片，并上传至班级群。
22:32	目代把"御宅联盟"（包括天家齐加）的合照上传至班级群。
22:33	春原将包含自己在内的两名"恋爱至上主义公国（男生）"的照片上传至班级群。
22:34	和花暮将自己和"文化社团合众国"三人，以及"边缘人人民共和国（女生）"的六斋堂纯乃的合照上传至班级群。
22:35	有人在女生楼目击一对男女。
22:37	芽里垣将两名"边缘人人民共和国（男生）"在广缘的照片上传至班级群。
22:51	伊吕波回到男生楼。

不成立？我的推理？根本上……？

面对和花暮突如其来的反驳，不光是我，连带班级群的所有人都感到疑惑不解。众人都在等待我作出反应。然而，在我回应之前，和花暮諏由还在步步紧逼。

啊，当然了，我不是说伊吕波闯入了女生楼所以就搞错了。不过基于这一点来推理，还是有不对的地方。

事已至此，推诿已经不可能了。

虽然我很想说"就是你把我叫来了"，反正我原本就打算坦白，此时就该老实承认。

我昨晚确实在女生楼里待了一段时间。

众人之间传来了一阵骚动。

我尽量淡然地作着解释，沙滩上的足迹，时间，把这些叠加在一起思考的话，除我之外应该还有一个入侵者。而红峰等人藏匿我的事情，我暂时没提。

伊吕波，按照你的推理，天家是在熄灯的巡查结束后，才从男生楼转移到女生楼的吧。

是啊。

那是在几点之前呢？

最迟不超过二十二点五十一分，当时我回到男生楼，并从内侧锁上窗户。如果天家是在那之后通过窗户离开，那么第二天早上检查窗户的时候，善光寺应该会发现窗户没有上锁。

善光寺，窗是锁着的吗？

是锁着的。

过了片刻，善光寺回应道。

嗯，那么天家移动到女生楼的时候，应该是在二十二点到二十二点五十一分之间的某个时刻进行的，把照片也考虑进去的话，最多是在三十二分之前吧。

确认之后，和花暮又说：

可那是不可能的。

她肯定的言语令我皱起了眉头，这是什么意思呢？

从脚印来看，天家去女生楼是在满潮之后。但沙滩被海浪覆盖的时间，并不只有满潮时刻的二十一点五十七分这一瞬间吧。那前后的几分钟应该都被海浪覆盖而无法通行。事实上，我在二十二点十分左右，还听到了海浪拍打防波堤的声音。

关于这个情况，我也有所了解。目前还没理由否认这个说法。

我说过吧，伊吕波。从脚印的感觉来看，从男生楼走到女生楼大约花了十分钟，这么说来，天家抵达女生楼的时间是二十二点二十分左右吧。但这样的话就太奇怪了。

有什么奇怪的？

至少从满潮的时间段到二十二点三十二分之间，女生楼的窗应该是从内侧锁上的。

什么？

窗是……锁着的？

我们的窗户就在那扇窗户旁边，各位都知道吧？

和花暮马不停蹄地继续往下说道：

其实呢，要是有人靠近窗户，从房间里就可以通过脚步声判断出来。我也找其他人问过了，但在二十二点二十分到三十二分之间，谁都没有听到脚步声。

靠脚步声判断有人靠近窗户吗？确实，那边的木地板走廊每走一步都会嘎吱作响。可是，突兀地提出这么重要的事情……！

207

善光寺，所谓的光听脚步声就能判断出来，真的是这样吗？男生楼的结构和女生楼几乎一样，你们的房间紧挨在一起，应该也能听到吧。你听到我进出窗户的声音了吗？

没有，对不起，我们在打枕头仗。

没错，可恶……！这样的话，就没法反驳自己听不到了。

和花幕，那你知道昨晚熄灯以后有多少人靠近过窗户吗？

是呢，与其说是多少人，倒不如说是多少次。总共有三次。第一次是熄灯时间刚查完房后，应该是老师在检查窗户吧。紧接着又是一次，时间间隔不到五分钟。然后是二十二点三十五分左右，这次应该是伊吕波离开时的脚步声吧？

我从壁橱里出来后，被濑野她们留了大约半个小时，这么说来，确实是那个时间段。正因为如此，我才一度以为，被目击的人影正是自己和红峰。

既然老师不可能去开窗户的锁，从那以后，窗户应该就是从里边锁上的吧？也就是说，从外边进来的天家是进不去的哦。

是这个道理吗？

那扇窗确实是月牙锁。不从里边是打不开的，需要内部的共犯配合，但接近窗户的人是有限的。

从脚步声能够判断有人靠近，却听不出具体人数吗？

听不出吧。准确地说，并不是脚步声，而是走廊嘎吱嘎吱的响声。

如果是这样的话，那在二十二点二十分以前把锁打开就可以了，老师走后不久就有人来了吧。那个人事先打开了窗户的锁，好让天家进来。

那天家自己的脚步声呢？

从照片上看，三十四分前后你们好像就起来闹腾了，所以在那个时间段听漏了也不足为奇。

嗯……我明白你的意思，但事情应该不是这样吧。

为什么？

因为在第二次脚步声后，六斋堂同学确认过窗户是否上了锁。

什么？

六斋堂……是跟和花暮同住一室，看起来老实巴交的女生吗？

你说过窗户有人靠近的次数总共是三次吧？

并没有靠近看，是她进房间的时候，亲眼确认了一下。对吧，六斋堂同学？

我望向了站在远处的和花暮一行人，混在其中的六斋堂纯乃一脸战战兢兢的样子，开始用手指一个一个地输入文字。

从厕所回到房间的时候，我用眼睛的余光确认了一下，是锁着的。

确实，月牙锁只要看一眼就能确定是否上锁，不靠近也可以确认。

那是什么时候的事情？

二十二点十七分，我进房间后就立刻看了手机。

你上厕所用了多久？

伊吕波，可不能随随便便问女生这种问题哦，大概三分钟吧。

从厕所回来的时候，看到其他人了吗？

没有，一个人都没看见。

二十二点十七分，窗户被确认上锁。天家抵达女生楼最快也是二十二点二十分，再后来，直到三十五分前后我离开女生楼的时候，都没有人靠近窗户。

虽然仅有一个人的证词，却没有可以将之否定的依据。

不可能。

在二十二点三十五分前后，天家齐加并没有闯入女生楼的方法……！

21:36	伊吕波自男生楼出发。
21:46	伊吕波抵达女生楼。
21:57	满潮。
22:00	熄灯时间，之后老师巡查宿舍，确认人数（男生楼的确认比较松懈）。
22:10	听到了海浪拍打防波堤的声音（和花暮的证词）。
22:11	（梨跟猴粪在吃吗？）凛音发了这样的信息给伊吕波。
22:20	善光寺拍摄了"运动社团帝国"打枕头仗场面的照片，并上传至班级群。
22:32	目代把"御宅联盟"（包括天家齐加）的合照上传至班级群。
22:33	春原将包含自己在内的两名"恋爱至上主义公国（男生）"的照片上传至班级群。
22:34	和花暮将自己和"文化社团合众国"三人，以及"边缘人人民共和国（女生）"的六斋堂纯乃的合照上传至班级群。
22:35	有人在女生楼目击一对男女。
22:37	芽里垣将两名"边缘人人民共和国（男生）"在广缘的照片上传至班级群。
22:51	伊吕波回到男生楼。

- 22:30 到 22:35 之间，没人听到靠近窗户的脚步声。
- 22:00 熄灯时间过后，传来了第一阵脚步声，应是巡查老师。
- 第一阵脚步声停歇后不到 5 分钟，传来了第二阵脚步声。
- 22:17 六斋堂亲眼确认窗户上锁。
- 22:35 前后，传来了第三阵脚步声，应是伊吕波。
- 从男生楼到女生楼大约需要 10 分钟。
- 22:10 之后，沙滩路线恢复通行，天家抵达女生楼的时间应是 22:20 到 22:32 之间。
- 但在 22:20 到 22:32 之间，没人听到靠近窗户的脚步声，且在 22:17 以后，窗是锁着的。

→在拍摄照片时的 22:32 之前，天家齐加不可能闯入女生楼。
→在女生楼于 22:35 被人目击的，只可能是在满潮前走过沙滩的伊吕波。

知道了吗？能进入女生楼的，只有在满潮前走过沙滩的人。满潮后没有人能走过沙滩，只留下了一个人来回的脚印。就算满潮时被海浪冲刷过，脚印也不一定就会消失，而脚印的大小差异也可能只是误差吧？

误差？当着我的面推理出脚印来自两个人的不就是你吗？

进入女生楼的时间点，要么是在老师确认是否上锁之前，要么就是有人接近窗户的时候吧。说起来我还有一点没说，在老师之后靠近窗户的，大概是明神同学吧。

"啊？"

明神？

在脚步声后，我听到了谈话声，就在隔壁房间门口，好像是她在和调同学或者红峰同学说话，对吧？

红峰在远处不安地看着我，我本想用眼神告诉她实话实说，但在那之前，调镜花已经操作起了手机。

没错，因为班级群里说亚衣不见了，她很担心，就过来看看。

是啊，听声音就觉得是她，那么，就是在那个时候，明神同学打开了锁，放伊吕波进去了是吧？

什么……！都在胡说些什么！

我认为伊吕波一直在窗外等着，想等熄灯时间再进去，结果老师把窗锁上了，于是才拜托明神同学帮忙开锁。

不对……完全不对！

直到刚才为止，我都不知道明神靠近过窗户！

不对！我是在熄灯前进去的！

但我们没有听到脚步声呢。

这种事情不是随你们怎么说……！

211

明神同学和调同学谈话，也许是为了编好理由吧？从时间上说，巡查老师可能也看到了她的身影，如果没事却待在自己房间以外的地方，会让人起疑心的吧？在这之后，她或许带着伊吕波回到了自己的房间。虽然明神同学和心理咨询老师同住一室，不过老师们晚上似乎都聚集在同一个房间里。

无凭无据的猜想，被接连不断地罗织出来。

然后，两人单独相处了大约半个小时，然后又一起回到了窗口，翻到了外边。应该是依依不舍吧，你们好像在窗外聊了一会儿，大概就是这个时候，被其他班的人看到了吧？

不对，她的话可谓是有凭有据。

全都符合现有的信息。

除去我自身的记忆这一证据之外，所有的状况都在表明这是正确的。

正因为事情暴露，所以明神同学才会突然说出犯人是恰好进入视野的天家吧，伊吕波也顺势跟风，捏造了关于照片里的窗户的证据。很像伊吕波会有的温柔呢。

无法反驳。

无法反驳。

无法反驳。

必须否定，必须否认，必须反驳，明明应该这样做——

该如何是好？

该怎样从逻辑上否定这个推理？

没有证据。

没有根据

无法证明。

什么都……想不出来。

嗯，你的心情我也不是不能理解。

真相被推理所涂改。

但不要把责任推给别人哦，天家很可怜吧？

＊

参观完博物馆，之后的活动是去露营地用饭盒炊煮食物。

和先前百无聊赖的模样完全不同，同学们都显得异常兴奋，乐呵呵地搬运食材，生火做饭。

我也独自离开小组，专注于生火的任务。就在这时，红峰突然靠了上来。

"那、那个……你还好吗？"

我瞥了眼因为不知如何是好而露出暧昧笑容的红峰，点燃了枯叶。

"这、这也没办法吧，谁都有犯错的时候，对吧？"

我蹲在火堆前，红峰从后边推了推我的肩膀。

我并没有回过头。

"不好意思让你过来安慰我，不过我并没有消沉。"

"是吗？可你之前明明那么自信，却被和花暮同学驳倒了。"

"并没有被驳倒。"

我盯着越烧越旺的火焰说道。

"这只是印象操纵而已，她先抛出我去过女生楼这个具有冲击力的消息，然后借着这个势头摆出把我驳倒的样子。证据就是，和花暮完全没法否定我的推理。有关脚印尺寸的问题，就用误差之类随便的理由搪塞过去。至于满潮的情况，她又一口咬定'满潮时足

213

迹可能没有被冲掉'。真要这样反驳，至少得先做个实验吧。"

"啊……看来你比我想象的还要不甘心啊。"

我并没有不甘心。这点程度，跟被明神老师彻底驳倒的时候相比，根本算不得什么。

只是……内心却比那时更加动荡。

看不顺眼。

对这种做法实在看不顺眼。说什么"天家很可怜吧"，一说这种话，无论什么样的反驳都会给人留下负面的印象。讲得越多，只会显得像是在拼命推卸责任。这完全是逻辑毫不相干的因素，却试图引导讨论的方向。

她是故意的。

和花暮诹由是故意这么做的——明知这点，我却没法进行有效的反驳。对于这样的自己，我感到非常愤怒。

"和花暮那边的武器，是女生楼窗户的锁。"

我往逐渐稳定下来的火焰里添柴。

"把不在场证明的问题转变为密室的问题。必须重新思考才行。"

"喂，透矢。"

正当我盯着火焰喃喃自语之际，红峰突然在我身边蹲下了身子。

红峰抱着自己的膝盖，眼睛凝视着火焰。

"果然……被别人看到的人影，可能就是我们吧?"

"被其他班级的人目击的人影吗?"

"嗯。是二十二点三十五分吧? 虽然我没有看表，但我们在窗外聊天的时候，大概就是那个时间段吧。如果是这样，那就老老实实地向黑子老师认错。"

"那照片上的窗户呢?"

"啊？"

红峰摇晃着双马尾回过头来，我语速飞快地继续说道：

"涨潮呢？足迹大小的差异呢？最重要的是，我准确记得回到男生楼的时间，是二十二点五十一分。如果我们在窗外交谈的时间是二十二点三十五分，这就意味着路上花去了约十六分钟。但去的时候只花了十分钟，第二次走的是同样的路，回程没理由比去程更慢。我的脚步没有迟疑，沙滩上的脚印也足以证明这点。因此我离开女生楼的时间，应该是二十二点四十分过后。"

火越烧越旺。

"向老师认错很简单，但这里面疑点太多了。"

"你是说……无罪推定？"

"是的，如果我是法官，现在还不会对我们下有罪判决。"

"那么，和花暮是在撒谎吗？"

既然我跟和花暮的对立已经几乎公开，那就没有掩饰的必要了。

"我们无法证明她是故意撒谎还是失误，但至少我和明神见面的事只是臆测，因为我实际上遇到的是你，和花暮诹由把编造的事情当成事实去说，并用这种方式误导讨论，这是不容忽视的。我绝不会放过她。"

"透矢，你不害怕吗？"

红峰的话音里带着困惑。

"像你这样，揭穿别人的谎言，直面真相，都不知道会有什么样的后果，你就没有一点害怕吗？"

"我害怕啊。"

回答自我口中脱口而出。

"在心理咨询室里，推理明神的推理，很少能得出令人愉快的答案。大多数时候，要么是某人背叛了某人，要么是事情偏离了预想……因为道出真相而伤害了委托人的事情屡见不鲜，我还没有迟钝到对伤害他人的行为毫无畏惧的地步。就算如此……"

我用力攥紧了手里的柴火。

"要是让我忽略真相，依赖谎言，用廉价的掩饰蒙混过去，那我宁愿现在就投身于这火焰之中。"

伊吕波透矢没必要屈从于谎言。

如果我是这样的人，那还不如烧成灰烬。

"我就是这种性格，没办法对错误的事情闭口不言。"

虽然做好了不被理解的心理准备，但我仍道出了心声，红峰轻轻地笑了笑。

"透矢真是强大，我好羡慕。"

我哪里谈得上强大。

真正强大的人肯定不会把这种小事放在眼里。

"不过，且不说这是不是谎言，和花暮同学为什么会说出那种话呢？"

"什么话？"

"她说透矢和明神同学见过面，还说听到了什么声音……但说到底就只是推测吧？冷静想想，感觉有点牵强。"

"或许是……"

这不是推理，而是想象。

正因为我憎恨这种想象，她才能想象到我会怒火中烧。

她之所以主张我们事实上见过面，而且对象不是和花暮亲自诱导我去见的红峰，而是并未谋面的明神。

那是因为——

216

“因为这样比较有意思吧。”

“明神同学，没想到你还挺会玩的！”

听到了欠缺礼数的大嗓门，我和红峰一起回过了头。

那是两位面熟的女生，一边是身材高挑的木村莉子，另一边是化着浓妆的矢加部结菜。两人都是帅哥二人组——春原和西宫的跟班。

在这两个人的对面，还有另一个人。

从缝隙间可以窥见一头流畅的黑色长发。

“我还以为你对男生没兴趣呢，原来不是呀？”

“喂喂，什么时候呀？你是什么时候开始和伊吕波交往的？”

“明明在涂鸦事件的时候你们还剑拔弩张的呢，这就是所谓的不打不相识吗？”

“哇，不错啊！”

两人兴奋地向明神抛出了一连串的问题，和昨晚濑野她们对我和红峰的质问如出一辙。

“哎！”红峰发出了同情的声音。

“这么一搞，果然就成这样了……”

和花暮的目的大概就在于此。

话题性。

那个明神凛音，在海滨夏令营的夜晚和男性幽会，这样一来，不负责任的围观者就会蜂拥而至。而我和明神所主张的天家齐加是犯人的说法太过普通，甚至毫无记忆点。

正因为如此，我绝不能承认这种事——这绝对无法认可。

"你帮我看一下火。"

向红峰交代完后，我站起身来。

木村她们并没有什么恶意，应该只是在身为高岭之花的明神身上发现了共同点，产生了亲近感，所以才想跟她聊聊罢了。

然而，明神却没有这样的经历，所谓晚上跟我见面的事实并不存在。要是被人以无凭无据的话题搭话，只会徒增困扰。总而言之，此时我必须介入，助她脱身。

"你没来教室的时候，也有跟伊吕波见面吧。"

"伊吕波虽然不好相处，但本质上是个温柔的人。果然男人就是要有包容力啊！"

"可你为什么要隐瞒呢？既然在交往，那就大大方方说出来！"

"是呀，昨晚的事也是，没必要说谎，不会有人——"

"我没有说谎！"

瞬息之间，周围鸦雀无声。

怒吼声在沉默中回荡不休，稍后，"啊""为什么"这般困惑的窃窃私语声在周围扩散开来。

不到五秒，所有的目光都集中过来。

所有人都凝视着因愤怒而涨红了脸的明神，以及在她面前畏缩不前的两人。

"咦？咦？不是……"

"没必要那么激动啦，我们不会告状的。"

"对，我们是站在你这边的。"

"犯人是那个人，"明神指向了站在远处的天家，"我……我并没有和伊吕波见面！"

"咦……不，可是……"

"和花暮同学不是说……"

"我说的都是实话!因,因为……我,我——"

她的声音颤抖不止,看起来极为痛苦。"我……我看到他了!昨天夜里,在女生楼——"

"明神!"

我一把抓住了明神正在指向天家的手臂。

然后,我将她纤细的手臂用力拽了过来,近距离瞪着明神因吃惊而瞪大的眼睛。

"我知道你很不甘心,但是——"

唯独你。

尤其是你。

"不可以说谎。"

明神愕然地睁开眼睛,身体一阵摇晃。

然后,她抿紧了颤抖的嘴唇,深深地垂下头,将脸隐藏起来。

"到最后,你也是……"

"怎么了?"

伴随着细小的嘟哝,似乎有水滴模样的东西落在地上。

就在我分心的瞬间,明神粗暴地甩开了我的手。

"明神!"

明神并没有回应,甩动着长发,快步离开了露营地。

"也没必要那么生气吧。"

"是啊。"

耳边传来了对着她的背影的窃窃私语,带着若即若离的意味……我回想起了之前看到的东西。

明神转身过去的那一刻。

在那一瞬间映入眼帘的脸——

就像一个被抛弃的孩子，这只是我的错觉吗？

*

明神同学就那么不想被发现吗？

总觉得不像是单纯的害羞吧。

或许有什么必须隐瞒的理由？

明神同学不是名门神社的巫女吗？

是不是这样，巫女，一定得守着那个吧。

啊？这年头还有那样的规矩吗？

那样是哪样？

动动脑子啦，笨蛋！

没法交男朋友？那也太惨了吧。

所以只能偷偷摸摸……

我关掉了班级群，也取消了通知。

露营地的事件发生以来，有关明神的流言甚嚣尘上。

谣言引来谣言，胡乱捏造的信息被添油加醋，最终酝酿出了与真相相去甚远的荒诞故事。

是伊吕波要她隐藏的吧？

是明神家反对吧。

他们没定亲吗？

听说伊吕波跑到明神家告白了。

即便只是普通地走在路上，我也能感觉到别人的视线。

到处都是窃窃私语。

我和明神，在他们和她们心中，究竟成了什么样子，我已无从知晓。

短短几个小时，他们看我的眼神已经完全不一样了。

*

"伊吕波。"

晚餐是自助餐。正当我四处取食时，川口鞍马跟我搭话了。

"外边好像有一些不负责任的流言在大肆流行，不过还请放心，我是相信你的。"

川口总是夸夸其谈，疏于行动，但他还是给了我一个可靠的微笑。

或许，也不能一棒子打死所有人，至少那些真正的朋友，不会被这种无稽之谈所迷惑。

"关于明神同学的事，我也衷心祝福！如果有需要，请随时找我商量，虽然我自己也没交过女朋友！"

川口哈哈大笑，我只得勉强挤出一个冷淡的微笑。

"哦，谢谢。"

对于大多数人而言，这可能并不是什么大不了的事。能和学校里头号美少女传出绯闻，说不定还是件令人沾沾自喜的事。

普通人遭遇这种误解，或许只凭一句"真没办法"就能继续生活。

但是。

但是，我却……

——网络报道的评论区，在脑海的深处滚动。

"……"

我转过身去，背向川口。

为什么呢？

为什么大家都能这般毫无顾忌地活着？

◆ 红峰亚衣 ◆

晚饭后，明神同学很快消失在了某个地方。

我连和她对话的机会都寻不到。她就像拒绝自身以外的一切，默默无言地回到了自己的房间。

也许，这就是我的使命吧。

此刻大家对透矢和明神同学已经有了如此的误解，那么透矢就无法再充当中间人了。正因为如此，我必须代替他与明神同学交流，在她和同学们之间牵线搭桥。

但是明神同学离去的背影，是如此地固执——

不，不对。

让我脚步声变重的，恐怕是我自身的问题。

我隐约知道这点……

"谣言已经传开了啊。"

吃完饭后，依旧坐在食堂座位上的真奈美看着手机说道。

"哎，毕竟是那个明神，我要是什么都不知道的话，大概也会兴奋得不行吧。"

"这么漂亮的人，却从没传出过绯闻。再加上对象是伊吕波，的确让人想不到。"

"嗯。可跟阿妈在一起的明明是亚衣啊。"

面对镜花冷静的话语，银靴一脸疑惑地歪过头。

这三个人都知道和花暮的推理是错的——事实上和透矢在一起的人是我。

"我还是把真相说出来吧。"

听到这嘟囔般的自语，三人立即转头看向了我。

"虽然大家没有恶意，但她以前连教室都不来，这下突然被传成谣言的主角，想必会很难受吧。"

"那件事不是已经过去了吗？亚衣，"镜花温柔地说，"事到如今再掺和进去只会让事情变得更复杂吧？弄不好还会被人当作破坏两人关系的电灯泡哦？"

"对，反正又没人真正说她坏话。明神同学迟早会习惯的，到时候就能一笑而过了。"

真奈美说得确实有道理。

镜花、银靴，包括我自己也都深知这一点。

事实上并没有人说她的坏话，也不是在欺负她。

只是——被当成了调侃的对象。

既然这样，还不如随大流应付一下，放宽心态一笑而过。即便与事实不符，也不会被当成不会察言观色的人。

要是连这种程度的事情都做不到的话，那她就根本不适合学校这种地方。

最坏的情况不过是恢复原状而已。明神同学大概会再次躲进咨询室，透矢可能会放弃把她带回教室的想法。

然后呢？

"大家很快就会厌倦八卦的，只要放着不管就好。"

"是啊……也许吧。"

或许是我想多了，或许只是透矢的好管闲事感染了我。

但是。

——没办法对错误的事情闭口不言。

透矢那坚定的话语一直萦绕在我的脑海。

◆ 伊吕波透矢 ◆

为了寻找一个可以独处的去处，我来到了公用楼的入口。

入口处空无一人，静悄悄的。我在自动售货机前买了一罐咖啡，一边在手里把玩，一边坐在了旁边的长椅上。

距离男生楼的通道关闭之前还有一段时间。回到房间之前，我只想找个安静的地方整理一下思绪。

为了找出真相。

让明神说出那种迫不得已的谎言，完全是我的无能。要是我能封住和花暮的反驳，完美地推理出明神的推理，那她就不必说自己看到了不曾见过的犯人。

我需要解释。

我需要连和花暮也完全无法反驳的完美解释。

于是，我抓住每一个机会，试图从各个同学那里搜集信息——和花暮所说的窗上的锁，显然无法通过耍小聪明的手段蒙混过关。既然如此，只能当作认知上出了错误，所以，我想明确当晚同学们各自做了什么，以及他们的行动。

首先是同室的川口等人，我先去了女生楼，待老师巡视完后，东条是唯一一个先睡的人。据说为了照顾他，余下的两人是关灯聊天的。随后我就回到了房间。

接下来，隔壁"运动社团帝国"的房间里，巡逻完之后似乎在打枕头仗，据说结束时已经将近二十三点了。

春原等人的"恋爱至上主义公国"的男生和中迫等人的"边缘人人民共和国"的房间里，据说主要是春原和西宫在热火朝天地闲聊和打游戏，不太擅长人际交往的中迫和久留米都没有参与，不是在专心看书，就是在广缘上发呆打发时间。记得芽里垣曾拍下过他们的身影。

"御宅联盟"的证词并没有变化，他们一直在男生楼的房间里玩耍。

接下来的女生楼——首先是被我怀疑调换房间的"恋爱至上主义公国"的四名女生，她们声称自己在房间里聊天。

隔壁的"反男子条约机构"和"吊车尾自治国"据说关掉了灯，安静地躺在被子里睡觉，偶尔刷刷班级群的消息，芽里垣和汤之岛在窗边拍照。

因为我自己就在"花样女子王国"的房间，所以略去不表，问题的焦点在于和花暮诹由与六斋堂纯乃所在的"文化社团合众国"。据说当时她们基本已经就寝，非常安静，正因为如此，才能察觉到有人在走廊上向着窗户走动的迹象。但正如我所指出的那样，二十二点三十二分的时候她们曾起床拍照。

如果明神的推理并无谬误，那么证词中的谎言是必然存在的。问题是究竟是谁，又是为了什么而说谎——

"伊——吕——波。"

正当我沉思之际，前方传来了我最不愿意听见的声音。

我抬起头，来者是穿着运动服的和花暮诹由，她脸上挂着略带寒意的柔和笑容，俯视着坐在长椅上的我。

"有何贵干？"

我低声应了一句，和花暮的脸上浮现出充满包容力的笑容。

"我刚洗完澡，想喝点什么，于是就来到了自动贩卖机，碰巧伊吕波也在。这是真的哦，对吧？"

哼……在我面前已经不打算隐藏了吗？

和花暮单手拿着卡包，走到了自动售货机前，将 IC 卡往上边一刷。嘴里嘟哝着"嗯……就这个吧"。

"咣"的一声响起之后，她弯腰把掉在取货口的饮料瓶拿了起来，转身又走向了我。

"我可以坐这边吗？"

要是一口回绝，感觉会正中这家伙的下怀。

"随你便吧。"

"嗯。"

和花暮简略地应了一声，在我旁边坐了下来，中长的波波头轻轻飘舞，散发着清新的洗发水香味。即便是这样的家伙，身上的气味也和明神和红峰相差不大，令我感到了莫名的不适。

和花暮拧开瓶盖，喝了一口茶，当她把嘴从瓶口挪开时，我率先开了口——

"这下你满意了吧？"

"什么？"

她将喝掉一半左右的饮料瓶用力拧好。

"正如你所希望的一样，明神已经和同班同学拉开了距离。你所谓的'阶级'，应该由此变得更加稳固了吧。"

"唔……怎么说呢，明神同学不是早晚都会变成那样吗？"

"有红峰的协助，刚好可以让她适应班级，是你毁掉了这一切！"

"可是明神同学似乎并不希望回去呢，不过——唔，我确实是推了一把。伊吕波，你才是我的目的哦。"

"我？"

"你应该能理解吧？世人大都愚蠢。"

226

一时间，我无言以对。和花暮则保持着微笑，仿佛在谈论自己最喜欢的衣服。

"这句话听起来像极了游戏中的最终魔王所说的台词。不过，说实话，尽管人类有着发达的大脑，但经常使用它的人并不多。基本上都是偷懒耍滑，随波逐流。他们尽量避免思考，迎合周围人的想法，节约精力，不愿做累人的事——即便明知这是错误的，也得察言观色，将其认定为正确答案。"

比如把嫌疑人当成犯人。

比如把承受谣言的人当成减压工具。

比如把新闻中的人当成玩物。

"红灯亮起的时候，只要大家一起穿马路就不怕了，令人惊讶的是，这些人从不考虑过马路时所有人一起被车撞到的可能。他们觉得既然大家都在过马路，汽车就不会过来。为了自己方便而篡改真相——这就是人类这种生物的习性。"

"我不否认。这是群体心理和正常性偏见等在心理学领域已经得到了验证的现象，但人类也具备抗拒这种习性的理性，是吧?"

"不对哦，这只是一小部分人的情况——人类的学名'智人'，它在拉丁语中好像是聪明人的意思，但这名字也是聪明人想出来的吧。起名的人大概完全不了解世上有很多人比被耍的猴子好不到哪儿去，只会看别人脸色，只会依照别人的期望扮演自己。"

她用在教室里和友人聊天时的热情态度，接二连三地抛出尖刻的话语。

"但这也是没办法的吧，留名史册的总是聪明人，而那些只会迎合周围的庸俗之辈，死后就会消失得不留痕迹。因此误以为人类是聪明的生物，也算可以理解了……这样的说法很难听吧?别误会哦，伊吕波，我打心底里爱着这些无法自主思考的愚人们哦。"

"爱？"

"是啊，爱。可怜又可爱，爱得让人无法自拔。因为，你看——可怜的东西，不是会激发人的保护欲吗？"

听到这令人反胃的自以为是，我一时间头晕目眩。

这种感觉很快就过去了，那是因为我登时感到了一阵寒意。

我已然察觉到和花暮是怀揣着怎样的目的说出这些话。

"伊吕波也是吧？你是因为明神同学太可怜了，所以才想保护她的吧？"

有那么一瞬间，我几乎承认了这点。

因为知道了真相，我能断言自己对那个无人理解的少女——明神凛音从未感到过怜悯吗？

我或许把曾经的自己投射到她的身上，同情她，怜悯她——正因为觉得她可怜，我才愿意成为她的律师吧？

"不对。"

我穷尽理性来反抗。

"我只是觉得明神应该被人理解，我认为这才是正确的，现在这个情况，是错误的，这就是全部的理由。"

"理解，理解是吗？这么说来，我就不该被理解吧。我的想法不该被任何人理解，是错误的，对吧。"

"没错。"

"这种情况不适合无罪推定吗？"

"已经验证过了。和花暮诹由，你是错误的，不存在其他可能性。"

"至少拿出点证据吧。"

"证词也是证据。"

"啊哈。"和花暮诹由像是再也按捺不住似的笑出了声。

"怎么了?"

"那个啊,伊吕波,你是第一个如此费尽心思琢磨我的人吧。即便这个结论是在否定我,但你在我身上花的心思绝对不输明神同学,这让我很开心哦。"

"现在说这些,到底是什么意思?"

"这都是我的真心话哦,毫不夸张、毫无掩饰的真心话——正因为这样,我才想要推翻你的结论。我希望你能够理解我,我相信如果是你,一定会跟我有所共鸣的。这样的话,我一定能让你幸福的。"

这番话并无一丝一毫的思考价值。

"滚吧,你是我的敌人。"

你我全然不同,全然对立。我是真理的信奉者,你是虚构的追随者。而我对虚假的幸福没有半分兴趣。

"啊,我被甩了,今天的谈判破裂了呢。"

和花暮开玩笑似的说着,就这样"嗯"了一声,挺直了脊背。

"没想到伊吕波这么顽固,一旦认定了什么,八匹马都拉不回来。"

"在我看来,你才是那种类型。"

"那么,我就提出一个证据吧——伊吕波,我觉得你无罪推定的立场,早就已经破绽百出了哦。"

什么?

无罪推定一直是我内心的支柱,是金科玉律,别给我胡说八道。

"因为啊——"

一瞬间，和花暮探出身子，在我耳边送来了恶魔的低语。

"你从没想过明神同学的推理有可能是错的，对吧？"

······

"'明神说的都是对的'——你是从这点出发开始思考的吧？这是当然的，毕竟她从来没有出过错，对吧？这样一来，在潜意识中有这样的认知也是没办法的——毫无根据地盲信也无可厚非。"

······

"不过没关系哦，伊吕波，别沮丧哦——这很正常。通常情况下，这跟证据和推理都没有什么关系，只看你愿不愿意相信而已。"

像是要撇清关系似的，和花暮迅速抽身，"呦"了一声气势十足地站了起来。

然后她转过身来，居高临下地看向了我。

"只相信自己愿意相信的东西，到头来这才是最幸福的，对吧？"

言毕，和花暮拿着喝了一半的饮料离开了。

看着她的背影，我什么都没做。

没有反驳，没有抱怨，唯有被戳中要害的震惊在内心回荡。

只是我隐约有一种印象。

那种态度——义正词严地说着正确的话的模样。

像极了……明神芙蓉。

*

"人类基本上是越聚在一起就越无能的生物。"

明神芙蓉嘴里叼着巧克力点心说道。

"所谓友谊的力量，归根到底不过是稀释责任的借口，是一种让人心安的万金油罢了。无论是多么出色的智慧和理性，在群体中都会被破坏殆尽——哪怕不用我说，你也能明白的吧，伊吕波。"

此处是公用楼里专为学校心理辅导老师准备的小房间，就像是学校的心理咨询室。之所以设置这个地方，似乎是为了在海滨夏令营期间，照顾那些身处陌生环境中无法适应的学生。

然而，明神老师却在办公椅上玩着手机游戏，松懈得让人不敢相信她承担的是如此重要的工作。

"你跟和花暮只有一点区别，那就是对人类的习性究竟是恨是爱，在我看来，两者其实区别不大——爱的反面是漠然，这种陈词滥调就用不着引用了吧。爱与恨，两者在情感的范畴里是属于同质的东西。"

"就是你吧？"为了打断她那不着边际的话，我单刀直入问道，"创造和花暮诹由的人，就是你吧，明神老师？"

"人类是无法被创造的。人和人的关系可以被设计，但人类本身是无法设计的。我只负责倾听烦恼而已。作为学校的心理咨询老师，我已经够尽职的了。"明神老师连眼睛都不抬，就这样盯着手机，低声诉说道。

"那是和花暮还在读初中的时候。"

仿佛已经看穿了我的意图，明神老师开始了她的讲述。

"有个女生来找我咨询，她说自己老看别人的脸色行事，这令她十分烦恼。只求迎合周围的人的期待，无法坚持自己的意见——这着实是初中生特有的自我意识的烦恼，伊吕波，你多少也有所体会吧？"

"那你是怎么回答的？"

"这并不是坏事哦。"

她的话如此简单。

但是——

"'不如想想该如何发挥这个长处吧'，嗯，我大致是这么说的。"

这话听起来平淡无奇，很像是心理咨询老师给出的对症下药的建议。

但是，一想到这话出自明神芙蓉之口，不知为何，总觉得其中蕴含着超乎寻常的力量。对于这个说话总是很占理的人而言，这个答案实在是太正确了。

"过去的人曾以为是天空在运动，而非大地。尽管事实上是他们自己在移动，却始终坚信世界在转。同样的，那些易于被他人左右的性格，要是换个视角来看，也有可能把他人折腾得团团转。只需察言观色，探寻内心，分析反应，就能轻易操纵他人。若能发挥这一长处，她的烦恼就会烟消云散，获得拯救。"

"你疯了吗?"

获得拯救? 这能得到拯救吗?

毫不在意地操控人心，并以居高临下的姿态设计人际关系，这算哪门子拯救?

"从松田学姐的事情开始，你的做法就很不对劲，这全都是你的错吧! 是你教唆了和花暮，导致明神不来教室了。明明把明神托付给了我，却亲手把她逼得走投无路，你到底想干什么啊!"

"我只想拯救眼前的人哦。"

咔嚓，她咬断了嘴里的巧克力点心。

"因为教会了和花暮处世之道，导致凛音不去教室，这只是结果论。但即便明知会有这样的未来，我也不会放弃眼前的和花暮。为寻求帮助的人施以适当的援手，这就是我的工作，也是我的存在方式。至于由此产生的问题，可以在事后予以抵消。"

"那个'抵消'的工具，就是我吗?"

"是哦。"

"人不是数值，失去的东西不可能凭空恢复到原状，这条路是走不通的。在这个过程中总会失去某些东西！"

"要是没有失去的觉悟，就什么都得不到哦。"

老师从包装袋里拿出一块新的巧克力点心，将一端对准了我的脸。

"面对现实吧。那种皆大欢喜的结局，只存在于故事里。"

真的啊，这人就只会说些正确的话。

正确——其实并非如此。

只是看似正确而已。

"你的确将和花暮从痛苦中解放了吧。"

因为如今的她总带着笑容。

似乎忘却了其他表情，任何时候都是笑脸。

"可是，如果她擅长察言观色的话，那她又怎么可能没有觉察到明神的痛苦呢?"

明神怀抱的痛苦，在于自己的真实被玩弄，被漫不经心地改造和消费。

对像和花暮这样的，只在意别人眼光，而没有自我的人来说……

"这不是不言自明的真理吗?"

她没有觉察。

不对，一定是假装没有觉察，视而不见而已。

这一定是——

"你并没有肯定和花暮，而是否定了她。不过是麻痹她原有的敏感，用迟钝的残酷面具保护自己而已。所以那家伙才变成那样了吧，才变成没法理解他人痛苦的人了吧！"

我用尽全力瞪着若无其事的明神芙蓉。

"这能称为拯救吗?"

一个只能通过操纵他人来获得对自己的认同的人。

她所渴望拥有的自我根本无处可寻。

"那个毫无真实性的虚构怪物——那真是被拯救的人该有的样子吗?"

明神芙蓉的眼睛甚至没从手机上移开。

"那就是拯救哦。"

她的语气好似被问及遥控器摆在哪里一般自然。

"没有什么东西像真相那样坚硬且脆弱,也没有什么东西像虚构那样柔软且牢固。"

她理所应当地说出了看似正确的话。

"能够给人救赎的真相是很少的,伊吕波——以你那少得可怜的人生经验,样本太少了。"

……我知道。

我当然知道。

即便如此,我仍有我想要相信的东西。

即便没有任何证据。

◆ 明神凛音 ◆

我知道。

我一直都知道。

到头来,伊吕波同学也无法成为我,不管把我的推理说中了多少,但归根到底,他终究无法完全理解我。

就连我自己也没法完全理解。

平时的伊吕波同学究竟在想什么呢？教室里的他，以及和红峰同学在一起的他……这些事情，我了解得少之又少，甚至可以说一无所知。

换句话说，人类就是这样的生物吧。

人心不同于推理，亦不同于逻辑，即便累积再多的证据，依旧无法触及那幽深不可测的本质。

即便偶尔以为自己明白了什么，终究只是错觉。

不经意间脱口而出的话，纠正了我的自负。

我知道，我一直都知道，我只是个孩子。

这样的事实，世上所有的大人都心知肚明——我早已舍弃了想要别人完全理解自己的奢望。

正因为如此，我才能和他人共同相处。

也正因为人终究是孤单的，才能和他人共同存在。

但是。

尽管如此，我……

"……"

清冷的月光照进了昏暗的室内。

我无处可逃。

无论如何也无法逃避内心涌现的真相。

那些普通人视而不见的事物……我却无论如何都不能将其忽略。

神明啊。

如果这真是你的声音，你是在要我放弃为人吗？

"明神！"

突如其来的声音让我肩头一震。

我把目光从窗外转向了门的方向。

从紧闭的门的对侧，传来了熟悉的男声。

"明神，对不起，这次的事情全是因为我能力不足。"

一如既往认真，一如既往诚恳，这正是伊吕波同学的声音。

"让你感到痛苦真是抱歉，但事情不能就这样不了了之吧？所以，请务必协助我查明真相。"

伊吕波同学的话总是正确的。

优等生的化身，圣人般的举止，他的言行无不合乎道理。

就像——就像姐姐一样。

"无罪推定是吧？"

"啊？"

"把别人的话认定为说谎，就是你所谓的无罪推定吗？"

他的话堪比教科书。

明明不明白伤害我的究竟是什么，却还是试图通过罗列对所有人都通用的正确言辞来解决问题。

回想起来，从一开始就是这样。

他从未考虑过我说的是真话——就按照无罪推定这个不知是谁提出的规则，把我当成恶人。

所以我才讨厌他。

所以我才不想去他所在的教室。

"红峰同学倒是好得很呢，总是被你所谓的无罪推定所保护，感情当然好了。但我不一样，我对你那个无罪推定一直以来就只有怨言，真是受够了！"

隔着门，我能感觉到他屏住了呼吸。

"什么无罪推定！说到底，不就是觉得我的话靠不住，不值得信赖吧！到目前为止，我的答案从没错过，可你宁愿相信那些顽固不化的规则，一点都不相信我！"

曾有过自以为心意相通的时候。

曾有过这样的误解，以为你需要我，就像我需要你一样。

然而，真相总会在不经意间从口中滑落。

"不可以说谎。"

"有时候……"

声音颤抖不止。

明明非我所愿。

这样的软弱……我根本不想展示给你看。

"有时候，我真希望你能在没有任何证据的情况下相信我。"

你从来没有立即相信我的话，一次都没有。

每次都怀疑。

不经过任何验证，就断定我在说谎。

这就是你所谓的无罪推定，是吧。

"……"

说点什么啊。

来反驳我啊。

你最擅长的不就是这个吗？总是对我说的话不停挑刺。

为什么——为什么什么都不说！

"……"

我用衣袖拭去流下的泪水。

然后，向门外那个曾是我律师的人宣告道：

"我们的委托关系，就到此为止吧。"

已经不需要了。

我已经不需要你了。

"谢谢……你一直以来的照顾。"

像一开始这样就好。

不依赖任何人就好。

一切的一切……由我自己完成就好。

我的推理——由我自己推理就好。

◆ 伊吕波透矢 ◆

在分不清是梦境还是现实的浅眠中，我缓缓醒了过来。

清爽的晨光照射在木质天花板上。

我就这样盯着天花板看了一会儿，但压在眼皮的重量还是没有减轻。

被褥中的身体迟迟不愿挪动，脑海中彻夜回荡的声音再度复苏。

——谢谢……你一直以来的照顾。

"……"

连呻吟声都发不出来。

我很想哭，却连哭的资格都没有。

我这个人，真是愚蠢到无可救药。

哪怕沉浸在如此的自我厌恶中，我也无法原谅自己。

"……"

我缓缓坐起身来。

脑子里一片空白。

一直在飞速运转的大脑彻底停了下来。

尝试停下脚步之后才发现，原来一切竟是如此简单……简单到可怕的地步。

◆ 红峰亚衣 ◆

海滨训练营的第三天。

今天结束后，明天差不多就该回去了，可以说是实质上的最后一天。本日的主要活动是体验当地的职业。

同学们一边吵吵嚷嚷，一边抓住大渔网的边缘，像拔河一样将其从海里拽了上来。当装满鱼的渔网被拖上来时，我用力过猛，一屁股坐到了沙滩上。

"疼死了！"

"你在搞什么？"

当我发出尖叫时，透矢讥讽似的撇着嘴唇盯着我看。

"瞧这副丑态，真看不出是前两天笑话别人摔倒的家伙呢。"

"你还在记仇啊，这有什么办法！我的身体平衡就是比别人差，你瞧瞧我这体格！"

"这跟摔得四仰八叉没关系吧。"

说着，透矢伸出了手。我握住了他的手，用力往我这边拽，但透矢纹丝不动地把我拉了起来。虽然透矢看起来很柔弱，但作为男生最起码的肌肉还是有的，想到这里，我的心又莫名悸动了一下。

我拍了拍屁股上的沙子。

"要不我扶着你吧，免得你摔倒。"

"又不是学骑自行车，不需要啦！"

"那就好。"

说完这句，他就离开了我，似乎又找到了需要照顾的对象。

和往常并没有什么区别，正是我熟知的伊吕波透矢。

要说有什么不同，那就是……明神同学不在。

明神同学从今天早上开始就没有露过面。

*

捕鱼体验结束后，班级分组乘坐游艇。

游艇顶风行驶在大海中。众人纷纷踏上甲板，环顾着蔚蓝的大海拍照玩耍，像孩子一样兴奋不已。

我也被其吸引，想要加入进去。

刚走到船舱出口，我停下了脚步，扭头往回看去。

客舱里只有一个人还坐在座位上。

就像屁股被粘在了椅子上一样，他一动不动地透过窗户眺望大海。

他的表情很自然。

这样的侧脸并非颓然，只是发呆。好比上课时从窗户俯视其他班级上体育课的表情，仅仅是打发时间的表情。

谁都会有这样的时候。

然而——

在伊吕波透矢身上，我还是头一遭看到这样的表情。

如此这般，似乎什么都没在想的表情。

"透矢，不出去吗？"

回过神来的时候，我已经转身走回去了。

背对着在甲板上嬉闹的同学们，朝一味枯坐的透矢走去，向他搭话。

透矢眨了眨眼，然后终于抬头看向了我，露出了略带嘲弄的微笑。

"我可没幼稚到在船上胡闹，从这里看看就行了。"

正是因为他的态度一如既往，所以略微迟缓的反应才显得格外惹眼。

我坐在了透矢旁边。

见此情景，透矢疑惑地皱起了眉。

"你不去吗?"

"如果和透矢一起的话就去。"

他诧异地顿了一顿。

"这是什么意思?"

我没有回答。

而是反问道：

"你跟明神同学之间发生了什么吗?"

我并没有问是不是发生了什么，而是以发生了什么为前提——这种事情，只要看看透矢的反应自然就知道了。

大概其他人不会像我一样看着透矢。

所以——这是不言自明的真理。

显而易见，无可辩驳。

"……"

透矢沉默了数秒，我则凝视着他的侧脸。

想瞒过我是行不通的——透矢一定也明白吧。

"唉……"

长长的沉默过后，传来一声深沉的叹息。

"真难啊。有什么地方不对劲吗?"

"因为明神不在，你却完全不提她的事，那个过度保护的透矢居然会这样。"

"我倒是没有过度保护的意思。"

透矢将全身靠在椅子上，仰望天花板。

脱去伪装的透矢显得疲惫不堪。

"不得不说，现在的我对透矢可是相当过度保护呢。"

像是要抓住透矢一般，我把手放在他的大腿上，开口向他问道：

"告诉我，明神同学究竟怎么了？我已经不是无关的人了吧？"

透矢闭上双眼沉默了一段时间，像是昏睡过去了一样。

大约十秒后，他终于抬起眼皮，缓缓地动起了沉重的嘴唇。

"没什么大不了的。"

他的语气充满了自嘲和自责。

"只是被解雇罢了。我被指出能力不足，然后被解雇了，仅此而已。"

"解雇……被明神同学吗？她说不需要你了吗？为什么？"

"这是理所当然的事。"

言语简略，声音平静。

"我明明是她的律师，却不相信她——没有证据，没有验证，就断言她在说谎。"

透矢这般说道，仿佛在压抑着自己的感情。

"直到她亲口告诉我为止，我都没有意识到这就是问题所在。"

——不可以说谎。

回想起昨天做饭时透矢对明神同学说过的话，我不禁倒吸了一口凉气。

就因为这个？

之所以这么想，是因为我什么都不知道——关于对透矢和明神同学之间发生了什么，其实我一无所知。

这一定是很重要的事吧。

会让那个透矢变得如此虚弱，这一定是个致命的错误。

"她现在需要的并不是正确。"

平淡的声音逐渐变得扭曲。

"正确带不来任何东西，也没法陪伴那些受伤的人。唯独我应该……不管其他人如何，唯独我应该……"

耳边传来牙关紧咬的声音。

透矢紧握的拳头开始发颤。

"唯独我……应该……应该站在她这边的！"

透矢紧握拳头狠狠地砸在了膝盖上。

一次又一次，一次又一次，就像在惩罚自己一样。

我完全不知道。

我完全不知道透矢和明神同学之间前前后后究竟发生了什么。不知道透矢为何如此懊恼，也不知道他为什么愤怒。

但我知道，这样下去是不行的。

如果继续这样发展，透矢和明神同学之间再也没法回到从前了。这跟我和朋友吵架完全不是一个层次的事情。透矢和明神同学都是认真且固执的人，各自都有无论如何都不能妥协的底线。所以面对彼此行事相悖的一面，大概一辈子都无法接受对方。

明明是如此心意相通的两个人。

而我连插嘴的机会都没有。

但是，要是就这样放任不管呢？

我的心怦怦直跳。

一闪而过的思绪令我全身僵硬。

如今，如此虚弱的透矢身边还有谁呢？明神同学从早上开始就没现身，透矢身边只有我一人。既然如此，干脆就这样放任不管吧。

一直这样下去。

透矢身边就只有我了。

——我会记住你的，红峰同学。

声音在脑海中复苏，

这是明神头一次呼唤我名字的声音。

不可能忘记。

我并不喜欢明神同学。我们的性格根本不合，然而，在那一瞬间，我觉得我们或许能成为朋友。

我教她怎么使用手机，看着屏幕的明神同学是如此的开心。

我抢先回答透矢的问题，她不甘心地噘起了嘴。

她既非高岭之花，也非孤高的美少女。就只是个普普通通的女生而已，只是生性有些难以相处。

没有理由。

没有理由让她在不被理解的情况下度过一生，绝对没有。

啊啊……

我不懂。

一点都弄不明白。

我……为什么是如此甘于吃亏的性格。

没错，我确实喜欢透矢，喜欢得连我自己都吓了一跳。无论何时都想跟他在一起。

想要拥抱，想要亲吻，想要触碰他的身体，几乎没有一天不怀着那方面的妄想。

但是，这有那么重要吗？

第一次被叫到名字时，喜笑颜开的脸庞。这些珍贵的回忆真的可以尽数毁弃，任意糟践吗？

一旦这么想，就再也无法接受了。

我已经不想做这种厚脸皮的事了。

三个月前，当我擦掉桌面上那些惨不忍睹的涂鸦时，心中郁闷得不行。

我讨厌自己的渺小和卑怯，讨厌得无以复加。

可我没有哭泣的资格。明神同学所受的伤害更甚于我，我没有资格流泪。

我无数次地想过。如果我也能够不顾气氛，不随波逐流，挺身而出冲到那时的我的面前——如果我能拥有透矢那样的勇气的话。

我已经受够了那样的心情。

我已经受够了那样的自己。

所以——

——啊，没错，就是这样。

这才是对我而言最重要的东西，这才是我的真相。

◆ 伊吕波透矢 ◆

"不可以垂头丧气的！"

突然间，我的肩膀被人猛力一拽。

回过神来的时候，红峰的脸出现在正上方，我的头被她固定在大腿上。

"扭扭捏捏地做什么啊？你挺身保护我的时候，根本没有看过我的脸色好吧！"

我的肩膀被她抓住，动弹不得。

不知为何，红峰一副快哭出来的表情，用直白的言语向我大喊着。

"委托？解雇？什么跟什么啊！当你为我出头的时候，我委托过什么了吗？喊你救我？向你哭诉？都没有吧！你当时可是毫不犹豫地站出来庇护了我，那份自作主张的劲头上哪儿去了？"

游艇的引擎声和激起的海浪声将她的叫喊声封闭在船舱内，只在我耳边回响。

"被明神同学讨厌了？那又怎样！我所认识的伊吕波透矢，是个爱管闲事，惹人厌烦，又爱瞎操心的家伙！明神同学不是一直依赖着你吗？既然这样——"

是啊，没错。

既然这样——

"明神同学爱怎么说就怎么说，你尽管去帮助她好了！"

她涨红了脸。

愤怒，悲伤，沮丧……夹杂着种种情绪的泪水，啪嗒啪嗒地滴落在我的脸颊之上。

看着这样的红峰，我开始思考。

我不得不思考。

——不得不再度迈出前进的脚步。

"……为什么，你要做到这个地步？"

你没必要哭泣。

你没必要如此拼命。

这是我和明神的问题，理应跟你没有任何关系。

"那是因为——"

红峰红着脸，绽放出了如花的微笑。

"希望自己喜欢的人看起来帅气一点吧。"

"咦？"

——摸吧。

壁橱里的红峰的话语流入了空白的思绪中。

记忆中的红峰和眼前微笑的红峰塞满了我的脑海，我僵在原地，一句话都说不出来。

看着这样的我，红峰"嘻嘻"地坏笑着。

"正因为这样，才会惹明神同学讨厌吧？阿宅君。"

她用手指戳了戳我的脸颊，我的头脑终于完成了重启。

"别把戴眼镜的男人都当成阿宅。"

我慢慢拨开了她不停戳着我的脸颊的手指。

居然把这种一如既往的玩笑话当真了——唉，真是的，饶了我吧。

这是我第二次被女生责骂了。

上一次是被明神老师驳倒之后，被明神训了一顿。

而这次是遭到明神的解雇之后，被红峰训了一顿。

"哈——"

够了。

茫然也罢，迷惑也罢，全都显得太过低效。

毫无意义，毫无裨益，答案早就了然于胸。

红峰提醒了我。

既然如此，唯有用已然重启完毕的大脑去证明这点。

是啊——我无须揣度任何人。

被人讨厌？被人拒绝？那又如何？

你曾经与我对立，这与委托人的身份无关，就像与和花暮的关系一样，我们曾是彼此的宿敌。正因如此，我才不愿相信你，我们的关系，从一开始便是建立在不信任之上。

但是——

好吧，我承认，和花暮的指责是正确的。我对你太过了解，了解你的思维方式，甚至了解你会做出怎样的选择。随着时间的推移，你在我眼中不再只是敌人。

正是这种变化，扰乱了我始终秉持的无罪推定的原则。

证据、依据和逻辑，一度被我奉为绝对正确的事物，令我失去了理智。

我只能承认，除去承认以外别无选择。因为事情已经发生。问题是接下来该怎么做？我的解答由此开始。

仔细一想，答案便自然而然地涌现出来。

从内心深处涌现的真相只有一个。

明神凛音。

曾经因为不相信，而想要试着去相信你。

如今却因为想要相信，所以选择不相信。

听好了，这就是我的希冀。

我并不知晓你的感受。

所以，即便没有委托，即便没有合同，即便并非律师——

——你的谜题，由我作答。

"透矢？"

红峰担心地呼唤着我，我则深吸了一口气。

"谢谢你，红峰。我现在稍微清醒了一些。"

"是吗？"

"顺便提一嘴，我想请你帮个忙。"

"嗯？什么？"

"能让我稍微睡一会儿吗？"

"啊？"

我把头枕在红峰丰腴的大腿上，闭上了眼皮。

眼前一片漆黑之际，一直压抑着的睡意瞬间袭来。

好了，先睡一觉，而后我将启程寻找所有问题的答案。

"不，等，等一下，其他人马上就要——透矢？喂！透矢！"

*

在游艇轻轻的摇晃中，我解决了睡眠不足的问题，一回到合宿宿舍就展开了行动。

我已经知道自己该如何行动，或许是睡眠的关系，抑或是思维在无意识间产生了偏差，直到今天早上我还在苦恼的问题，如今似已消失无踪。我已然制定出了推理的方针。

我需要的是确认。

确认一些信息，以印证我此刻的推测。

"原来是这样啊。"

在"运动社团帝国"的房间里，我独自一人参透了答案。

我一边看着放置着红色花瓶的壁龛，一边翻看着班级群的历史消息。有了，昨天早上，在被大碇老师叫去之前上传的一张我未曾注意到的照片——善光寺在这个房间里扮鬼脸的搞怪照。

我对比了照片背景中的壁龛和眼前的壁龛。

两边都放着红色花瓶。

我向着房间里的三良坂等人说了一声"打扰了"，随后便走了出去，由于没解释清楚就强闯进来，房间里的人全都一脸狐疑。

接下来的去处已然确定，那是隔开两间房的"御宅联盟"的房间。

我如法炮制敲开了门。

"伊吕波？"

"打扰一下。"

出来的是天家齐加，但我现在并不需要找他。简单地打了声招呼后，我自说自话地走进了房间。

"喂，喂！"

当我推开天家矮小的身体进入室内之际，其余四人全都一脸困惑地转过了身。我没有搭理他们，而是径直穿过房间中央，靠近了壁龛。

那里放着一个蓝色的花瓶。

我蹲下来检查花瓶正面，然后从上方探出头来，看了看背面。

"喂，有件事想向你们打听一下，"我对那些似乎搞不清状况的天家等人说道，"你们对这个完全没有印象吧？"

我一边说，一边转动花瓶，以便让他们看到花瓶的背面。

"呃？"

五人登时呆若木鸡。

花瓶背面有一条很大的裂缝。

"打扰了。"

这足以作为证据，我拍了张花瓶裂缝的照片，然后离开了房间。

如此一来，信息应该已经大致齐全了。

之后要做的只是整理一下，确认有无漏洞。

"你还打算继续战斗吗？伊吕波？"

正当我带着推理笔记本前往公共楼时，明神老师已在此等着我了。

她靠在男生楼通往公共楼的走廊墙上，双手插在白大褂的兜里，盯着对面的墙壁。

"作为一名教育工作者，我奉劝你放弃。你的理性分析与和花暮的做法并不相容。相比正确的东西，人们往往更喜欢容易理解的东西。明知如此，你还要挑战吗？"

"是啊，我没有投降的理由。"

也没有踌躇的理由。

反抗这种事情，才是我的生存之道。

"这事本不该由你出场，"老师像抽烟一样叼着巧克力点心，"只要凛音放弃那无聊的自尊心就行。我并不是要她放弃自我哦，只是她太习惯孤独了。"

"……"

"在孤独中不自知的事情有很多，但相比在群体中不自知的事情，已经算少得很了。因此在孤独中过度自知的人，是无法融入群体的。她必须学会在孤独中寻找容身之处的方法。"

面对她看似一贯正确的说辞，我不为所动。

我堂堂正正，昂头挺胸地宣告道：

"明神并不孤独——她还有我。"

即便被嫌恶，即便被拒绝。

明神凛音还有我。

"那只是双份的孤独而已，你也是个过度自知的人。"

"既然如此，就只能让大家都产生自知了。"

用尽言语。

用尽心力。

"我相信……人类是能够做到这一点的生物。"

不囿于简单易解，更希望知晓正确的生物。

不沉溺于感官愉悦，以温柔为行动力的生物。

不甘于随波逐流，能够迎难而上的生物。

"你想要唤醒愚人吗？"

巧克力点心断成了两截。

"真幼稚啊，伊吕波。"

"幼稚就幼稚。"

我迈出了一步。

"比起什么孤独或群体……成年人才是最不自知的，是吧，老师？"

我把明神老师留在原地，向着公共楼走去。

◆ 红峰亚衣 ◆

在公共楼的多功能厅里，我们完成了今天最后一个项目。

班级的娱乐活动无非是一些类似丢手帕或者抢椅子之类的小游戏，对高中生而言，这本就是颇为无聊的游戏时间，但到了中途，柚子班主任就离开了，似乎在释放一种"你们随意"的信号，接下来终于到了货真价实的自由活动时间。

被留下的学生很快在多功能厅按组散开，扎堆闲聊打发时间。

"伊吕波那家伙，从中午开始就没见到人，他上哪里去了？"

真奈美这么一说，镜花意味深长地笑了笑。

"搞不好真的在和明神同学幽会哦。"

"喂，别这样啊镜花，亚衣很纯洁的，会当真的吧。"

"不，才不会，你们究竟把我想象得多天真啊？"

"幽会是什么？是我想的那种事吗？"

"没错，银靴，是你想的那种事哦。"

但是，看不到透矢的身影着实让人在意。

游艇活动结束后，他一个人不知去了哪里，之后也没联系过我。他都不知道他睡午觉的时候我有多害羞……

如果真的去见了明神，那也太让人不甘心了。

不，要真是那样也就算了。那两个人要是能和好的话，也不枉我被大家围着，冲着我和睡在我腿上的透矢起哄——嗯……不，果然还是不划算……！

我已经忍受了如此大的屈辱，要是还没有任何进展，到时候非得狠狠修理他一顿不可。正当我默默地扬起斗志的时候。

多功能厅的门打了开来。

众人都以为是柚子老师回来了，纷纷压低声音回过头。然而，短暂的沉默很快就被充满困惑的气氛所取代了。

是明神同学。

明神凛音步入了多功能厅。

"……"

显然，迟到一段时间来参加娱乐活动，不可能是明神同学的风格。

她用沉稳的眼神环顾了一圈，然后安静地晃动着熟悉的披肩和长长的黑发，走到了前方的白板前。

她的身影里似乎蕴含着某种觉悟。

因此，众人都没有吱声，就这样看着明神同学站在了白板前。

"再说一遍，真理不言自明。"

这话像极了神谕。

宣告真相的神谕。

"犯人是——六斋堂纯乃。"

听到她指名道姓的一瞬间，我明白了。

战斗已然开始。

透矢不在，这是明神同学自己的战斗。

◆ 明神凛音 ◆

手心渗出的汗水，被我紧紧按在讲桌上蒙混了过去。

每一道视线都如此沉重，仿佛缠络着我的全身。怪人，怪人，怪人——看向我的每一双眼睛仿佛都在说我是异类。

好想逃走。

我只想立即停止这一切，逃回自己的房间，去没人看见我的地方。

可是，可是——我必须战斗，无论多么害怕，若不去战斗，将永远停滞不前。

真相即我。

我即真相。

无论怎么逃避，真相都不会有半分改变。

"明神同学，你迟到了吧，突然说这些干什么呢？"

在所有人都用怪异的目光远远盯着我时，只有一个人主动站了出来。

她戴着眼镜，虽然有些土气，身材却很不错。名字是——对了，和花暮诹由。

这是我在推理时记下的名字之一。不过我之所以记下了她的名字，并不仅仅因为她是事件的相关人物，还有别的原因。

"又在说前天女生楼的事情吗？这事昨天在班级群里已经得出结论了吧？"

毫无实质。

她的表情，她的话语，全都毫无实质。

就像是一个用纸糊成，做工精良的人偶……我从一开始就对她抱有这样的违和感吧。

所以，我才想不出任何绰号。

即便想要寻找特征，也找不到任何可以描述的实质。一个被虚构所掩饰，令人畏惧的说谎者。

好吧——我明白了，只要这样称呼她就好。

"不，说谎者同学，那个结论是错的。"

"说谎者？"

对方面带笑容歪过了头。

我无所畏惧地继续说了下去。

"在女生楼密会的并不是我和伊吕波同学，而是天家齐加同学和六斋堂纯乃同学。"

这时，班里一个看起来很老实的女生吃了一惊，肩膀猛地抖了一抖。

六斋堂纯乃。

正是她给出了有关女生楼窗户上锁，与伊吕波的推理相矛盾的证词。做出这一证词的她正是继天家齐加后的第二个犯人。

"天家和六斋堂同学？你为什么要这么说？"

"因为她在说谎。六斋堂同学有关窗户上锁的证词——其中包含了明显的谎言。"

"原来如此，好吧，我明白了。"

啪！说谎者同学拍打着双手说道。

"既然这样，那我们就彻底分辨清楚吧！反正我也闲着没事，要是一直这样不清不楚，各位想必也很不舒服吧？"

说谎者同学回过头来问了一声，班上一直持旁观态度的同学纷纷表示"这个……""和花暮同学既然都这么说了……"态度虽然暧昧，但大都采取了赞同的立场。

说谎者同学再度回过了头，朝着我微微一笑。

然后，她以超然的姿态站在白板前与我对峙。

"好了，开始吧？"

啊哈，说谎者同学装模作样地笑了笑。

"这就是所谓的解谜篇吧？"

……正合我意。

真相即我。

我即真相。

就在此刻，就在今天，就在这里。

我要用自己的双手，来证明这一切。

"正如你所说的那样，那天晚上，我确实靠近了一楼最里边的窗户。"

"嗯，我们听到了脚步声和说话声。"

"当时，巡夜的老师刚离开，窗是锁着的，之后，我又去了红峰同学她们的房间，这部分并没有错。"

"嗯嗯，然后呢？"

"问题出在那之后。"

"有什么问题呢?"

"我离开红峰同学的房间后,在返回自己房间的途中听到了声音。"

"声音?"

"我仔细回想了一下,那是开门声和说话声。"

那个时候,不知道为了什么,我的脑子被其他事情填满,没能注意到这些。

但我确实听到了。

那是——某人边说话边从房间里走出来的声音。

"我甚至还记得声音的音色,那个谈话声是——芽里垣智里和汤之岛泪沙。"

金发的山姥同学和穿搭浮夸的地雷女同学惊得变了脸色。

"她俩从房间里出来,移动到洗手间附近,直到我走进房间前,一直都能听到谈话声。她俩当时应该在那里聊了一会儿。"

"嗯……好吧,那么这和六斋堂同学的证词有什么关系呢?"

"六斋堂同学在证词中说'上完厕所后,在回来的路上确认过窗户上了锁',对吧?"

"是呢。"

"而且在那个时候'一个人都没有看到'。"

"是啊,怎么了?"

"可芽里垣同学她们应该在厕所那里吧?"

"……啊!"

发出轻呼的并非说谎者同学,而是混在观众中的六斋堂同学。

我继续保持着冷静。

"芽里垣同学她们当时就站在厕所门口吧,因为班级群上有一张从窗口拍摄男生楼的照片,而正对着男生楼走廊窗户的,就只有厕所入口前的窗户。那两人就在那里，可她却声称'没看到任何人'，这是显而易见的谎言。"

这是虚假的证词，也就是伪证。

"要是发生这种情况，'窗户锁着'的证词便不可信了，而这一证词是你和你的室友一同声称的，至于靠近窗户的脚步声，也同样难以采信。"

天家同学应该是二十二点二十分之后到达了女生楼。在这个时间段，没人靠近窗户以至于无法开锁的说法，根本是彻头彻尾的谎言。

作为证据的证词全部来自说谎者同学和她的室友们，一旦证词被判明是伪证，便失去了可信度。

至此，否定伊吕波推理的反证尽数被推翻。

"嗯——"

说谎者同学理应收到了决定性的反驳，只见她苦恼似的嘟起下嘴唇，把胳膊抱在胸前。

"喂，明神同学，先假设你的说法是真的，可以吧？哪怕是真的，芽里垣同学她们移动到厕所前，再到六斋堂同学去厕所，中间间隔了几分钟的时间，对吧？"

"是的。我回房间的时候是老师结束巡查后不久，所以大约是二十二点十分。"

"六斋堂确认窗户上锁是在二十二点十七分吧，要是她在二十二点十五分前后经过厕所前，那就有大约五分钟的时间差。这段时间里，芽里垣同学她们有可能已经回房间了吧？"

"这是不可能的。"

我拿出我的手机，打开了发在班级群的照片。

那是芽里垣同学拍摄的，坐在广缘椅子上的两个男生的照片。

"我刚才也说过了，芽里垣同学是隔着窗户拍了男生楼的照片，照片是二十二点三十七分的时候拍的，这就是至少在那段时间里，她们就在厕所前的证据。"

"有可能是更早之前拍的，然后等回到房间后才上传到班级群的吧？"

"不是的，请仔细看照片的右下角，那边印着的是'08/01/22:37'。"

"哦，还真是这样，是某个照片编辑应用生成的时间戳吗？"

为什么她能如此从容不迫呢？虽然我拿出了确凿的证据，说谎者同学却只是微微一笑，从正面直视着我的眼睛。

"那个，明神同学，很遗憾，你的主张并不能成立哦。"

"为什么？"

"因为那张照片没法从厕所前面拍摄。"

说谎者同学温柔地说着，然后拿起了白板下的记号笔。

"理解起来可能有困难呢，我画个图来解释下吧。"

说着，说谎者同学在没有任何参照的情况下，在白板上行云流水般地画出了男生楼和女生楼一楼的平面图。

"明神同学说芽里垣她们站在这个地方，对吧？"

她将笔尖指向了从女生楼并排的四个客房北侧到厕所之间的狭小空间。

"那么，照片里拍摄到的中迫同学的房间应该是在这里。"

接着，她指向了男生楼从北数第二间房间。

"还有，别忘了哦，女生楼和男生楼之间种了树。"

说着，说谎者同学在镜像对称的平面图中央添加了几棵树。

"这棵树挡住了视线，女生楼和男生楼几乎看不到对方。能看到的，大概只有从北数第三间，红峰同学的房间和伊吕波的房间……还有旁边芽里垣同学的房间和中迫同学的房间吧。"

树木的分布在中间比较稀疏，在两侧四间纵向排列的房间里，只有中间的两间有可能互相看到窗口。

"根据以上信息，如果想从女厕所前的窗户拍到中迫同学的话——"

和花暮从厕所前的窗户，向着男生楼从北数第二间画了一条直线——

我不由得屏住了呼吸。

怎么会这样。

不可能。

因为……因为我，确实……!

"如你所见，因为树木遮挡，所以是看不见的哦。"

从厕所前的窗户延伸出来的视线被树木遮挡住了，在半途戛然而止。

视线无法穿透。

从那扇窗户拍不出那张照片。

怎么会……不可能……

"所以，那张照片是芽里垣她们从自己房间拍的，这样一来，正对着的方向就没树木遮挡了。对吧，芽里垣同学?"

"啊? 哦，哦，"芽里垣含糊地点了点头，"那张照片……是我在房间里拍的，嗯。"

"就是这样哦，"说谎者同学将记号笔轻轻放回白板底下的托

260

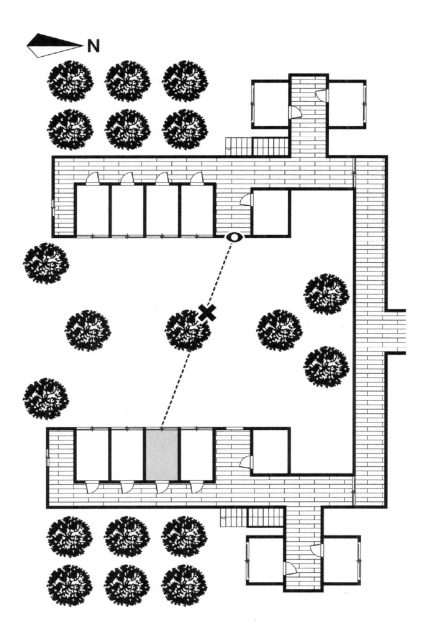

盘，"这样就弄明白了吧？虽然能够理解你的心情，明神同学，但我觉得把别人叫成说谎者不太好哦。"

"你……！"

你才是……！

涌到嘴边的话，终究还是没能说出口。

我必须反驳。

我必须说些什么。

因为，你是错的。

我知道。

我知道真相！

我知道，可是……

"这样就能下结论了吧。能够进入女生楼的只有伊吕波同学，跟他见面的人是你，对吧？明神同学，我想大家都不会责备你的哦。所以，是时候说实话了吧。"

我不知道……

我究竟该怎么做？

该怎么做，才能让他们相信呢？

我说的都是事实——要怎么做，才能让他们明白呢？

手心渗满汗水。

全身变得僵硬。

投注在我身上的目光无比沉重，似枷锁般压在我的身上。

"我——"

我已经承受不住那个重量了。

"我——"

◆ 伊吕波透矢 ◆

那双肩膀。

那双浮现在昏暗中的小小肩膀。

那个时候的我，仍不够成熟。

对于那个身处不被任何人理解的境地，却依然坚持自我的你，我缺乏那种抱着你的肩膀支持着你的觉悟。

但是——

如今，我可以挺起胸膛，伸出手臂。

明神凛音，我唯一的委托人，最大的宿敌，也是最重要的同伴。

比起任何人，我最愿意托付信任的，就是你的……

你的肩膀。

"这可不太好吧，和花暮，把别人叫成说谎者。"

我紧紧地抱住明神的肩膀。

对浮现浅笑的和花暮诹由如此宣告。

"伊，伊吕波同学？"

怀中的明神抬头看向了我的脸，瞪圆了眼睛。

我低头看着她的脸，微微一笑。

你这是什么表情呢，明明没什么大不了的。

你搞砸了，我来帮忙。

这种事情——不是和平常一样吗？

"不好意思来晚了，明神。整理状况稍微花了点时间。"

"为，为什么……你怎么会……！我，已经——"

"这不关你的事，"我说，"这是我想做的事，就算是你，也没资格抱怨。"

我回望着明神凛音那洞悉真相的双眸。

"安静地看着吧，我是怎么推理你的推理的。"

那双大眼睛微微渗出了泪水。

不会吧，你是在感动吗？未免太早了点。

先别哭了。

等结束了这场对峙，战胜了这个货真价实的宿敌之后再说吧。

"真是帅气的登场啊。伊吕波，你来做什么呢？"

"当然是来道出真相的。"

"真相？意思是你和明神同学每晚都幽会吗？"

"天家齐加私会六斋堂纯乃，而你隐瞒了这事，将无端的流言引向了明神。"

毫无实质的笑容中夹杂着一丝嘲讽。

"这是不可能的。虽然不知道你听了多少——明神同学刚才说的，根本算不上推理吧？因为所有的证据都建立在自己的证词上，怎么样都是自己有理。作为推理，根本就没法成立。"

"那就证明给你看就行了吧？"

她的笑容瞬间凝固了。

"只要举出证据，找出可信的依据，推理出她的证词是正确的就行了。客观且符合逻辑，这样就无可指摘了吧？"

"这种事，怎么可能……"

"当然行了。"

我从白板托盘里拿起记号笔，扔给了和花暮。

她毫不费力地接了过去，而我也拿起自己的那支，挺胸宣告道：

"对我而言，这已是*不言自明的真理*。"

*

总数三十四人。

所有同学都成了旁听者，两名辩论者站在白板前。

对手是班级的幕后支配者，这将是一场严苛的战斗，旁听者将我和明神视为异类。倘若按常规方式对抗，形势将会向对方倾斜。

但即便如此——法庭上注定要站着两个人。

辩论是接近真相的仪式，唯有每个人都站在自己的立场，不断提出自己的主张和反驳，非神的凡人才能触及真相。

正因为如此，和花暮——我得感谢你。

必须让你我相聚于此。明神凛音推理出的真相，才终于触手可及。

"那么，从哪里开始呢？从明神同学关于芽里垣她们在厕所前说话的证词吗？我认为要客观地证明这点几乎是不可能的，还是说，你要审问她们呢？"

"没必要，反正她们肯定会找借口搪塞过去。我现在解释的是前天晚上的真相，不仅仅是关于明神或天家——而是当晚的*所有*真相。"

"所有……？"

我把目光从微微蹙起眉头的和花暮身上转移到了观望情况的同学们身上。

"要是各位以为自己只是旁观者，那就大错特错了。我之所以选择这个时间让全班同学齐聚于此，这并非偶然。*因为在座的每一*

位，毫无例外，都与这起事件有关。"

旁观者们各自显露出困惑的神色，纷纷窃窃私语，试图掩饰不安。

为了压制嘈杂的声音，我再度道出了真相：

"在场的三十六个人里，有三十五个人说了谎。从现在开始，我打算毫无保留地揭示一切，不会有所顾忌，不会看人脸色。现在，请各位做好准备。"

啊哈，和花暮轻轻一笑，挑衅似的说道：

"你倒是说说看吧，隐瞒去过女生楼的说谎者，不正是伊吕波同学你吗？"

"我也是那三十五个说谎者之一。但我是其中第一个坦白的人，所以推理就从这里开始。"

我取下记号笔的笔帽，走向了白板。

这将是一切推理的起点。

我把最初的线索像板书一样写了下来。

"伊吕波透矢在满潮之前就到女生楼了——就从这里开始说吧。"

真相源于真相。

且让我从最为了解的真相开始，编织出新的真相。

"哦，那么，从这里能推测出些什么呢？"

"可以推测出第一个谎言，由此可知，有人在班级群里做了明显的伪证。"

我操作着手机，找到了相应的聊天记录。

"二十二点二十二分。'正和伊吕波一起举办学习会'——这是川口的发言。"

"啊?"

听众之中,川口鞍马诧异地挑高了眉毛。

"伊吕波,这——"

"我知道,这是川口为了掩饰我不在而说的谎,但现在有必要解开这个谎言——川口,现在我必须知道,我不在的时候,你们到底在做什么?"

"什……!"

我将目光从愕然的川口身上移了开来,重新看向了站在我对面的和花暮。

"这个伪证引发了怀疑,即便是一本正经的川口和羽立,有时也可能会为了掩盖某事而撒谎。回想起来,有几句发言让我很在意,就在大碇老师解释关于女生楼的入侵者时,你们所谈论的传闻里面。"

——喂,昨晚的声音难不成就是……我不是说过吗?

——哦对,你说你好像听到了什么奇怪的女声,对吧?

——我的耳朵可灵呢,肯定是那个!

——这样啊,原来是活人,我还以为房间里闹鬼了呢。

"从说话的方式来看,应该是三良坂的发言吧。'听到了什么奇怪的女声'——这句证词是善光寺说的吧。当时我心急火燎,没放在心上。现在仔细想想,这个证词实在有些奇怪,之后三良坂还作了这样的发言。"

——话说回来,不是说有男生进了女生楼吗?搞反了吧?

"本次的事件是男生闯入女生楼,并没有搞反——所以身在男生楼的善光寺不可能听到什么'奇怪的女声'。不过也有例外,毕竟我们每个人都拥有手机这个文明利器。"

"是手机声音外放了吗？不，这样的话……"

"要是后边接着'奇怪'这词，更值得怀疑的可能性是这边吧——男生楼是不是有人在看色情视频呢？"

听众中一片骚然，川口和羽立的脸唰的一下红了。不好意思，我并不打算顾忌你们两个的颜面。

和花暮呵呵地笑着，似乎觉得很有趣。

"你们男生真是好这口啊，在海滨夏令营居然也看这种东西。"

"这就是所谓的三更半夜来了兴致，大概是谈论喜欢的异性的延伸吧。这里的问题是，这个声音究竟是从哪儿传来的。对于善光寺的讲述，古郡的回应是'我还以为房间里闹鬼了呢'。也就是说，听到那个声音的时候应该是在自己的房间，这样一来，可能的范围就缩小了。"

"善光寺的隔壁……也就是你和川口他们的房间，对吧？"

"没错，这就是第一重推理的结论。"

我再度从记号笔上取下笔帽，在第二行写下了一个结论。

川口等人在房间里观看色情视频。

和花暮抬头看着这个结论，对我说道：

"这还真是有些意外啊，真没想到看起来一本正经的川口他们，居然也会对这种东西感兴趣。"

"我也会对女生产生兴趣，这是人之常情。"

"嗯……那么，请容我反驳一下，好吗？"

就似从剑鞘中拔剑一样，和花暮取下了记号笔的笔帽。

"伊吕波说男生楼里听不到女生的声音，但根据你的说法，目代和木村这些人不是交换了房间吗?"

和花暮在我写的内容之下添加了新的句子。

声音来自木村等人。

"如果伊吕波的推理没有问题，那声音应该就是从这个来源发出来的吧？换句话说，要是你想坚称那是视频的声音，那就得抛弃交换房间的说法了哦。"

"我没打算否定交换房间的事实。当然了，之所以引出这点，是为了证明我在班级群里说的理论是正确的，才能叠加新的推理。"

"所以你认为声音并不是木村她们发出的？"

"是啊，看看你刚才画的男生楼的平面图，就再清楚不过了。"

我用记号笔指着和花暮画在白板上的平面图。

"假设木村等几个女生在男生楼，那她们究竟在哪个房间呢？仔细想想，候选有两个。其一是换了房间的目代和天家他们的房间，又或者是平时要好的春原他们的房间。"

我用记号笔的另一头敲了敲从北往南数的第一间和第二间客房。

"而善光寺他们声称听到'奇怪的女声'的房间正是在这里。"

接着，我用记号笔的另一头敲了敲第四间房。

"哪怕最近的房间，也隔着一个房间。通过这三天的体验可以证明，隔着一个房间便几乎听不见声音了。"

——话说回来，宿舍的隔音效果还真可以啊，目代他们聊得这么大声，我们的房间却一点都听不见。

——是吗？他们跟我们隔了两个房间呢。隔壁的说话声可是能听得清清楚楚。

这样的对话在刚搬入合宿宿舍时就有过。善光寺所在的房间和木村她们所在的房间中间隔了一到两个房间，理应是听不到声音的。

"那也不一定吧？说隔一间房就听不见，或许只适用于你们的房间，其他房间有可能不一样哦。"

"和花暮，你的房间和善光寺他们的房间在构造上处于相同的位置，那你能听到两间之外的相浦或者芽里垣她们的声音吗？"

"这个……"

"我还有其他旁证。在班级群里，西宫曾经问过'三良坂他们在做什么'。当时，三良坂他们正在房间里打枕头仗，吵得东条都出来抱怨了，但隔壁第二间房的西宫等人却没有听见。即便有了如此多的例子，你还要继续主张'因人而异，也许有人听得到'的观点吗？"

"……"

和花暮第一次缄口不语。

她大概是意识到风向变了。

客房的隔音情况，在场的所有人应该都亲身体验过。可以肯定的是，在这三十六个人里，没有人能够听到两间开外的说话声。

这一点无法进行印象操纵。

"综上所述，你的反驳——"

我拔出了记号笔，唰的一声——

我在"声音来自木村等人"上面画了删除线。

"被否定了。"

第一条推理就此完成。

当我不在的时候，我所住的客房内发生的一切，其真相得以揭示。

当我回到房间的时候，看到川口他们慌慌张张地熄掉了手机屏幕，显然是为了掩饰他们正在观看的色情视频。回想起来，他们当时的态度也有点可疑。

"然后呢？"

见自己的反驳被我推翻，和花暮依旧是一副从容不迫的样子。

"川口看了色情视频，确实不是什么好事，毕竟还不满十八岁。但这又如何呢？只不过是让同一个团体的朋友丢脸罢了。"

"这个事实引出了下一个疑点，刚才我一直说的是川口他们，但严格来讲，仅仅指的是川口和羽立。"

"嗯？房间里应该还有一个人吧，我记得是东条。"

"东条极度反感这类话题。"

——别聊这种低俗的话题了。

向川口他们发出抱怨的低沉声音，清晰地在脑海里复苏。

"因此，他绝不可能参加这种视频的鉴赏会，川口他们也不可能当着东条的面放这种视频，你在教室里也多次见过东条对这类话题口出怨言吧。"

"嗯……是啊，好像从刚入学那会儿开始，东条就一直是这样。"

因此明神应该知道这点，她也能将其编入自己的推理中。

"也就是说，川口他们其实并没有看那些色情视频？"

"不，恰恰相反，川口他们之所以能开这样的鉴赏会，说明他们已经脱离了东条的监视。"

"脱离监视？"

"他已经睡着了。"

我回到房间时，醒着的只有川口和羽立。东条已经睡着了。正因为东条先睡了，川口他们才敢观看视频。

"正如你所知，东条是个神经质的人，最不喜欢吵闹。他能睡着，说明房间已经安静下来了。"

我拔出了记号笔。

"那隔壁房间的枕头仗呢？"

271

三良坂他们的枕头仗，比证词结束得还早。

解谜的每一步环环相扣。

推理开辟虚构之路，引至真相。

分辨虚实，是我的任务。

"这是第二个谎言。"

我将笔帽盖回记号笔上，轻轻敲打着写好的文字。

"就我打听到的消息，三良坂他们作证说二十三点之前还在打枕头仗，但事实上，房间应该早已安静下来。这其中包含着明确的谎言。"

三良坂等人只是露出了困惑的表情，并没有试图做任何反驳，我也不打算直接追问，因为这样只能问出明神并不知道的信息。

我所推理的，必须是明神凛音的推理。

"那么，先让我听听你的想法吧。"

面对我的话语，站出来针锋相对的果然是和花暮诹由。

"要是三良坂他们的证词是假的，那你觉得他们实际上在做什么？你自然已经想到了吧？"

"当然了，这是很重要的一点，要找出三良坂他们真实行动的线索，就去看二十二点三十分川口发在班级群里的信息。"

——三良坂，你们没事吧？我听到了有东西倒下的声音。22:30

"响起了'什么东西倒下的声音'，而且声音大到隔壁房间都能听到，甚至引发了川口的担心。这非但证明至少在这个时间点东条还没睡，同时也引发了一个疑问——三良坂他们在打枕头仗的时候，是不是弄倒了什么大件的物品？"

"这不算什么大不了的事吧？毕竟三良坂很快就在班级群里作了解释。"

和花暮拔出记号笔，迅速写下了反驳。

只是扔枕头摔了一跤而已。

"玩耍的时候会发出点响声很正常吧，这有什么问题吗？"

"问题大了去了，他要是这么解释，那么三良坂他们在班级群里发的照片就前后矛盾了。"

"照片？"

"运动社团帝国"在班级群里上传的照片总共有两张。

一张是当晚二十二点二十分上传的打枕头仗的照片。

另一张是翌日早晨刚睡醒的善光寺扮鬼脸搞怪的照片。

"这两张照片有明显的疑点，只要简单地玩个'找不同'，很快就能发现矛盾之处。"

"啊，"在我身后的明神凛音喊出了声，"花瓶——花瓶的颜色不一样！"

"什么？"

大概是在确认班级群的聊天记录吧，和花暮看着手机，微微瞪大了眼睛。

"没错。背景壁龛里的花瓶颜色不同，事发当晚的照片显示花瓶是蓝色的，而第二天早上的照片里，花瓶却是红色。"

"为什么会这样？"

"真是理所应当的疑问啊，和花暮。花瓶的颜色不会自己改变，肯定是被人换掉了。其目的是什么呢？只要回想一下川口的证词，马上就能知道了吧。"

我听到了什么东西倒下的声音。

什么东西。

"他口中的'什么东西'，其实就是这个花瓶。结果就是，三良坂他们迫不得已从某处拿来了另一个花瓶将其换掉。所谓的迫不得已指的是什么，不用多说你也能明白吧。"

花瓶翻倒会导致什么……这很容易想象。

"问题就是，这个红色的花瓶是从哪来的，要推理这个问题，就请重新看一下发布在班级群里的客房照片，逐一确认其中的花瓶。"

首先是春原等人的"恋爱至上主义公国"的照片，背景中的花瓶是蓝色的。

然后是和花暮与"文化社团合众国"为中心的照片，背景中的花瓶是红色的。

"此外，我也能在此作证，我们房间的花瓶是蓝色的。"

——客房是铺有榻榻米的日式房间，窗边有一个被拉门隔开的神秘空间——似乎是叫广缘——壁龛里摆放着一个看似很贵重的蓝色花瓶。

"还要补充吗？红峰，你们房间的花瓶是什么颜色的？"

"啊？呃……应该是红色的吧。"

——就房间的布局而言，这里和男生楼并没有什么区别。房间铺着榻榻米，后边是广缘，壁龛里有一个红色的花瓶。

"样本已经足够多了吧，花瓶的颜色有着明显的规律。"

"女生楼是红色的，男生楼是蓝色的。"

明神在我身后喃喃地道。

"没错，规律非常简单。花瓶的颜色是男女分开的。和花暮，这样一来，事情就很奇怪了，对吧？三良坂他们拿来的那个红色花瓶，究竟是从哪冒出来的呢？这种花瓶本应只存在于女生楼。"

"你该不会说三良坂来过女生楼吧？"

"当然不会，沙滩上的脚印来自两个人，这是不争的事实。而且熄灯时间过后，大部分人都待在房间里，这样一来，又该怎么把东西偷出来呢？所以这个花瓶必然是从男生楼里找到的。也就是说，有人把女生楼的红色花瓶带进了男生楼。"

"……"

"看你的表情变严峻了呢，应该已经猜到了吧？没错，正是目代和天家他们的房间。"

我滑动手机屏幕，调出了"御宅联盟"的照片。

"天家用于不在场证明的这张照片里，也拍到了壁龛里的花瓶，花瓶的颜色是蓝色的——这很自然，因为他们都是男生。但要是按照我的推理，男女生交换了房间，这就不对劲了，因为这里是假装成男生楼的女生楼房间。"

"伊吕波，你想表达的是……目代和木村他们很早就注意到了女生楼和男生楼的花瓶颜色不同，并且把花瓶一起交换了？"

"没错，目代和木村等人在交换房间的时候，把自己房间的花瓶也带走了，因此，当晚男生楼天家他们的房间里，出现了木村她们带来的红色花瓶。三良坂等人从木村房间里取出花瓶，换掉了自己房间那个因枕头仗而摔出裂痕的花瓶。"

我把在"御宅联盟"房间里拍到的照片展示给和花暮看。

那是蓝色花瓶的照片，不显眼的背面有一道裂纹。

"我记得昨天早晨去做广播体操之前，目代和木村这些人在公共楼的入口处为某事而争吵，大概就是为了这个吧。本该拿回女生楼的红色花瓶不见了踪影，当然会急得争吵起来。"

言毕，我拔出了记号笔。

把有裂纹的花瓶换成了目代他们房间的花瓶。

"综上所述，你的反驳……"

接着，我挥动着记号笔——

唰的一声。

我在"只是扔枕头摔了一跤而已"上面画了删除线。

"被否定了。"

第二条推理就此完成。

与证词相悖，"运动社团帝国"的房间其实是安静的，其真相得以揭示。

"由此，推理进入了下一阶段，三良坂他们进入目代的房间，拿走了红色花瓶，这一事实引发的下一个疑问又是什么呢？"

现在盖上记号笔仍为时尚早。

我把接下来要推理的谜题写在了白板上。

本应在那个房间里的木村等人去哪儿了呢。

——三良坂他们调换花瓶的时候，木村等人不在房间里。

解谜的每一步环环相扣。

推理开辟虚构之路，引至真相。

分辨虚实，是我的任务。

"这是第三个谎言。"

我将笔帽盖回记号笔上，轻轻敲打着写好的文字。

"从翌日早晨的争执便可窥见，木村她们应该并不同意三良坂那边调换花瓶。一旦本该带回去的花瓶不见了，就会增加被老师发觉调换房间的风险，她们当然不会答应。所以，三良坂他们来的时候，木村等人并不在房间里——正因为没人，他们才敢调换这个房间的花瓶吧。归根到底，木村她们还撒了另一个大谎，她们根本没有留在调换过的房间里。"

木村等人只是避开了我的视线，一言不发。

没必要多说什么。对我和明神而言，这是不言自明的真理。

"这有什么可奇怪的吗？"

唯有一人——和花暮诹由挥舞着言语之剑。

"如果她们真的调换房间潜入了男生楼，肯定是有想见的人，对吧？那她们离开房间也没什么可奇怪的。"

"没错，木村她们的去向不难猜测，应该是去找一直在一起的春原和西宫。"

我把春原他们当晚拍的照片展示给和花暮。

"在这张照片里，春原和西宫的全身都拍出来了，这证明是有人帮他们拍的，而这个人很可能是同在一室的木村她们。"

这一定是有意为之。看到目代他们把照片发在了班级群里，这些人动了恶作剧的心思，便发了暗示性的照片吧。

"那和这次的事情有什么关联？"和花暮歪着头，摆出一副一无所知的样子，"我觉得这只是木村她们可爱的少女心罢了。"

"她们的行动本身正是这样，问题在于，这样的行动害得某人倒了霉。"

"有人倒霉？"

"是久留米。同在一室的久留米奏汰。"

"边缘人人民共和国"的男生。

不仅仅是怕生，还有女性恐惧症。

"你也知道久留米没法和女生待在同一个空间吧。明神应该也注意到了，毕竟入学后座位就离得很近——明神的出席编号是2，座位是靠窗第一排第二个。久留米的出席编号是9，座位是靠窗第二排第三个，就在明神的斜后方。"

——久留米患有相当严重的女性恐惧症，刚入学的那会儿，还是按照学号就座的时候，由于前后左右都是女生，每逢课间他都会逃出教室。

"大晚上闯进来四个女生，他在房间里肯定是待不下去的——我猜他和中迫一起离开了。"

"他去了哪儿？"

"正好在这张照片里拍到了。"

我展示的是芽里垣在班级群里上传的照片。

中迫和久留米的照片被安上了"窗边暮气沉沉的阴郁少年"的标题，内容是他们坐在广缘的椅子上发呆的样子。

"你是说在广缘里避难吗？只要关上拉门，那里就是另一个房间了。"

"那得关上拉门才行吧。"

"嗯？"

"你的意思是，当木村她们在房间的时候，中迫和久留米躲进了广缘，把拉门关得严严实实的，是吧？"

"就是这个意思，不然的话，久留米也忍受不了。"

"既然如此，那这些照片又该怎么解释呢？"

我再度翻回之前的那张照片。

就是春原和西宫摆着模特造型的那张。

"这张照片——拍到了窗户。"

"……！"

班级群里讨论的时候，这张照片成了议论的焦点，其缘由正是这个窗户。

要是拉门是关着的，照片里不可能拍到窗户。

"先说结论吧。"

我抽出了记号笔。

"我不认为中迫和久留米被拍下的地方是春原他们的房间，更确切地说，是木村等人离开后空无一人的目代他们的房间。"

中迫和久留米在目代他们房间的广缘里。

我重新给马克笔套上笔帽，和花暮皱着眉头嘟哝道：

"目代他们的房间？你刚才不是说那里没人吗？"

"是三良坂他们没注意到而已。当他们走进房间开灯的时候，中迫和久留米就在广缘里。各位都有这样的经验吧——从明亮的地方很难看清黑暗的地方，要是开了灯，拉门上并不会映出影子。相反，从黑暗的地方拍到的这张照片，就能把三良坂等人的剪影拍得十分清楚。"

——是从女生楼的窗户通过变焦功能拍的，画质略显粗糙，但能够分明地看到后边的拉门上印着男生的影子。

"这张照片正是三良坂他们调换花瓶时被拍下的。亮灯之后，很可能引起了芽里垣她们的注意。"

"……"

和花暮一言不发地盯着我展示的照片，她的纸糊般的笑容逐渐消失，似乎没了之前的从容。

接着，和花暮用自己的手机查看了聊天记录，她把手抵在嘴边沉思了片刻，然后开口说道：

"喂，伊吕波，你的说法有漏洞。"

"漏洞？什么样的？"

"芽里垣拍摄中迫等人的时间是二十二点三十七分，春原他们拍到窗户照片是二十二点三十三分，两者之间有着四分钟的时间差。"

和花暮拔出了自己的记号笔。

"刚才伊吕波毫无根据地说拍摄春原他们照片的是木村等人。

但也可能是中迫他们两个吧。如果是这样，或许是二十二点三十三分中迫或久留米拍下有窗户的照片后，木村等人来了，于是他俩逃进了广缘。接着在三十七分被芽里垣她们拍了下来，这样更能说得通吧？映在纸拉门上的影子一定是西宫他们的。"

中迫和久留米在自己房间的广缘里。

写完反驳后，和花暮将拿掉笔帽的记号笔指向了我。

"从三十三分到三十七分，在这四分钟之间，木村她们恰好到访的可能性，你能完全否定吗？"

"可以。"

我即刻应了一声。指着我的记号笔微微颤动。

"木村她们是什么时候调换房间的呢？只需搞清楚这一点就行。考虑到木村她们的目的，应该是在熄灯时间的巡查刚过后，越快越好。刚好，有这样一条证词——"

——呐，阿宅们，你们在深夜做什么呢？22:10

"这是二十二点十分，汤之岛的证词。阿宅自然指的是目代那伙人吧。这个时候，目代他们就在汤之岛房间的隔壁，当然了，他们应该是刻意压低了声音。毕竟对男生们非常苛刻的相浦她们就在隔壁。那么，汤之岛为什么要发这样一条消息呢？"

如果不是因为听到了什么，那就是——

"她亲眼看到了。"

——灯不是还亮着吗？22:11

——咋关了（笑）。22:12

"汤之岛根本不知道调换房间的事。大概是看到了目代他们的房间亮着灯，以为他们半夜不睡在做什么吧。但事实上，在那个房间的是木村她们。然后，木村她们所在房间的灯灭了，也就是说——"

她们走出了房间。

"既然不可能是就寝，那这就是最合理的解释。聊天记录有明确的时间戳，木村她们熄掉房间灯的时间是在二十二点十二分——就在给春原他们拍照的二十分钟前。"

拍到窗户的照片时，木村几人就在春原他们的房间里。而这个时候，久留米没法跟木村她们共处一室，也没躲进广缘。

换言之，他去了另一个房间。

"按照那两个人的性格，他们不大可能主动待在有人的房间里。目代他们没人的空房，恰好是最好的避难所。综上所述，你的反驳——"

我拔出了自己的记号笔——

唰的一声。

我在"中迫和久留米在自己房间的广缘里"上面画了删除线。

"被否定了。"

第三条推理就此完成。

外来者混入男生楼的去处，那个房间究竟发生了什么，其真相得以揭示。

"真不愧是你。"

和花暮看着自己被否定的反驳，勉强挤出了一个淡淡的笑容。

"我说的事情全被你否定了，真理不言自明——是啊，原来如此，你挺厉害的嘛……但是还没进入正题吧？你说的是要证明明神同学的证词，证明芽里垣她们在厕所前逗留过，可你总是在揭露无关人士的隐私。"

"你还没搞懂吗？"

我仍没有把记号笔的笔帽盖上。

"联系上了，就在刚才。"

"联系上了?"

"让你久等了，这就是你想要的正题。"

解谜的每一步环环相扣。

推理开辟虚构之路，引至真相。

分辨虚实，是我的任务。

"芽里垣拍的照片是目代他们的房间，而不是春原他们的房间。那么，这张照片是从哪儿拍的呢?"

春原他们的房间就在芽里垣房间的对面，正好是树木稀疏的位置，从女生楼可以很轻松地拍到男生楼的窗户。

然而，目代他们位于最北侧的房间——

我用记号笔画了一道线，从芽里垣房间的窗户，指向了目代房间的窗户，从女生楼和男生楼间斜穿而过。

然而，记号笔的笔尖在中途顿住了。

因为笔尖碰到了和花暮画的树。

——从芽里垣的房间，是拍不到中迫他们的照片的。

"……!"

和花暮瞪大了眼睛，明神也张大了嘴，旁听者们则困惑地晃动着身子。

然而我并未理会这些，而是继续推理。

从芽里垣的房间拍不到这张照片，那么可以拍到的位置是——

有一个绝佳的位置。

我从女生楼厕所前的窗户画出了一条线。

直到笔尖抵达目代他们所在的房间，都没有被任何东西阻挡。

"能给中迫他们拍照的，只有这个位置。"

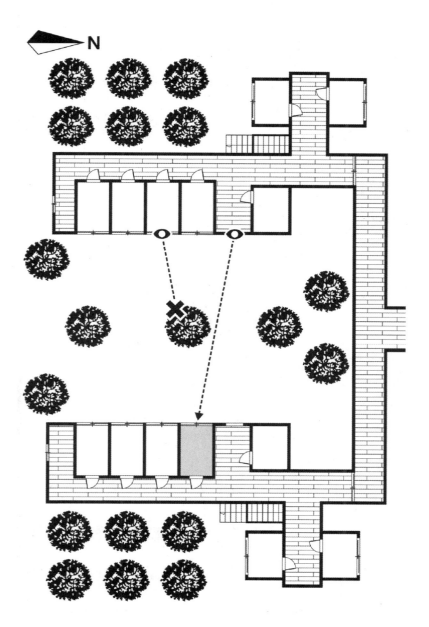

根据伊吕波的新推理所得出的照片拍摄时高一七班成员所在位置

文化社团合众国	花样女子王国	反男子条约机构	御宅联盟	
保坂东子	濑野真奈美	相浦幸	目代启太郎	
陆畑神流	鹤见银靴	斎藤绮罗	大石金治	
五十岚星	调镜花	福原未来	敕使河原大和	
＋	＋		铃鹿莲	吊车尾自治国
边缘人人民共和国	红峰亚衣		天家齐加	芽里垣智里
（女生）				汤之岛泪沙
六斋堂纯乃				
＋				
和花暮诹由				

运动社团帝国	装腔作势联合酋长国	恋爱至上主义公国（男生）	边缘人人民共和国（男生）
田岛雄介	川口鞍马	春原漆	久留米奏汰
善光寺昭人	东条浬	西宫光大	中迫空
三良坂凉真	羽立藤成	＋	
古郡彰		恋爱至上主义公国（女生）	
		木村莉子	
		矢加部结菜	
		丸尾阳葵	
		野中芽衣	

21:36	伊吕波自男生楼出发。
21:46	伊吕波抵达女生楼。
21:57	满潮。
22:00	熄灯时间，之后老师巡查宿舍，确认人数（男生楼的确认比较松懈）。
22:10	听到了海浪拍打防波堤的声音（和花暮的证词）。
22:11	（梨跟猴粪在吃吗？）凛音发了这样的信息给伊吕波。
22:20	善光寺拍摄了"运动社团帝国"打枕头仗场面的照片，并上传至班级群。
22:32	目代把"御宅联盟"（包括天家齐加）的合照上传至班级群。
22:33	春原将包含自己在内的两名"恋爱至上主义公国（男生）"的照片上传至班级群。
22:34	和花暮将自己和"文化社团合众国"三人，以及"边缘人人民共和国（女生）"的六斋堂纯乃的合照上传至班级群。
22:35	有人在女生楼目击一对男女。
22:37	芽里垣将两名"边缘人人民共和国（男生）"在广缘的照片上传至班级群。
22:51	伊吕波回到男生楼。

我在女生楼厕所前的位置画了一个圈。

"芽里垣她们确实在这个位置。不仅是拍照的瞬间，我之前也提到了木村她们在转移房间时电灯灯光的问题吧。唯一能看到灯光的只有这扇窗户。也就是说，二十二点十分的时候，她们确实在这个地方。"

我写下了结论。

这是第四条谎言。

芽里垣她们二十二点十分的时候就在女厕所的跟前。

绕回来了。

明神基于自己的记忆提出的证词。

用来证明的根据，是至今为止累积的推理。

从我坦白的谎言，直至这个真相——全都通过推理联系在了一起。

"不好意思，等一下。"

然而，和花暮诹由仍站在我们面前。

即便推理如此严密，和花暮诹由仍不肯退让。

"事实上，之前在和明神同学对话时，有一点我没有说……芽里垣她们在二十二点十分以后一直待在洗手间前，所以六斋堂同学的证词是假的——是这样吧？"

"没错。"

"至少在二十二点十分的时候，芽里垣她们在厕所前，二十二点三十七分拍下中迫同学的照片时，她们也在厕所前，这点我明白了。可是——"

和花暮拔出了记号笔。

"但这并不意味着，她们在此期间没回过房间，对吧？"

芽里垣她们在六斋堂来之前曾一度回过房间。

"芽里垣她们回过一次房间，之后又回到了厕所前，六斋堂正好趁她们不在的时候去了厕所，这样解释的话，证词就不存在矛盾了吧？虽然没有明确的证据，但可能性依旧存在，六斋堂去厕所的时间总共是三分钟左右。倒推一下，她离开房间大约是二十二点十四分。而另一边，可以明确的是，芽里垣她们在厕所前的时间正是在班级群里发言的时候，即二十二点十二分前后。也就是说，这期间存在两分钟的空当。"

"如果是芽里垣一个人的话，确实有可能。"

听到我意味深长的回答，和花暮一边温柔地微笑，一边皱起了眉。

"你这是什么意思？"

"问题在于跟她在一起的汤之岛。记得昨天早上，大碇老师在解释事情经过的时候，我记得在闲聊中有这样一段话。"

——喂，不会是芽里垣她们吧？

——才不是。

——相浦好可怕。

——瞧，泪沙都被吓坏了吧。自从被停学后，她整个人就蔫了，稍微被骂两句就想逃走。

——好好，我已经领教过了，反正不会再有第二次了。

"'稍微被骂两句就想逃走'，由此可以产生这样的推测，芽里垣和汤之岛之所以离开房间，是因为被相浦骂了吧？相浦虽然一本正经，却也易怒。"

"……"

"而且，既然说'不会再有第二次'，反过来讲，就是有过第一次了。根据之前的推理，芽里垣和汤之岛都是在熄灯时间离开房间的，第一次离开的原因正是相浦的责骂。既然只有第一次……那就说明没有第二次，第二次是不存在的。"

"……"

"只有一次，芽里垣她们离开房间的次数只有一次。"

"……"

"喂，和花暮——现在的汤之岛是什么样的情况，你总不会说你不知道吧？你可是班上同学的'妈妈'啊。"

被你贴上'吊车尾自治国'这种侮辱性标签的汤之岛泪沙。

被你唆使，成为作弊冤罪事件的实施者的汤之岛泪沙。

她的现状，身为"妈妈"的你，怎么可能不知道呢？

"亮灯的目击证词，可以证明芽里垣她们二十二点十分的时候在厕所前。拍摄中迫照片的时间，可以证明芽里垣她们二十二点三十七分的时候仍在厕所前，第二天早上芽里垣和相浦的证词，可以证明这段时间她们一次都没回过房间。"

和花暮不再开口说话。

好似一台死机的电脑，一动不动地僵在那里。

"综上所述，你的反驳——"

我拔出了记号笔——

我在"芽里垣她们在六斋堂来之前曾一度回过房间"上面画了删除线。

"被否定了。"

第四条推理就此完成。

明神所揭露的女生楼厕所前的情况，其真相得以揭示。

"你应该做好万全的后续处理，平常看起来多么大大咧咧的人，也都有细腻的一面啊。"

伪装的面具被揭了下来。

自诩亲切的母亲，一直逃避真相的小丑，那张薄薄的假面终于被揭了下来。

"六斋堂在撒谎，在她声称没有遇到过任何人的厕所前方，就站着芽里垣和汤之岛。而且，她还知道窗户上了锁，而按照传统，窗户本该是开着的。这意味着六斋堂并没有去厕所，却去了窗边。这只能视作她是*冲着窗户去的*……合理的解释并没有很多，比方说，为了迎接从外边来的人。"

我说过的，和花暮。

我不是说过我能做到吗？

举出证据，附上根据，客观且合乎逻辑地给出证明。

你是觉得我做不到吗？

你觉得我说谎了吗？

"和花暮。"

我盖上记号笔，向着和花暮谳由宣告道：

"明神——没有说谎。"

＊

"啊哈。"

和花暮微微一笑，仿佛冻结的时间开始融化。

"真的……是真的呢，她没有说谎。抱歉，看来是我搞错了。"

"……?"

她坦率认错的态度引发了我的戒心。

和花暮的脸上虽然挂着笑容，但眼神却空洞无比。

那是一种深不见底的漆黑，宛如一个随时都会把人吞噬的，深之又深的深渊。

"可是，这到底是在说什么呢？"

"说什么？"

"六斋堂同学撒谎去了厕所，检查窗锁的事情也是假的。当然了，她关于有没有人靠近窗户的证词，自然也值得怀疑，所以天家可以轻松进入女生楼——这些我都明白了。但这些事情是*谁想说的呢*？"

和花暮那空洞的眼睛并没有看向我。

她看向的是我的身后。

她看着明神。

"明神同学，我听说了，你总是马上能指出犯人是谁，对吧？然后伊吕波会接着给出解答。在咨询室里，你总是以这样的方式解决咨询者的问题。这一次也一样吧？一开始，明神同学说天家是犯人，伊吕波对此做了解答，我提出反驳，这次明神同学说六斋堂同学是犯人，这大概意味着六斋堂同学在撒谎吧？就在刚才，伊吕波又补充了解答。"

确实是这样。

我虽然没有亲耳听到，但如果是明神告发了六斋堂，那应该是另一个谜题了。

天家是犯人，揭示的是"潜入女生楼，被目击的男生是谁"。

而六斋堂是犯人，揭示的是"谁为了保护天家做了伪证"。

两个谜题合二为一，揭示出天家和六斋堂密会的真相。

"也就是说，"和花暮提出了最后的反驳，"这原本是明神同学的推理，伊吕波只是代替她说出来而已。"

对此刻的我们来说，已经是无关紧要的事了。

然而，当和花暮重新提起这点时，令人萌生了难以言喻的不安。

　　"喂，伊吕波，也就是说，你早就知道了吧？"

　　"哈？"

　　"之前推理的开端，是明神同学得知你潜入了女生楼的事，对吧？"

　　什么？

　　"我在女生楼的事，我已经告诉过明神了，如果基于这条进行推理的话——"

　　"不，伊吕波，你真的把所有事情都告诉她了吗？你什么时候，在什么地方，和谁在一起，全都详尽无遗地告知明神同学了吗？没有吧？"

　　"……！"

　　当然了，我没说。

　　我说了红峰帮我藏起来的事，然而，关于我们一起躲在壁橱里，甚至连明神都没发现的事，我并没有提过。

　　"那么，明神同学真的是可信的吗？她真的相信了伊吕波的话，将其纳入推理了吗？可疑，真是可疑——明明刚才你们还在争吵，又怎么可能这么轻易地相信对方呢？"

　　这家伙，究竟要做到什么程度！

　　和花暮抽出马克笔，洋洋得意地说道：

　　"你必须解释一下。明神同学是如何知道你在女生楼的。举出证据，附上根据，客观且合乎逻辑，对吧？"

　　明神同学并不知道伊吕波在女生楼里。

　　这是推翻一切的反驳。

是一口气断绝推理的根基，乾坤一掷的反驳。

一击致命……但正因为如此，也是最后的手段。

很显然，这是和花暮手上最强的王牌！

只要能否定这点——

只要……！

"做不到是吧？"

和花暮诹由歪过了头。

"如果连这个根本性的问题都没法证明，那么伊吕波说的那些，就不过是胡乱臆测罢了。他只是利用复杂的逻辑，企图蒙混过关罢了。说到底，他只是在滔滔不绝地说一些大家听不明白的事情，编造一种看似可信的假象——对吧，各位？"

和花暮转向了化身听众的同班同学们，用煽动性的语调说道。

一直保持沉默的同学们面面相觑，先是露出困惑的神情，然后……渐渐地，渐渐地，开始附和班级领袖的说法。

"是啊。"

"老实说，我不太明白你在说什么。"

"既然和花暮同学都这么说了。"

"伊吕波似乎也没办法反驳呢。"

"瞧吧！太遗憾了，这就是民意啊，伊吕波。你好像搞错了哦，学校的班级并不是法庭，这里并不是守护法律正义，而是让大家开心度日的地方。所以，希望你不要掀起什么奇怪的风波啊……别光说任性的话了，多考虑一下大家，好吗？为了让大家愉快地相处，学会稍微忍耐一下，好吗？这一次，你的所作所为只是平白破坏了大家的和谐。你知道你给大家带来了多少困扰吗？来吧，伊吕波，跟大家道个歉。我也会陪着你一起道歉的，大家一定会笑着原

291

谅你——"

"我来回答。"

无论是和花暮的言语。

还是同学们的视线。

这句话把这一切全部打断——明神凛音走到了跟前。

"明，神……?"

我呆呆地看着她那黑色的长发，还有飘扬在肩膀上的披肩。

明神堂堂正正，毫无惧色地与和花暮诹由对峙着。

"伊吕波同学，谢谢你思考了我说的推理。"

接着，明神凛音盯着和花暮的脸说：

"你已经证明了我的正确，所以下面换我来。现在辩论的问题，就是判断我是否能够推理出真相吧？既然如此，那就应该由我来回答。由我来推理我的推理就行了。"

"啊哈。"

和花暮微微一笑，直视着明神的眼睛。

"不好意思，你能做到吗？我都知道的哦，以前明神同学总是只说出谁是犯人，然后把剩下的一股脑推给伊吕波同学。你刚才的那些推理，跟伊吕波的比起来，老实说还粗糙得很，你真的能做到吗？推理这么难的事情，你行吗？"

"*真理不言自明。*"

明神从我手中抽走了记号笔。

"我自己是怎么推理的——伊吕波同学已经一遍又一遍地教给我了。"

和花暮微微一笑，正了正身子。

她接受了。

接受了来自明神的挑战。

"好呀，那我就听听看吧，明神同学——你的推理。"

明神点了点头，拔下了记号笔的笔帽。

然后，她站在了白板的平面图前。

能做到吗，明神？

但我又觉得问这个问题未免太不知趣，因为她的背影看起来像是已经下定了决心。

"让我们从头回顾一下我在那天晚上的行动。从二十一点五十六分开始，我在班级群里看到了红峰同学失踪的消息，据说她丢下手机不知跑到哪里去了，这让我觉得很是异样。"

"异样？"

"那天早上，红峰同学明确地说过'连上厕所和洗澡都带着手机'。"

——手机是女高中生的必需品！就像身体的一部分，我连上厕所和洗澡都带着。

上巴士前她确实说过类似的话，这样一来，手机被留在房间就显得很不合理了。

"我开始思考。为什么她会把手机留在房间。可能是发生了什么来不及拿手机的紧急状况。这样一来，即便对方是那位红峰同学，我还是会有些担心的。"

明神移动记号笔，唰的一声，从自己住宿的老师房间开始，在走廊上画出一条线。她这是在追踪自己的移动轨迹。

"我走出房间的时候，恰好在那里遇见了熄灯时间正要去巡查的老师。老师提醒了我几句，然后就去了客房那边。很显然，在走廊上有老师在的情况下，我不可能去各个房间查看，所以我决定先调查厕所。既然是'紧急状况',我首先想到的是她因肚子痛冲进了厕所。"

明神画的线绕进了厕所。

"我检查厕所大概花了四五分钟时间,每扇隔间门的后边都仔细看过了,所以多花了一些时间。结果厕所并没有人。我离开厕所时,看到老师正在红峰房间的门前和人交谈。交谈的对象是那个和风美人同学,似乎是在问红峰同学为什么不在的事。"

负责男生楼巡查的柚岛老师相对随和,而女生楼这边的老师则更加严格。即便熄了灯,也能察觉到有人不在。

"当时,那位和风美人给老师的解释是'红峰同学去了厕所',当然我知道这是说谎,因为我已经确认过厕所里没有人了。老师姑且接受了她的解释,打开最靠里的房门检查了里边的情况。说谎者同学,这就是你的房间吧?"

"是啊,最里边的房间确实是我们的。"

"在那之后,老师向走廊深处的某物看了一会儿,我猜想她是在确认窗户有没有上锁——这恐怕很重要,但老师并没有把手伸向窗户,只用眼睛看了一下。这是我亲眼看到的,非常确定。"

只用眼睛看了一下。

如果窗没锁,老师应该会去锁上,所以当时窗是锁着的,这也是理所当然的事情。上锁的并不是别人,正是潜入女生楼的我。

"然后,老师沿着来时的路回来了,我就又回到厕所躲了起来。老师大概是把和风美人的借口当真了。她进了厕所,向躲在隔间里的我搭话,应该是把我当成红峰同学了。"

"多亏了明神同学,调同学的谎言似乎没被戳穿,真是精彩呢。"

"老师一走,我马上出了厕所,时间是二十二点零五分。"

记得就是在那个时候，我和红峰同学被濑野她们发现了。

"我穿过走廊，首先去了走廊最里边的窗户边，老师的行为让我很在意。"

她用记号笔画出了径直穿过走廊的线。

"我确认了窗户是锁着的，我还尝试着开了窗，但很快就把窗关上并重新锁好。我记得当时应该还有些疑问。"

"有疑问？"

"一楼最里边的窗户不锁的传统，我也有所耳闻，但实际上窗户在老师确认之前就上了锁——究竟是谁锁上的呢？"

这样啊，她是在这里嗅出了我的气息吗？

"你是想说窗是伊吕波锁的吗？"和花暮有些诧异地说道，"伊吕波确实是那种特别注意锁门锁窗的人，但谁都有可能锁吧，光这样还不能说明伊吕波同学在女生楼哦！"

"我知道，不过，我觉得这应该是个线索。"

明神将画室一楼走廊最深处的线折了回来。

"紧接着，我去了红峰同学的房间。令我意外的是，红峰同学本人居然就像往常一样待在房间里。"

什么？

且慢，如果照这样发展的话……

"但是有一点我很在意，如果红峰同学真的在房间里的话，老师是应该不会出言提醒的。当时我确实没看到红峰同学的身影。也就是说，当老师离开后，红峰同学才回到了房间。"

"等一下，明神！这样一来——"

"嗯，我懂的，伊吕波同学。不……准确地说，我直到现在才弄明白。当时的我只感到了一丝异样，但现在回头思考才发现——

红峰同学不可能在房间里。"

听众中传来了骚动的声音。

若按照这样的顺序重述行动，存在一个很明显的矛盾。

"我没有观察到客房前走廊的出入状况——只有在两次短暂躲进厕所的时候。第一次差不多四到五分钟，恰逢老师巡视到半途。第二次则是老师前脚刚走，我后脚就从厕所里出来了。不管怎么说，红峰同学都不具备从某处回来并溜进房间的时间。"

这样一来，能想到的可能性只有一个。

"红峰同学从一开始就在这个房间里，甚至连室友都不知道——她躲起来了。"

鸡皮疙瘩覆满了我的胳膊。

越来越近了。

唯有我、红峰，还有濑野她们才知道的真相，正被明神一步步揭开。

"嗯……好吧，到目前为止，倒也还算合理。但是啊，明神同学，光是这样还不够哦？你并不知道红峰具体躲在哪里——最重要的是，你还没有发觉伊吕波也在女生楼吧。"

"我知道哦，某个地方，某个位置，已经留下了线索……关于我在造访红峰同学房间的时候究竟看到了什么，我会尽可能地罗列下来。"

就像我推理时会做的那样，明神开始在平面图旁列出存在于她记忆里的信息。

凌乱的四床被褥。

开着门的无人广缘。

紧闭着门的壁橱。

似乎是室友的金发女生。

似乎同为室友的异国风女生。

散落在地板上的四双鞋子。

洒落在其周围的湿沙子。

"是这样……没错。"

看着写下的七条信息，明神不断地喃喃自语。

"客房里可以藏人的地方有两个，一个是刚才提到的窗边的广缘，关上拉门就能藏人。但当我看到的时候，拉门是开着的，广缘上并没有人。"

"你在说什么啊，明神同学？"

和花暮噗嗤一笑，像是在说"真拿你没办法"。

"红峰同学不是已经露面了吗？她没有藏在任何地方吧？那广缘里空无一人也是理所当然的了。"

"啊，这样啊——没错，是的。"

明神低下了头，用记号笔的尾端轻轻敲了敲额头。

不是的，明神……！不是那里，是别的地方！换个角度思考！

对于明神所做的推理，我已经勾勒出了相当清晰的轮廓。

但是，我不能插嘴。

在拼命构筑推理的她的背后，我决不能贸然插嘴。

明神正在成长。

这个不借助他人之口就什么都无法传达的少女，如今正打算依靠自身的力量，将自身的真相传达给其他人。

"要是只有红峰同学一个人，根本没必要躲起来。红峰同学还隐藏了什么？她露面了，意味着隐藏自身只是次要的事。"

想起来，快想起来，明神……！

你和我——应该体验过一次吧。

"——啊！"

明神一声轻呼，再度抬头看着列出的条目。

"屋里还藏着一个人。"

"嗯？什么意思？"

"当我上门查看的时候，屋里还藏着一个人。"

没错。

这就是——真相。

洒落在其周围的湿沙子。

明神用记号笔指着最后一条。

"去海边玩是白天的事了，当时已经过了二十二点——如果是海边带来的沙子，应该早就干了。"

"啊。"

连和花暮也注意到了。

看着明神所指的文字，她脸上的微笑面具出现了裂缝。

"这些湿的沙子，证明了有个刚从沙滩上走回来的人，就在这个房间里。"

当我下到合宿宿舍后边的小沙滩时，海浪差点把鞋子打湿。

也就是说，他的鞋子踩到了沙滩上被海浪浸湿的部分。

那人把海水濡湿的沙子带到了红峰房间入口的地板上。

"把这个推理和之前提到的窗上的锁联系在一起，"明神带着些许梦呓般的语调说道，"从窗户进来的男生，藏在了这个房间里。"

然后，是那个地方——

明神的记号笔指向了第三条。

"关上的——壁橱。"

只有那个地方。

既然拉门敞开，广缘没人，能够躲藏的也只剩那里了。

"藏在壁橱里的，真的是伊吕波吗?"

顶着破裂的面具，和花暮试图展开反击。

"那可不一定哦，或许是别的男生。"

"那人是和红峰同学一起藏的，除了伊吕波同学之外，不可能
有别人。"

"或许只是明神同学不知道哦，红峰同学还有其他要好的男生。"

"不可能，我知道的。"

说着，明神瞥了一眼正在观望事态发展的红峰。

"这样啊，难道你和红峰同学之间有什么私底下的谈话吗?"
和花暮一边强调着"私底下"，一边继续说道，"可是，这有办法证
明吗? 用现在就能确认的客观证据，能够确定藏起来的人就是伊吕
波吗?"

全是诡辩! 我是唯一闯入女生楼的人，这不是你说的吗? 事到
如今，居然还提出有可能是其他人，脸皮到底有多厚?

"可以。"

在我忍不住插嘴之前，明神应了一声。

她扬起黑发和披肩，转头看向了我。

"伊吕波同学，这件事只有你和我知道。不过，现在就能确认
清楚。"

她的表情依旧淡然。

但声音比平时轻柔了一些。

"还记得吗？在你离开男生楼之前，和我的对话。"

对话？

在男生宿舍里有什么对话……不对。

我拿出手机，打开了社交应用。

我打开的并不是班级群。

而是和明神的私聊。

——一到熄灯时间就赶紧睡吧，我也要关手机睡觉了。

"啊。"

事到如今，我才意识到了。

这样啊……

"我去了红峰房间之后，回到自己的房间，并给伊吕波同学发了信息，一定是为了确认什么……"

梨跟猴粪在吃吗？

"对伊吕波同学而言，这是莫名其妙的内容吧。这也难怪，我用不来普通的输入法，所以只能依赖语音输入，因此偶尔会因为识别错误而出现这种奇怪的文字。不过，伊吕波同学，事到如今，你应该明白了吧?"

啊，当然。

"语音输入容易混淆前面的辅音。"

——你头发翘了。

——你都发酵了。

"有时候也会分辨不清后边的元音。"

——拜托了。

——白头了。

"还有一部分字的发音无法识别，甚至会遗漏。"

——只要你愿意，就能做到。

——只要念意，就能做到。

"如果这些信息因为识别错误而被歪曲——那么，第一个问题是'头'变成'都'，'翘'变成'醉'；第二个问题是'托'变成'头'；第三个问题则是部分发音被遗漏了。如果再考虑语境可能引发的变化，原文或许应该是这样的。"

"你跟红峰在一起吗？"

"'你跟红峰在一起吗？'——这才是你对着手机说的话吧，明神？"

明神似花蕾绽放般轻轻一笑，回答道：

"答对了。"

真是抱歉，没能立即理解你所传达的信息。

这种难度的密码解读，只要稍稍推理你的行动就可以得到答案，这对我来说已是家常便饭了。

"发送这条信息本身，首先就是怀疑伊吕波同学在女生楼的证据。然后，伊吕波同学在不到一分钟就回复了这条信息，这便是让我确信的证据。"

"这……这是怎么回事？"

和花暮已经没法跟上了。

明神接着说道：

"在离开男生楼之前，伊吕波同学给我发了消息'一到熄灯时间就赶紧睡吧，我也要关手机睡觉了'——尽管如此，我在熄灯时间后发的消息，他还是马上回了。"

和花暮默默无言地瞪大了眼睛。

"他并没有关机，明明亲口说要关掉的。伊吕波同学处于某种不正常的状态，这点是显而易见的。"

此即证据。

此即根据。

此即证明。

此即客观的——推理。

"综上所述——"

明神握着记号笔。

"你的反驳——"

她把笔对准了白板。

"被否定了。"

唰的一声。

我在"明神同学并不知道伊吕波在女生楼里"上面画了删除线。

第五条推理就此完成。

我潜入女生楼，和红峰躲在壁橱里，其真相得以揭示。

"还有其他问题吗？"

推理完毕的明神俯视着默默低头的和花暮。

"反驳结束了吗？花言巧语破灭了吗？谎言用尽了吗？到了这个地步，我会奉陪到底的——直到你放弃的那一刻。"

"当然还有。"

低沉的声音响了起来。

和花暮缓缓地抬起了头。

那张曾是全班同学母亲般的温柔笑容已然不复存在。

"有的，当然有，还没完。喂，这些都是明神同学一厢情愿的说法吧？明神同学看到了什么，记住了什么，其他人根本无法验证吧？"

"我靠近过窗户，是你自己证明的，我去过红峰同学房间的事，和风美人同学和红峰自己都可以作证，班级群的记录当然也会在手机里留下资料。"

"不是的，我不是质疑这些！我要说的是——明神同学，你说谎了！"

和花暮粗暴地拔掉了记号笔的笔帽。

而她在白板上写下的文字，恐怕是最后一条了——

"谎称看到了天家！明神同学！你为了洗脱嫌疑，撒谎说你看到了根本不曾看到的东西，对吧？我都知道！因为在窗外交谈的是伊吕波和红峰同学，而你明明看到了，却非说是天家！这种人说的话，怎么能相信呢？"

这是最后的抵抗。

她的话已经不能称之为反驳了。

明神，还有我……用怜悯的眼神俯视着她徒劳挣扎的样子。

"连这种事都没注意到吗？"

"咦？"

和花暮呆呆地看着明神。

"因为你不愿看到真相，所以连这种事都没注意到。只要看看你自己画的平面图，就能明白了。"

明神再度摘下了记号笔的笔帽。

为了给和花暮诹由这个虚构的怪物致命一击。

"你所说的伊吕波同学和红峰同学交谈的地方，就是这里。"

她在女生楼一楼最里边的窗户画了一个圈。

"那至少是我造访红峰同学的房间之后的事，因为当时伊吕波同学还躲在壁橱里，也就是说，我并不是靠近走廊的窗户时目击那一幕的。如果是这样，可能的地点就在这里。"

她在自己所住的老师房间画了一个圈。

"我是从自己房间的窗户透过树林目击的。要是海风吹动了树木，视线也能穿过吧，可是——"

她从老师房间的窗户出发，向着一楼最里边的窗户外边，画了表示视线的线条。

然而——

线条撞上了女生楼的左侧墙壁，就这样停了下来。

"从我所在房间窗户，根本望不见一楼最里边的窗户的外边。"

这是显而易见的事实。

的确，我和红峰是在窗外说话。

但是——这一幕，明神是不可能看到的。

"啊……？那，那明神同学是从哪里看到的呢？你是在哪里目击天家的！"

"当然了，唯一可能的地方就只有这里。"

说着，明神画了一个圈。

那个位置是从屋后的沙滩通往窗户的林间小路左侧——位于树林的正中央。

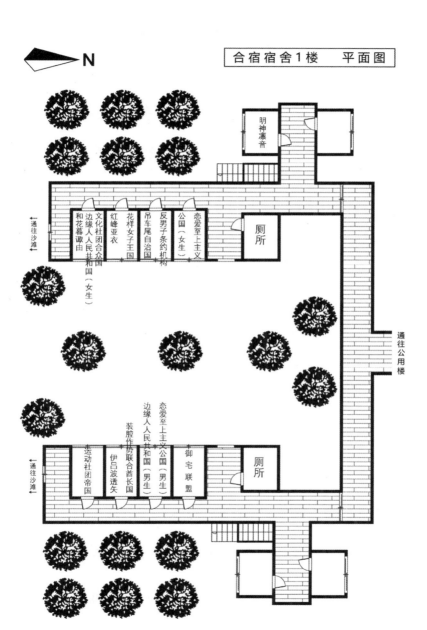

N

合宿宿舍1楼　平面图

明神凛音

厕所

通往沙滩→

和花暮諌由
边缘人人民共和国（女生）
文化社团合众国
红峰亚衣
花样女子王国
吊车尾自治国
反男子条约机构
公国（女生）
恋爱至上主义

通往公用楼

←通往沙滩

运动社团帝国
伊吕波透矢
装腔作势联合酋长国
边缘人人民共和国（男生）
恋爱至上主义公国（男生）
御宅联盟

厕所

305

"男女人影就藏在那里，我看到的就是这个。"

"藏吗？"

明神点了点头。

"恐怕在伊吕波他们抵达之前，天家同学和六斋堂同学就在窗外谈话了吧。这个时候伊吕波他们也出来了，于是那两个人慌忙藏进了旁边的树丛，等待伊吕波他们离开——六斋堂同学之所以能准确地作伪证，而你也知道伊吕波他们在窗外说话，都是因为他们藏在暗处，看到了事情的始末吧。"

"等……等一下，对了，顺序呢？或许不是天家他们，而是伊吕波他们先到了窗外！或许躲进树丛的是伊吕波他们！这样的话，明神同学看到的就是伊吕波和——"

"在这种情况下，天家他们就不该注意到伊吕波他们，而六斋堂同学在证词中明确地表示窗是锁着的，当他们回女生楼的时候，是不是会把窗锁上呢？这样的话，红峰同学就没法回女生楼了吧。反过来的话，回到里边的就只有红峰同学一人了，她这人大大咧咧，也可能忘了上锁吧。"

"那……那还是不能完全确定！天家和六斋堂同学也有可能忘记锁窗！"

"天家同学在男生中算是相当矮小的，其他班的学生几乎从正上方目击，或许看不太清，但在侧面的我却能清楚地辨明他的身高。"

"所以说这只是你的一面之词——"

"啊，够了，诹由。"

用不耐烦的语气说话的并不是我和明神。

而是濑野真奈美。

红峰的室友，同时也是把我藏进房间的共犯，挠着金灿灿的头发说道：

"我坦白吧，再藏着掖着也没意义了。伊吕波在我们房间一直待到了二十二点四十分，所以他绝不是三十五分被目击的那个人影，人影另有其人。"

接着，被明神称为"和风美人同学"的调镜花说：

"也就是说，在伊吕波和亚衣之前，已经有一对人在窗外了，对吧？"

"哦，那么顺序就确定了。"

鹤见银靴用拖长语尾的声音附和道，事实已无法改变。

"和花暮，我早就提醒过你了。"

我对着哑口无言的和花暮说道。

"在场的三十六个人里，有三十五个说了谎，我隐瞒了去女生楼的事，目代他们隐瞒了女生换房间的事，川口他们隐瞒了我不在房间的事，红峰她们隐瞒了跟我见面的事，三良坂他们隐瞒了打碎花瓶的事，春原他们隐瞒了和木村等人同处一室的事，中迫他们隐瞒了躲在其他房间广缘的事，芽里垣她们隐瞒了熄灯后出房间的事，而你则隐瞒了六斋堂和天家见面的事。"

然而——

"只有一个人——明神，她没有说谎。"

唯一的诚实者。

唯有我曾怀疑说谎的明神凛音……她没有说谎。

"正如明神所言，她果真目击了天家。"

和花暮僵在原地，一句话都没法反驳。

明神也默默地将记号笔移到了白板上——

最后，四周归于寂静。

唰的一声——

我在"谎称看到了天启"上面画了删除线。

＊

最后的推理就此结束。

前天在男生楼和女生楼一楼发生的事，一切的一切，全都揭露无遗。

＊

明神把记号笔放在了白板的托盘之上。

看到这里，我转向了这场辩论的旁听者——我的同学们。

"各位。"

所有的说谎者纷纷看向了我。

"这次被揭露出来的谎言，每一个都属于细枝末节，我并没有责怪你们的意思，也没有责怪你们的资格。然而，你们自己在说谎的同时，却把从未说谎的明神当作八卦的谈资——你们不觉得这样很不妥吗？"

自省的沉默弥漫在多功能厅里。

"即便明神真的说了谎，你们也没有责备她的资格，就像我现在没有责备你们一样。我知道你们也没责怪她的意思，但你们也能理解吧？每个人都有过这样的经历。"

即使没有天启。

即使不会推理。

"当一件和你内心所想完全相悖的事情被认定为真相……那种痛苦。"

每个人应该都曾经历过。

在场的三十六人，每个人应该都曾经历过。

在场的所有人，都应该能理解的。

"对不起，明神同学！"

红峰突然冲上前去，飞奔到明神身边。

她紧紧抱着明神的肩膀，颤着声音说道：

"我明明知道真相，却说不出口！我没有说出来，我只想保全自己，真对不起！"

"红峰同学……"

明神嘴角露出笑意，轻轻把手搭在了红峰的肩膀上。

然后，刚才帮我说话的濑野她们也站了出来，纷纷向明神道歉。

"对不起，明神同学。""我们也是共犯。"

其他人看到这一幕，有人不安地移开了视线，有人在尴尬的气氛中扭动着身体。

重要的并非道歉。

重要的是知道这种事情的存在。

知道会有伤害他人的可能性。

如此一来，下次便能谨慎行事。

不做那种骄纵任性、随波逐流、浑浑噩噩的人。

——怎么样，明神芙蓉。

你说得没错，或许这是极具普适性的高尚正论。

但是，并不是所有人都要按照正论生活。

只要略有契机，心理学教科书中寻常可见的人物也能获得成长。

虽然那些放弃成长的大人（比如你）或许永远不会明白。

"……"

仿佛被现场的气氛推走了一样，和花暮安静地离开了多功能厅。

我瞥了一眼相拥的明神和红峰，决定追上和花暮的背影。

*

和花暮走出多功能厅，转过走廊的拐角，晃晃悠悠地靠在墙壁上。

然后，她缓缓举起握成拳头的手……敲打着墙壁。

一次又一次，一次又一次。

起初并没有用力。

渐渐地……力道越来越强。

仿佛在惩罚着自己。

"看来你也会悔恨呢。"

听我这么一喊，敲打墙壁的动作戛然而止。

但她并没有回头。

仿佛连支撑自身的气力都没剩下，她靠在墙壁上低声说道：

"你是来火上浇油的吧？真没想到你也会鞭打尸体。"

"我说过要让你悔改，我只是来确认一下结果。"

"悔改？哈哈。"

和花暮用手撑着墙壁，凭自己的力量站了起来，身子摇晃不定。

"伊吕波，你是那种认为只要想做谁都能做到，所有人都做得到的人吗？你是那种对走上歧途的人大声呼吁，声称无论何时回头都不算晚的那种人吗？"

"你不这么认为，是吧？"

"我不这么认为。凡事有人能做到，就有人做不到，只有那些能做到的人，才会以为一切都是理所当然，自以为常识是以自己为中心构建的……好羡慕啊，太让人羡慕呢，简直太酷了，都快爱上你了……"

和花暮的身形摇晃不定，就这样仰望着无机质的天花板。

这话空洞而冰冷，然而，不知为何，我总觉得这是和花暮所说的话中，至今为止最具真实性的。

"伊吕波，你简直太酷了。明神同学有难的时候，你英姿飒爽地挺身而出，用完美的逻辑把邪恶的我打得落花流水。无论面对多大的困境都不言弃，到最后总能逆转。这并不是一件容易做到的事，只有天选之人才能做到。我……我做不到！"

和花暮猛地挥起拳头，狠狠砸在了旁边的墙壁上。

那一拳的响声在空旷的走廊上回荡，比实际的响声更具冲击力。

"这样真好啊！不去管周围的看法，只做自己认为对的事情！如果结果还能被认可，那当然再好不过！但是我做不到，所以才会这样。悔改？要是能做到，我早就做了！正因为我没法成为像你这样的人，才有了现在的我！"

和花暮调整着急促的呼吸，缓缓地回过了头。

目光凛凛。

那眼神像是在瞪杀父仇人。

但是——至少不是空洞了。

既非纸片，也非虚构。

"伊吕波，我成不了像你这样的人，我不能，也不想。也许你是从明神老师那里听到了什么，但归根到底，是我自己选择成为现在的我。"

原来如此。

我明白了，这样的话，就没有悔改的余地了。

"我也不会变得像你那样。"

311

我直视着那凛然的目光展开了反击。

"不能，也不想，无论多少次，我都会阻挠你，否定你。终其一生，我肯定都不会认可你的所作所为。"

"不错哦。"

和花暮轻轻地笑了。

"我们真是心意相通呢。"

就这样，我跟和花暮诹由分道扬镳。

我们一辈子都不会踏上同一条路。我坚信正义，而她执着于错误。对于这样的选择，我们彼此都无怨无悔。因此，平行线始终不会相交。

即便如此，我们仍然互相需要着对方。

我需要她。

她需要我。

为了确认自己是对的。

＊

漫长的海滨夏令营第三天，夜幕渐渐深沉。

在那之后，我和天家一起到大碇老师那里自首，接受了一顿训斥后，认认真真地写了检讨书上交。

老师大概也把这当成了高中生的年轻气盛之举，问题即便复杂，惩罚也算轻微。

"对了，你和六斋堂是什么时候开始交往的？"

在写完检讨回来的路上，我随口问了同行的天家，天家有些害羞地摆弄着略微拳曲的头发。

"暑假开始前不久，是我先告白的。"

天家是虚拟主播宅，某次他偶然得知六斋堂也在看同一个虚拟主播，以此为契机加深了关系……似乎是这样的发展。

"六斋堂她啊，虽然一点都不惹人注目，但我真的很喜欢她。可我却让她撒了谎。"

为了自己，让喜欢的女孩为自己撒谎。这样的负罪感或许比我想象中更为沉重。

再次向替我不在房间时打掩护的川口他们，以及把我藏在房间里的红峰她们道歉吧。我把这当作明天的计划记在了脑子里。

然后，就在洗完澡等待熄灯的时间，红峰打来了电话。

"到窗边来一下……哦对，好像是叫广缘来着。"

通过这次事件，红峰似乎学会了一个新词。于是我跟从她的指示，来到了广缘。

就在这时，对面女生楼的窗边，出现了红峰蓬头散发的身影。

红峰朝这边挥了挥手。

"嗨，你那边怎么样？"

"慢慢来吧，总觉得气氛有些尴尬，不过到明天应该就没事了。"

"不管是什么事情，一旦被揭穿总会尴尬的。我们这边也差不多啦，不过真奈美她们倒是很精神呢。"

红峰回过头看了一眼，我依稀看见了鹤见猛地扑向濑野，把她推倒在地。

"对不起，让你们做了这种藏匿的事情。"

我立即提前了明天的计划。

"我会尽力弥补的，也请你替我向濑野她们说一声抱歉吧。"

"啊？不，不用了！当时我们也装作不知道，所以算是扯平了吧？对我来说，也算占便宜了。"

"什么？"

"哇！当我没说过！"

虽然没听懂她的意思，就这样吧。

"要说弥补的话……"

电话里的声音突然变得怯生生的，对面窗前的红峰正摆弄着她的长发，显得有些不安。

"明天返程之前，你有时间吗？抽个时间……我们一起待一段时间吧。"

"一起？具体要做什么？"

"随便做什么都行，坐在自贩机旁边啦，或是望着大海发呆啦……只要在一起，什么都行。"

真是莫名其妙的邀请。

"你看，就是因为那件事，这次的海滨夏令营。我大概有一半的时间都没心思好好玩……不行吗？"

"倒也不是不行，是我提出要补偿你的。"

"太好啦！那就说好了哦！"

我们又聊了几句闲话，接着挂断了电话。

我盯着显示通话结束的手机屏幕发了会儿呆。

在聊天的时候，我尽量不去想这些事情，但在跟红峰谈话的时候，总忍不住去想那句令我在意的话。

——希望自己喜欢的人看起来帅气一点吧。

不会吧。

这个念头在脑海中挥之不去，尽管几度试图打消，却又反复浮现。

包括我现在的样子，难道都在那家伙的预料之中吗？

如果真是这样——那些封印在心里的言语滚出口中也是无可奈

何的事。

"呵，混蛋。"

＊

在后面的沙滩集合。

跟红峰的通话刚结束，手机就收到了这样的消息。

发件人是明神凛音。

居然把我叫到了引发这么大问题的沙滩上面，她到底在想什么啊——尽管有着这样的抱怨，但明神的态度非常坚决，无论我说什么，她都置若罔闻，只是简短地回复：

无论如何都来集合。

我会一直等你的。

我无奈地叹了口气，再度向川口他们表示歉意，然后从一楼尽头处的窗户翻了出去。自夜闯事件后，老师们似乎彻底锁上了窗，但若从屋里去到外边，这种月牙锁根本没有任何意义。

走下防波堤的梯子，沿着沙滩往女生楼的方向走去。海水涨得并不如那天晚上那么高，沙滩上有足够的空间可供悠闲散步。

走到距离女生楼刚好一半的位置时，明神正背靠着防波堤，安静地坐在那里。

"我来了。"

"真慢。"

"我已经尽力赶来了。"

明神穿着运动服，抱着膝盖，裤子直接触着沙滩。我觉得运动服脏一点也无所谓，便在她身边坐了下来。

"这是什么聚会？今天讲了那么多道理，结果却真在这里幽会，可不是闹着玩的。"

"我想把谎言变成现实。"

"哈?"

明神蓦地站了起来。

她接下来的行动，令我的心脏差点停止跳动。

她没有任何踌躇，直接脱下了运动裤。

"等一下——"

就在我被突然出现的白皙大腿吸引了视线时，明神又拉开了上衣的拉链。

随着拉链缓缓拉下，里边露出的并非连体泳衣。

"如果只是胡乱传的谣言，那岂不是太吃亏了吗?"

她将随手脱下的运动服抛在地上，一蹦一跳，像是迈过庭院踏脚石般走到了我的面前，然后回过身来。

"所以，还是来场幽会吧，就让我俩亲热一下，亲热到外人无法想象的程度吧! 这场聚会的意义就在于此哦。"

朦胧的月光衬出了洁白如雪的肌肤。

她穿着的是白色基调的比基尼泳衣，虽然遮住了部分皮肤，却愈加凸显了明神端庄的身体线条。

虽然颜色十分清爽，但与平日里披着斗篷的时候相比，暴露度实在是高得难以置信。胸口的曲线和纤细的腰身毫不吝惜地展现在我的面前。

"怎么了?"

明神撑着膝盖，俯下身子，有些得意地看着我的脸。

"难不成看入迷了吗?"

老实说，我不太愿意承认这点。

"这件泳衣是从哪里来的? 要是我没记错的话，你穿的是学校的连体泳衣吧。"

"我跟姐姐说了一声，她就帮我准备好了，好像是租来的吧？怎么说呢，暴露度有点高，怪不好意思的。"

露出的肌肤可能比内衣的面积还多，可这东西却是合法的，这究竟算什么道理？

明神稍稍后退了一步，双手紧紧按着胸口。

"你刚才的视线有点下流哦。"

"无罪推定。"

"你每次说这话的时候，就是被说中了！真理不言自明！"

唉，关系变得亲密，果然也是麻烦事。但是，明神，像这样按住胸口的话，手指会陷进肉里，凸显出柔软的感觉，别再做这种动作了吧。

像是要甩脱邪恶的念头似的，我站起了身子。

"嗯，反正已经上了贼船，那就放手干吧，趁还没到熄灯时间。"

"好咯，让我们尽情亲热吧。"

"那具体要做什么呢？"

"比方说，打水仗什么的？"

"我可没带泳衣，饶了我吧……"

我脱下鞋袜，光脚走在沙滩上面。

逐渐明亮的月光下，我朝着站在浪花边的泳装少女走去。

"伊吕波同学。"

当我站在明神跟前时，她抬头看向了我，微微一笑。

"今后也请多多关照。"

"嗯，也请你多多关照。"

并非你的愿望，并非你的委托。

我是为了自己，解答你的解谜。

这便是我毫无修饰的真实心情。

"那么，这就是契约的证明。"

"呜哇！不是说好不玩泼水的吗？"

"啊哈哈！"

如果能够让彼此绽放笑容，那必然是正确的。

在这个世界，正论往往难以通达，故此我才一直坚称这是正确的。